L'envers de Catherine

Dominique Doyon

L'envers de
Catherine

ÉDITIONS DE MORTAGNE

Catalogage avant publication de Bibliothèque et Archives nationales du Québec et Bibliothèque et Archives Canada

Doyon, Dominique, 1969-
L'envers de Catherine

(Lime et citron)

ISBN 978-2-89074-955-9

I. Titre. II. Collection : Lime et citron.

PS8607.O988E58 2010   C843'.6   C2010-940124-7
PS9607.O988E58 2010

Édition
Les Éditions de Mortagne
Case postale 116
Boucherville (Québec)
J4B 5E6

Distribution
Tél. : 450 641-2387
Téléc. : 450 655-6092
Courriel : info@editionsdemortagne.com

Tous droits réservés
Les Éditions de Mortagne
© Ottawa 2010

Dépôt légal
Bibliothèque et Archives Canada
Bibliothèque et Archives nationales du Québec
Bibliothèque Nationale de France
1er trimestre 2010

ISBN : 978-2-89074-955-9

2 3 4 5 – 10 – 14 13 12 11 10

Imprimé au Canada

Nous reconnaissons l'aide financière du gouvernement du Canada par l'entremise du Programme d'aide au développement de l'industrie de l'édition (PADIÉ) et celle du gouvernement du Québec par l'entremise de la Société de développement des entreprises culturelles (SODEC) pour nos activités d'édition. Gouvernement du Québec – Programme de crédit d'impôt pour l'édition de livres – Gestion SODEC.

Membre de l'Association nationale des éditeurs de livres (ANEL)

À mes amours,
François,
Charlotte-Élizabeth
et Ophélie-Laure.

Remerciements

Écrire un livre est une aventure des plus tumultueuses. À la fois enivrante mais également déstabilisante. C'est pourquoi il m'est essentiel de remercier mes proches...

Merci, mon adorable François, de m'avoir épaulée, encouragée et *parfois même supportée* ! Notre rencontre demeurera à mes yeux un des plus précieux moments de mon existence. Je t'aime profondément.

Charlotte-Élizabeth et Ophélie-Laure, merci de m'avoir permis de pondre ce manuscrit. Si vous saviez à quel point vous égayez ma vie ! J'ai su que le bonheur existait réellement à la minute où j'ai tenu vos petits doigts. Je serai toujours là. Je vous adore.

Doris-Louise Haineault, sans vous, ce livre ne serait pas né. Merci de m'avoir prouvé que la reconstruction d'un individu est possible. *Suffit d'avoir une grande volonté et de s'acharner pour y accéder.*

Monique, ton courage et ta détermination ont fait de moi une combattante, capable de croire en ses rêves et de travailler d'arrache-pied pour les réaliser.

Albert, ton intensité, tes diverses passions ainsi que ton sens de l'humour m'ont permis d'affronter vents et marées.

Nathalie (ma grande sœur), nous savons toutes les deux que tu es bien loin de cette Lucie, et par chance ! Je te remercie pour tout ce que tu as fait pour moi. Je t'aime.

Stéphane, si je ne t'avais pas comme grand frère, je t'inventerais ! Tu es essentiel à mon équilibre, à mon bonheur. Karina, j'apprécie beaucoup ta compagnie.

Isabelle, ma tendresse pour toi demeure constante. Nos meilleurs souvenirs demeurent tatoués.

Pierre, Martha et Julie, je vous apprécie énormément et vous remercie pour votre gentillesse, votre écoute et votre présence dans ma vie. Merci également, chers beaux-parents, d'avoir enfanté l'homme de ma vie, le père de mes enfants... *mon* François !

Charmants élèves, merci pour vos mots d'encouragement et de m'apprécier telle que je suis ! Clémentine, Olivier, Ève, Kévin, Léa, Alexandre, Louis, Ariel, Marjorie, Sandra, Jade, Miguel, Sabrina, Justin, Sarah, Gabrielle, Philippe, Sophie-Jeanne, Simon, Sandrine, Abigaïl, Emma, Guillaume, Rachel, Félix, Julie-Anne et Clara, Joe-Nathan... votre gentillesse me comble de bonheur.

Pierre, *la crème des directeurs*, merci pour ton écoute et ta gentillesse.

Carol, cher ami, j'apprécie énormément ta compagnie. Merci d'être là !

Tous mes collègues et amis de l'école Sainte-Bibiane, j'ai pour vous beaucoup d'affection.

À tous mes amis, merci de faire partie de ma vie !

Un immense merci à mes premiers lecteurs : Doris H., Stéphane D., Véronique L., Julie B., Élaine G., Geneviève. Vos commentaires ont été très motivants.

Vitali, tu es un génie de l'informatique !

Aux Éditions de Mortagne, vous avez toute ma reconnaissance. Sans vous, ce livre n'existerait sans doute pas, *du moins pour le grand public*. Votre respect envers l'auteur me touche énormément. Merci d'avoir cru en moi.

Un merci exclusif à Carolyn B. qui m'a permis de me dépasser par ses commentaires plus que judicieux, sa patience et son immense générosité. Quel professionnalisme ! Chapeau !

Et je finirai en remerciant ma petite Dominique... qui s'est souvenue et m'a permis d'aller fouiner dans ses souvenirs malgré le branle-bas de combat que ça nécessitait.

Il vaut mieux subir l'injustice que la commettre.

Socrate

1

5510, rue Cartier, Montréal.
15 décembre 2006.

Une lueur blanchâtre attire mon regard vers la fenêtre. Une fine neige se dépose sur la couche de verglas qui couvre le sol. Le tableau laisse présager un temps glacial. *Je donnerais tout ce que j'ai pour être près d'un foyer et me blottir dans les bras de quelqu'un de doux...* Ce n'est pourtant pas ma réalité ! La mienne, elle est plutôt sordide. J'ai mon père en face de moi qui déprime une fois de plus, qui se plaint que la vie est moche, qui m'est insupportable. Moi qui souhaitais offrir un anniversaire du tonnerre à ma sœur Marie... voilà qu'encore une fois, c'est un gâchis !

Ma colocataire (et grande sœur) Lucie sert les cafés. Démotivée, je range la cuisine. Je lui avais pourtant dit que ce n'était pas une bonne idée d'inviter nos parents ici. Elle disait que c'était plus facile pour Marie... et lorsque Caporale Lucie parle, à vos gardes ! et surtout : à l'écoute ! Imaginez, même mes parents lui demandent constamment son avis ! Ce ne devrait pas être plutôt le contraire ?!

Qui sait ? Peut-être qu'être l'aînée donne des privilèges ! Ayant hérité du rôle de la cadette, je vous jure que mes opinions ne valent pas de l'or en barre !

C'est à se demander si je ne suis pas jalouse de ce premier bébé qui semble avoir été tricoté si serré ? Sûrement pas. Moi aussi, je suis un prolongement d'eux !

À moins que je ne sois qu'une erreur, un accident ? Si bête et si regrettable. C'est peut-être la raison pour laquelle je ne me suis jamais sentie reconnue. *Mon imagination est encore trop fertile !*

J'ai trouvé ! J'ai été adoptée, mais personne ne m'a encore dévoilé l'inavouable. *En plein dans le mille, Catherine ! Inscris-toi donc aux retrouvailles de Claire Lamarche, tant qu'à y être !*

Bon !... du calme. Fin du délire. Respirons par le nez. Mes parents m'apprécient probablement mais... pour une autre facette de ma personnalité. Laquelle ? Mon côté si obéissant ?! C'est désolant, déroutant, déprimant, mais bien... possible ! Mon incapacité à dire non à qui que ce soit et encore moins à mes adorables créateurs les séduit assurément. Me voilà donc devenue, *malgré moi*, leur esclave. Leur marionnette ! J'exagère, *mais si peu.*

Tout compte fait, je suis probablement *un tantinet* envieuse de ma frangine. Mais l'envie... ce n'est pas tout à fait de la jalousie ? Bref, je considère qu'elle a tout ce qu'elle veut et moi un brin de rien. Je hais l'injustice et évidemment ma famille en est gorgée !

Mon supplice achève. Enfin le dessert ! *Tiens bon, Catherine. Bientôt, tu pourras respirer librement !* Je suffoque lorsque mon père est dans cet état. Il m'exaspère. Dire que j'aurais pu accompagner Guillaume à son *party* de bureau. M'amuser, me soûler et oublier.

Impossible ! L'anniversaire d'une sœur importe plus que tout, même si pour l'événement il faut faire certains sacrifices.

Des sardines, voilà de quoi nous avons l'air tous les cinq coincés dans le portique. Je n'ai qu'une idée en tête : on sera bien débarrassés lorsqu'ils seront partis !

La honte m'envahit. C'est tout même eux qui m'ont mise au monde ! Quelle dénaturée je suis ! Je comprends maintenant pourquoi on dit que les enfants sont ingrats. J'en suis la preuve vivante !

Lucie ajuste le foulard de maman qui s'excuse pour papa, qui lui chuchote qu'il ne cesse de répéter qu'il va se suicider, qu'elle a peur qu'il le fasse, qu'il est bien triste, qu'elle ne sait plus quoi faire... Pendant ce temps, Marie aide mon père à enfiler son manteau en le réconfortant, en lui disant que le soleil finit toujours par briller et bla, bla, bla. *Je dois fumer une clope, ça presse. Tiens ! Et pourquoi pas m'enfiler la bouteille de rouge qui végète sur la table ?*

Dieu merci, Lucie est là ! Je n'ai pas son sens du devoir. Je n'arrive pas à m'occuper d'eux avec une telle patience. Je paralyse lorsque je les vois. La seule chose que j'aimerais faire, c'est de les éviter. Partir en courant et ne plus jamais revenir... *Il n'y a pas quelqu'un qui aurait un boulot à m'offrir aux îles Canaries ?*

Comme j'ai un sentiment de culpabilité « niveau 11 sur l'échelle de Richter », il m'est impossible d'abandonner mon aînée dans les griffes de nos créateurs ! Même si je n'ai pas le désir de prendre soin d'eux, je finis toujours par tuer ma résistance dans l'œuf et mettre la main à la pâte. Déjà que Marie se défile constamment, il faut un peu de sang adulte dans cette famille !

La porte se ferme enfin ! Je lance impulsivement :

– Oh ! s'ils pouvaient crever, on aurait la paix !

Lucie me dévisage, muette et scandalisée. *Je suis persuadée qu'elle-même y a pensé, mais jamais elle n'oserait le verbaliser.* Je grimace un sourire forcé. Au même moment, on entend un immense vacarme dans nos escaliers extérieurs. Je me croise les doigts et souhaite que ce soit quelque chose de lourd qui traînait sur notre balcon... *Du genre une carcasse de voiture abandonnée... Oui, je sais, je fabule...* Spontanément, Lucie ouvre la porte pour voir l'étendue des dégâts. Ce n'est pas vrai !

L'horreur. L'inimaginable. L'incroyable mais vrai.

– Catherine, appelle le 911. Demande une ambulance d'urgence, m'ordonne mon aînée. *Comme si c'était moi qui les avais poussés !*

Je me précipite sur le combiné en éprouvant une immense honte. Et si elle avait raison ? Si mon souhait venait d'être exaucé... Au secours ! Je ne le pensais pas vraiment ! Mon Dieu, pardonnez-moi mes offenses... C'est juste que mon père est tellement lourd lorsqu'il déprime. On dirait qu'il m'aspire avec lui. *Siphonnée jusqu'à la dernière goutte de sang !*

Sauf que dans ce cas-ci, c'est ma mère qui l'a emporté avec elle (en déboulant les escaliers sur lui) !

– Allô !... allô !... on peut vous aider ?

– Je suis là, navrée, c'est le choc. On a besoin d'une ambulance au 5510, rue Cartier. Mes parents viennent de débouler d'un deuxième étage. Vous savez, ces escaliers en colimaçon ? précisé-je complètement dévastée.

— Ils sont tombés du balcon du deuxième ?

— Est-ce que j'ai parlé d'un balcon ? répliqué-je en haussant la voix. Je vous ai dit « escaliers, e-s-c-a-l-i-e-r-s ». Est-ce assez clair ?

Si je n'étais pas moi, j'aurais l'impression d'être hystérique.

— Désolée, mais vous parlez tellement vite que...

— Imaginez-vous donc que je n'ai pas le temps de bavarder... Est-ce que les secours arrivent ? sifflé-je le souffle court.

— L'ambulance est déjà partie. Pouvez-vous me décrire l'état des blessés ? Sont-ils conscients ? formule-t-elle lentement, visiblement pour calmer la névrosée en moi.

Conscients, conscients, ils ne l'ont jamais été, de toute façon. J'enfile mon manteau tant bien que mal et sors armée du sans-fil. Je suis prudente dans ma descente, je n'ai surtout pas envie d'aller m'empiler sur eux ! La scène est horrible. Mon père a la face contre le trottoir, ma mère s'est écrasée sur lui. Bang ! *Elle pèse quatre-vingts kilos.* La seule chose que j'entends et qui m'épate... c'est qu'ils trouvent le moyen de se quereller. Encore !

— Enlevez-moi ce fardeau ! Elle m'étouffe. Elle est toujours sur mon dos, gémit-il.

Je suis estomaquée. En effet, aux yeux de ma mère, il ne fait jamais rien de bien. Elle lui trouve toujours les pires défauts du monde.

Lucie tient la main de mon père, mais ne déplace pas pour autant le poids qui l'afflige. Marie réconforte ma mère. Affolée, je m'époumone du haut des escaliers :

– Mais débarrassez-le ! Qu'est-ce que vous attendez ? Qu'il meure asphyxié ?

– Les ambulanciers ! s'impatiente Lucie en soupirant.

J'aurais dû y penser ! *Comment fait-elle pour avoir constamment le dernier mot ?* À l'autre bout du fil, l'autre imbécile m'interpelle :

– Madame... il est primordial de ne pas déplacer les victimes. Vous pourriez aggraver leur cas. Mieux vaut attendre que les secours soient sur place.

Si je me souviens bien, je ne lui ai pas demandé son avis, à celle-là !

– Madame ?

Silence.

– Madame ? Pouvez-vous me décrire la scène et me parler des blessés ? me demande-t-elle de son petit ton autoritaire et condescendant.

– Ce que j'en déduis, c'est que mon père devait être devant ma mère en haut de l'escalier. Pour une raison qui nous échappe, elle a dû glisser et l'a emporté dans sa chute. Il a littéralement embrassé le trottoir. Elle a atterri par-dessus lui. Elle ne semble pas trop estropiée, mais lui oui. Il perd beaucoup de sang et semble avoir une coupure importante sur le front. Ils sont lucides, *un peu trop à mon goût.*

Madame-je-fais-la-leçon-aux-autres tente de me soutirer encore plus d'informations. Je veux bien collaborer afin de lui prouver que je ne suis pas seulement une écervelée, mais sa voix devient imperceptible derrière le brouhaha que mes adorables parents produisent.

– Vous êtes témoins ! Elle essaie de me tuer. Ça ne lui suffit plus de passer ses journées à me critiquer, il faut qu'elle m'achève, dit-il en montant le ton afin que tous les écornifleurs du voisinage puissent l'entendre.

– Un paranoïaque, c'est tout ce que tu es. Si j'avais pu, je t'aurais écrabouillé comme une vulgaire mouche, lui répond-elle sur un ton similaire.

Chers parents, ne serait-il pas possible de faire une petite trêve de paix, le temps de digérer ce drame ?

– Les filles, réplique mon père, faites quelque chose ! Éloignez-la de moi, je ne sais pas ce que je vais lui faire.

– Papa, calme-toi. Conserve tes forces, tu en as besoin, lui proposé-je avec un léger soupçon de tendresse, mais surtout une tonne de découragement.

D'ailleurs, il ne peut pas se venger, il est incapable de remuer !

– Dès que j'arrive à la maison, je demande le divorce, renchérit ma mère.

Cette réplique-là ne me surprend pas le moins du monde. Lorsque maman chérie ne trouve plus d'arguments, elle laisse planer cette menace. Le pire, c'est que j'ai toujours eu peur qu'elle passe à l'acte (et je ne suis pas la seule, mes sœurs aussi). Toute petite, je pleurais sous mes couvertures et je m'imposais de ne pas fermer l'œil de la nuit... afin de

21

m'assurer qu'aucun des deux ne quitterait la maison. *Résultat, j'ai un sommeil archi-léger et des tendances insomniaques. Je vous épargne le reste...*

À l'adolescence, j'ai changé mon fusil d'épaule. Je me suis dit qu'en fait, il était temps qu'elle passe à l'acte. Que ce serait la meilleure chose qui puisse arriver...

J'attends encore !!!

◆ ◆
◆

Hôpital Maisonneuve-Rosemont.

Allez, décroche Guillaume, si tu savais à quel point j'ai besoin de toi en ce moment.

– Catou ?

– Guillaume, murmuré-je, un trémolo dans la voix.

– Ça va ? Catou ?

Silence.

– Réponds-moi, tu m'inquiètes ! Il est arrivé quelque chose de grave ?

Pratiquement incapable de lui relater cet incident abominable...

– Mes parents... tombés dans les escaliers... l'hôpital, balbutié-je d'une voix entrecoupée de sanglots et de reniflements.

22

– Quoi ? Qui ? Attends deux secondes, je vais changer de pièce. Je t'entends à peine... Bon, voilà. Allez, pleure un bon coup, calme-toi et reprends ça depuis le début.

Je m'efforce d'inspirer profondément et d'expirer. Mon corps tremble de tous ses membres. Si je mettais un bouchon dans un lavabo, il finirait par déborder avec toutes ces larmes que je déverse. J'arrive tout de même à me détendre légèrement et à lui résumer *grosso modo* ce qui vient de m'arriver. En fait de *leur* arriver. Ma mère a quelques fractures mineures. Mon père semble plus amoché, surtout moralement, *mais ça, ce n'est pas nouveau.*

– Tu peux compter sur moi, m'assure-t-il avec empathie. Par contre, j'ai un peu trop bu et il ne serait pas prudent que je prenne la voiture maintenant. Quand je pense à ton père qui ne cesse de dire que le malheur s'acharne sur lui, je commence à le croire. Comment vont tes sœurs ?

– Elles sont fatiguées et préféreraient être ailleurs tout comme moi. Le conjoint de Marie vient d'arriver. Il a dû laisser Léa à la maison avec une petite gardienne malgré son otite. Ils repartiront sous peu, tu sais comme ma sœur est mère poule ! Lucie assure, comme toujours. Denis est avec elle.

Silence.

– Je donnerais tout pour être à ton souper de bureau au lieu de vivre ce cauchemar !

– Tu n'as rien manqué, je te jure, me réconforte-t-il avec conviction. Je serai là d'ici une heure ou deux maximum ! Rappelle-moi si jamais il y a des développements.

Cette tragédie me semble déjà moins lourde grâce à son existence.

Est-ce que j'aurai le droit, un jour, d'avoir une vie bien à moi ? Ou vais-je être condamnée à souffrir avec eux pour le restant de mon existence ?

Une larme me caresse la joue. Au moment où je m'apprête à m'apitoyer sur mon sort, une pensée, assassine, me traverse l'esprit... *Guillaume aurait pu prendre un taxi !*

2

Six mois auparavant.
CEPSUM, piscine de l'Université de Montréal.
Juillet 2006.

– Es-tu prête pour ta requalification ? me demande ma copine Maude.

– Je m'en passerais bien. Si ce n'était que de moi, je ne la ferais pas.

Ce n'est pas compliqué, je déteste tout ce qui a un lien avec l'activité physique. Est-ce possible d'être seulement intello ? Si quelqu'un répond non..., enfermez-moi tout de suite, car c'est ce que je suis devenue. Une cérébrale. Si je fais le poisson dans l'eau, c'est simplement pour conserver mes cartes de Sauveteur National. C'est un emploi bien rémunéré, surtout lorsqu'on est étudiant. Mais la journée où je dénicherai un vrai boulot, je ne me ferai plus suer (je devrais dire « mouiller ») à me requalifier.

Ma seule consolation, c'est d'avoir rencontré Maude en travaillant comme sauveteur à la Ville de Montréal. *Déjà quatre ans se sont écoulés.* À l'époque, nous sortions, toute la bande,

« aux jeudis des sauveteurs » (immenses rassemblements, dans un bar quelconque, où tous les moniteurs de la métropole se réunissaient). J'adorais ces soirées, car elles me permettaient de croiser de superbes pièces d'homme. Par la même occasion, j'ai fait plus ample connaissance avec mon amie. Au départ, nos échanges se limitaient au travail et à ces jeudis, mais au fil du temps, une amitié réelle s'est tissée.

Au quotidien, la présence de Maude ainsi que ses réflexions m'apportent un certain équilibre. Toutefois, elle est loin d'être hantée par sa famille comme je le suis. *Elle a assurément moins de raisons de l'être !* Elle vient à peine de quitter la demeure familiale (contrairement à moi, qui ai déserté le nid à dix-sept ans à peine), est choyée par ceux-ci qui paient ses études en psychologie et pratiquement toutes ses dépenses. Et moi, pendant ce temps, je travaille à la sueur de mon front (l'été comme sauveteur, l'hiver... comme caissière chez Rachelle-Béry) afin de payer mon université, mon appartement et tout ce qui vient avec ! *Quelle injustice !* Ses parents sont hypercultivés, *à la limite du snobisme*. Résultat : leur fille est une adulte sérieuse (pour ne pas dire coincée), mais en mesure de se laisser aller de temps en temps (c'est là que je la préfère). Ses conquêtes amoureuses sont peu nombreuses, voire même inexistantes. Elle feint de ne pas avoir de temps libre pour s'y consacrer. Je soupçonne plutôt une trop grande timidité.

Maude est légèrement plus grande que moi, aussi mince, sinon plus, possédant une chevelure bouclée, châtaine et des yeux noisettes. Son visage ? Petit nez, petite bouche, petites oreilles... Figée à l'adolescence. Vous savez ce type de filles qui ne semblent jamais avoir dépassé l'âge de quinze ans ? Même lorsqu'elle parle, la résonance de sa voix est peu sonore.

Bon, ça y est ! J'ai le cœur qui s'excite. Je suis une fois de plus... ridicule. C'est que je viens d'apercevoir *encore* l'homme de ma vie. Le sosie de Superman, *sans la cape*. Par contre, cette fois, c'est le bon ! Je vous jure, je le sens, je le sais...

À certains moments, j'ai l'impression d'être en amour avec l'amour... Je n'arrive même plus à contrôler mes battements cardiaques à la vue d'un beau gars. De plus, je leur trouve presque tous un petit quelque chose d'irrésistible. Je dois être atteinte d'une maladie quelconque. *Espérant pour vous qu'elle ne soit pas contagieuse !* J'aime beaucoup trop la gent masculine.

Je fais signe à ma copine de zieuter vers sa droite. Elle s'exécute en rigolant. Elle considère que je ne suis pas vraiment sélective... et sérieuse. *Ce qui est faux ! Ou peut-être un peu vrai ?* Oh ! si je pouvais avoir un mec aussi canon, je jure à l'univers que je ne lui demanderais plus rien. *Tu peux toujours rêver, Catou... Comme s'il allait te remarquer !* Je suis pourtant mignonne, même plutôt jolie, mais je reste constamment persuadée qu'aucun gars ne s'intéressera à moi. Pourtant... tous les gens qui m'entourent me répètent que je suis le sosie de Julia Roberts. Admettons que ce soit vrai. Comment se fait-il que j'attende encore ?

Plus jeune, je rêvais de devenir une grande femme mince à la chevelure ondoyante et aux seins foudroyants. Malheureusement, comme j'ai été la dernière à être confectionnée, il ne restait plus grand choix. J'ai donc un peu grandi... mais mon ascension s'est arrêtée à un mètre cinquante-cinq. Première désolation. De plus, j'ai hérité de cheveux raides comme une barre. Et le comble, ils sont roux ! En prime, comme la plupart des rouquines, j'ai le nez et les pommettes tatoués de délicats points orangés, saupoudrés un peu partout, afin d'attirer le regard des gens sur mes yeux verts *aux longs cils*. Et ma poitrine ! *Quelle poitrine ??!* On dirait qu'il ne restait plus grand moule pour me créer. Donc, un tout petit « b » *minuscule* m'a été adjugé.

Par contre, mon aînée Lucie, première matrice à avoir été utilisée... (vous savez ? celle que j'envie légèrement), mesure un mètre soixante-dix, possède une tête à faire rêver avec ses immenses boucles blondes. Le comble, elle a aussi de grands yeux bleus. Minute, pas des yeux d'un bleu quelconque ! Oh ! ça, non ! De superbes billes rappelant les mers des Caraïbes. Et sa poitrine... devinez ? Un beau « C » *majuscule* comme dans quasi parfaite. *Je vous l'accorde, ça ne s'écrit pas avec un « c », mais on aurait dû !*

Ma seule consolation : je pourrais être boulimique et ça ne changerait rien à ma physionomie. Je suis de ces filles qui font verdir toutes les autres (sauf Maude), car j'ai beau m'empiffrer et additionner toutes les calories inimaginables, l'aiguille de mon pèse-personne reste stable. Eh ! oui. Désolée...

J'oubliais... mes lèvres. Pulpeuses à souhait. Et cent pour cent naturelles. Aucun collagène dans cette zone (d'où, probablement, la ressemblance avec Julia).

C'est vraiment déprimant de constater que je ne me sens pas à la hauteur d'un beau mec comme ce sosie de Superman ! La nature est parfois arbitraire. Et puis zut ! de toute façon, je n'ai pas besoin d'un homme dans ma vie. *Mais je prendrais bien un peu plus d'estime de moi...*

En fait, je suis un peu menteuse ! Je n'attends que ça... Un prince charmant qui réalisera à quel point je suis merveilleuse et qui me délivrera de ma famille, l'ultime bonheur, quoi !

Tous les sauveteurs se regroupent afin d'écouter les consignes de l'évaluateur. Chanceuse comme je suis, il fallait que je craque pour lui. Vous avez bien compris ! L'homme de ma vie... c'est l'évaluateur ! *Mon chien est mort et enterré. Qu'il repose en paix....* Lorsqu'il me verra nager, il sera loin d'être séduit (par mon manque de grâce). J'ai l'air d'un chat échaudé qui craint l'eau froide. Et Maude ne cesse de se payer ma tête... Une petite poussée dans la piscine ne lui ferait pas de tort... question de lui refroidir les idées !

– Bonjour à tous. Je m'appelle Guillaume. J'aimerais que vous vous présentiez à tour de rôle, commence mon bel apollon. Tiens, allons-y avec toi, ajoute-t-il en m'adressant un sourire éclatant.

Dans un balbutiement inélégant, j'essaie de me présenter malgré le fait que je sois intimidée par sa beauté démesurée. J'ai peine à croire que ce dieu grec ait été conçu pour un poil de carotte comme moi.

Tu sais, Guillaume, c'est très bon pour les yeux, les carottes !

Miracle : six mois plus tard, il fait toujours partie de ma vie !

**Corridor de l'hôpital Maisonneuve-Rosemont.
Décembre 2006.**

J'ai le cou en compote. Il fallait que je sois réellement claquée pour m'endormir sur un banc aussi inconfortable. Déjà cinq heures du matin. Me voilà confuse. Où sont les autres ? Un vide m'envahit. Désespérément, je cherche un visage connu. Au loin, je vois Lucie faire les cent pas.

– As-tu un peu dormi ? m'informé-je en lui effleurant le bras.

– Je n'y arrive pas ! Je pense à maman. Elle qui était déjà inquiète pour papa, tu imagines dans quel état elle se trouve.

Silence.

– Marie s'est sauvée pendant que tu dormais.

Quoi ! On avait le droit de s'enfuir ? Avoir su...

– Franchement, Lucie ! m'écrié-je, indignée par ce commentaire insensible. Tu sais à quel point elle suffoque dans les hôpitaux. En tout cas, c'est un anniversaire qu'elle n'oubliera pas de si tôt.

Marie est l'enfant jambon. Prise entre l'aînée et la benjamine (qui font office de pain). Situation que je présume insupportable. Depuis qu'elle a quitté la maison, elle est très distante. *Reste à voir s'il y a vraiment un lien avec son rang familial...* De plus, elle est d'une discrétion qui m'intimide et qui me glace le dos à la fois. Depuis sa naissance, une maladie n'attend pas l'autre pour ma sœur sandwich. Sa phobie des blouses blanches arborant leur petit masque bleu est due à ses multiples hospitalisations. À quinze ans, les hommes masqués ont enfin réalisé qu'elle avait une maladie incurable. Elle souffre de coliques ulcéreuses.

Lucie et moi croyons que c'est psychosomatique. Être psychologiquement fragile comme elle l'est, n'importe qui sombrerait dans la maladie. Ce n'est que du commérage, car qui sait vraiment ce qui est physique ou psychologique ? Bien difficile à prouver ! Soit dit en passant, c'est un peu pour toutes ces raisons et sûrement plein d'autres que Marie n'assure pas une présence aussi assidue que mon aînée et moi auprès de nos parents. *Ce qui rend les coliques ulcéreuses presque attrayantes !*

– Guillaume est passé ? vérifié-je.

– Non. Il a probablement décidé de rester à son souper. Qui pourrait le blâmer ! Tu n'es sûrement pas surprise... tu sais comme il aime festoyer ! Faut quand même pas trop lui en demander ! me répond-elle avec son air condescendant (air qu'elle possédait déjà à la naissance... du moins, je suppose).

Pardon ! Est-elle en train de me dire que mon chum n'a pas de bon sens ? D'après ma sœur qui-sait-tout, qui-connaît-tout et qui-sait-ce-qui-est-bon-pour-moi-beaucoup-mieuxque-moi-même, il aurait préféré s'enivrer plutôt que de me soutenir. Un coup partie, elle pourrait m'informer *en grande primeur* que j'ai choisi une réplique de notre père ! Est-ce que je lui en passe, moi, des commentaires sur son mec ?! J'avoue que ce serait un peu difficile... il joue au petit parfait. Qui s'assemble se ressemble. *Ou est-ce l'inverse ?*

Heureusement pour elle, je n'ai aucune compétence pour les vacheries. *Malheureusement pour moi.* Même si, parfois, mon cerveau en est submergé. Toutefois, cet état reste latent. Coincé entre le pharynx et la trachée.

Je ne comprends pas pourquoi Lucie a constamment besoin de me faire sentir qu'elle est mieux que moi. Comme si je n'étais pas assez mal en point ! *O.K., Miss Parfaite, réglons ça une fois pour toutes ! À la naissance, tu as reçu tout le bon sens inimaginable et moi rien. Satisfaite ?* Non mais, un moment d'accalmie dans les moments difficiles serait tout de même apprécié. *Venez donc me poignarder chacun votre tour tant qu'à y être ! Cette invitation ne s'adresse qu'à ma famille, d'accord ?*

J'aurais dû m'écouter aussi ! J'ai douté dès le départ (il y a presque cinq ans) que ce soit une bonne idée d'habiter avec ma sœur. Elle perdait une de ses colocs, je manquais d'intimité avec le mien... Son appartement était sublime : salon double, colonnes romaines, immense salle de bains, cuisine avec îlot. Il fallait être timbrée pour ne pas accepter. Eh bien, voilà où j'en suis maintenant ! J'ai l'impression d'avoir Aline qui me colle aux fesses ! Il y a de ces moments où Lucie me hérisse le poil sur les jambes. *N'allez surtout pas croire que je sois poilue !*

Elle se goure, ma grande sœur. Je n'achète pas l'idée que Guillaume soit encore à son *party* de Noël. Il a sûrement eu de la difficulté à nous retrouver ou il a eu un pépin. Je vais essayer de le joindre à nouveau sur son cellulaire et fermer le clapet de Lucie définitivement.

Aucune réponse. *Quand ça va mal !*

Je ne comprends pas ce qui se passe. Pourtant, je lui ai laissé un message afin qu'il prenne un taxi (au cas où il serait encore dans les vapeurs de l'alcool). Comment se fait-il qu'il ne me rappelle pas ? Ou qu'il n'arrive pas ? Ce n'est pourtant pas dans ses habitudes. Et s'il se défilait devant ce qui se présente comme une situation dramatique ? Non, non. Ça, c'est mon père ! Je ne dois pas tout confondre... Mais si Lucie avait raison ? Si Guillaume était assez égoïste pour ne penser qu'à son petit plaisir personnel et oublier que sa copine a besoin de réconfort...

— Tu as pu parler à un professionnel de la santé pendant que je tentais de fuir dans mon sommeil, demandé-je à ma frangine avec un brin d'humour.

— Une infirmière m'a confirmé que maman aura son congé sous peu. Ensuite, nous retournerons à la maison.

— Avec maman ? sursauté-je.

Elle acquiesce d'un hochement de tête. *N'importe quoi..., mais pas ça !!!*

Quelqu'un pourrait m'expliquer pourquoi je ne suis jamais consultée lorsqu'elle prend ce genre de décision ? C'est tout de même mon appartement à moi aussi ! Outrée, je sors mon paquet de cigarettes, question d'aller ventiler et, surtout, éviter d'exploser.

— Tu ne peux pas fumer ici, la p'tite !

Comme si je ne le savais pas ! Je hais lorsqu'elle m'appelle la p'tite. Je déteste ce surnom. Je le hais. Je l'abhorre. Je l'exècre. Je l'ai en horreur. Je... (je suis à court de synonymes). Ce qu'elle peut m'énerver, des fois. Je la dévisage et me dirige vers l'ascenseur. À mon retour, légèrement calmée, je tente de m'exprimer, de m'imposer. Bref, d'exister.

– J'aurais aimé être consultée.

– Bon ! soupire-t-elle comme si j'étais la personne la plus capricieuse du monde. Alors, dis-moi ce qu'on fait d'elle ! On la retourne seule à Saint-Jérôme. Tu connais son état de santé, elle ne peut pas demeurer seule.

– Quelqu'un d'autre pourrait l'héberger.

– D'accord. Qui ?

– Pas sa famille... Ils ne se sont pas vus depuis des lustres ! Du côté de papa, il y a tante Nicole, ou encore France, qui vit tout près.

– De toute façon, les gens ont une vie. (*Et moi pas ?*) Ils travaillent. De plus, tu sais comment est Aline ! Elle va critiquer sur le moindre détail et on finira par aller la chercher pareil. Elle sera tellement contente de venir passer du temps avec nous. Tu as l'air de penser que ça me fait plaisir. Mais je m'en passerais, moi aussi, je le fais pour elle. Essaie donc de penser aux autres, Catherine. Des fois, j'ai l'impression que tu es trop centrée sur ton petit nombril.

– Je les ai entendus rouspéter pendant dix-sept ans. Si je suis partie de la maison si tôt, c'était pour acheter ma paix. Maintenant que je l'ai, je n'ai pas le goût de retomber là-dedans.

– Papa ne sera pas là, je suis certaine que ce sera mieux.

Je me lève, fais les cent pas et déclare en m'avouant vaincue... (*ou piégée*) :

35

– D'accord.

C'est quoi, le contrat à la naissance ? On reçoit deux parents qui s'occupent de nous lorsqu'on est petit et dès qu'on est capable de réfléchir comme du monde, il faut inverser les rôles et prendre soin d'eux à notre tour ? Ce n'est pas juste, parce que moi j'aurai bien plus d'années à faire qu'eux en ont dépensées pour moi !

– Et quelles sont les nouvelles pour papa ?

– Il devrait avoir son congé demain après avoir rencontré le médecin.

– Pourquoi il ne le rencontre pas maintenant ?

– Peut-être parce qu'il n'est pas là, lance-t-elle légèrement moqueuse.

– Tu crois que je peux aller les voir ?

– Ce serait même important ! me sermonne-t-elle. Mais j'y pense : ton examen n'est pas demain ?

Elle semble bien loin, cette évaluation. Moi qui voulais prendre le reste de cette soirée pour réviser. En plus, c'était enfin mon examen du barreau... Je devrai défendre ma cause, c'est le cas de le dire.

– J'appellerai l'École du Barreau et j'essayerai d'avoir une reprise.

– Ils peuvent te la refuser. Tu devrais te mettre à l'étude, au cas où ! (*Bon ! La voilà qui recommence.*) Dis-moi, qu'est-ce qu'il fait, ton Guillaume ? ajoute-t-elle horripilée à ma place. *Moi qui l'avais presque oublié.*

36

– Je n'en ai aucune idée. J'espère qu'il ne lui est rien arrivé. Ce serait le comble ! Bon, sur ce, je vais aller voir nos parents, conclus-je en ramassant mon courage à la petite cuillère.

– Papa est dans la chambre 101 et maman dans la 103.

– Bonne initiative ! Ça évitera qu'ils s'entre-tuent ! déclaré-je avec une pointe d'ironie.

◆ ◆
◆

À une certaine époque, mes parents m'ont raconté qu'ils avaient été éperdument amoureux l'un de l'autre. Que s'est-il produit ? Mystère et boule de gomme ! Dans ma tête d'enfant, j'en ai conclu que s'ils avaient déjà été heureux... c'était bien avant ma naissance ! Mon arrivée fût sûrement la cause de leur déchéance. Ce qui explique probablement le fait que je ne veux jamais déplaire à qui que ce soit. (*Bon, ça y est, je donne dans la psycho-pop maintenant !*)

Avouez que trois bambins en bas âge, ça doit vous anéantir une vie de couple en deux temps, trois mouvements ! Donc, d'après ma logique, ils nous ont donné la vie et nous avons ruiné la leur.

Aline (ma mère) est issue d'un père alcoolique et d'une mère peu aimante. Ses parents ne s'aimaient pas ; ils se sont mariés pour éviter que mon grand-père soit enrôlé. *Ils auraient pu laisser faire ! Malgré que je ne serais pas là aujourd'hui.* Ma grand-mère ne voulait pas d'enfants... Malheureusement, à l'époque, les mouvements pro-choix n'existaient pas. Elle a donc hérité de six trouble-fête qu'elle s'est empressée de placer avant même l'âge scolaire. Pauvres enfants. Plus tard, elle a fichu son ivrogne de mari à la porte et a vécu le reste de sa vie seule. En paix (c'est du moins ce qu'elle proclamait !). *Cependant, à critiquer tout le monde comme elle le faisait si bien, je doute que la sérénité l'ait même effleurée.*

Ma mère a très peu de souvenirs de ses parents. Y a de quoi, elle ne les a pratiquement jamais vus *ni connus*. Et ceux qu'elle a sont lugubres et empreints de violence. Beau portrait de famille ! *Attendez, vous n'avez rien vu...* Le jour où elle a croisé mon apollon de père (une vraie star hollywoodienne) et qu'il a manifesté un semblant d'intérêt envers elle, elle est tombée littéralement sous son charme. Enfin... quelqu'un allait la reconnaître. L'aimer. Lui montrer qu'il était important qu'elle existe. Qu'elle était unique !

Comme bien des femmes, elle a mis tous ses espoirs en lui, *beaucoup trop, d'ailleurs* ! Elle s'était juré qu'elle allait avoir une famille unie et harmonieuse. Elle, ferait la différence. Elle, ne gâcherait pas sa vie et l'avenir de ses petits. Elle, comprendrait la vie dans toute sa sensibilité. Son humanité. Pauvre maman... On peut sortir quelqu'un de sa famille, mais malheureusement sa famille ne sort pas d'elle pour autant.

Un instant ! Est-ce que j'insinue par hasard que moi aussi, je serai éternellement prise dans cette galère ? *Sauve qui peut !*

Pour sa part, mon père vient d'une famille nombreuse. Quinze enfants. OK, ici je dois faire un aparté concernant cette situation. Sans vouloir faire de reproches à mes grands-parents paternels ou à tous ceux de l'époque... Comment pouvaient-ils s'imaginer avoir une famille équilibrée et harmonieuse avec autant de monde à dorloter ? La psychologie, ça n'existait pas ? Personne ne les informait qu'un enfant a besoin d'énormément d'amour, d'attention, de compréhension afin de se développer sainement ? *Assurément pas.* Et je tiens à souligner que j'ai dit UN enfant. Imaginez quinze ! Quatre bras (ceux de mes grands-parents), c'était loin d'être suffisant pour une si grosse marmaille. Ils peuvent bien être pour la plupart déprimés et amers envers la vie. C'est l'évidence même !

Je sais, je sais... Autres temps, autres mœurs. De plus, l'Église gouvernait tout ! Toutefois, je considère qu'ils auraient pu désobéir ou être un peu plus créatifs. C'est maintenant *nous* qui devons composer avec un papa désillusionné, désespéré plus grand que nature.

Bref, comme mon père n'était pas premier de classe, mes grands-parents l'ont retiré de l'école à l'âge de onze ans pour qu'il puisse assurer une relève dans leur ferme. *Super ! Comment étouffer les rêves de votre enfant en une seule leçon ! Je fais du sarcasme.* Contrarié qu'il était de se voir imposer un chemin de vie qu'il n'avait pas choisi, l'alcool est devenu son allié. Vers l'âge de dix-neuf ans, il a quitté sa demeure un peu trop peuplée à son goût et a tenté de créer sa propre vie. Il a travaillé dans la construction, pour la Ville de Montréal, comme opérateur de machinerie lourde, et est finalement devenu camionneur. Comme la nature l'avait grandement choyé... colosse d'un mètre quatre-vingt-cinq, cheveux châtains, yeux bleu-gris, visage à la James Dean et un corps parfaitement équilibré (pas trop musclé, ni trop svelte), vous vous doutez qu'il n'éprouvait aucune difficulté à recruter des demoiselles.

Mais pourquoi n'a-t-il pas choisi de devenir acteur ? (Au moins, j'aurais eu quelque chose de captivant à raconter à mes camarades de classe.) Pour avoir du talent, il en a ! Il est un conteur invétéré, possède un sens de l'humour à faire craquer et captive l'auditoire lorsqu'il le veut. *Malheureusement, il joue plus souvent dans le dramatique...*

Lorsqu'il a fait la connaissance de ma mère, sa vie a en quelque sorte basculé. *De vrais montagnes russes allaient s'enclencher. Mais personne n'aurait pu le prédire.* À trente et un ans, le désir de bâtir une famille s'est soudainement manifesté. *Une écorchée pour un écorché.* Ensemble, ils allaient rebâtir le monde. Un monde meilleur. Dans leur douleur, ils allaient s'apaiser mutuellement. *Que c'est beau de rêver en couleurs !* Certes, sa flamme était toute petite (à peine un mètre cinquante et cinquante kilos), mais si adorable avec ses yeux pers (identiques aux miens). Sa chevelure bouclée masquait ses vingt et un ans. Elle portait les cheveux courts et a toujours conservé sa couleur naturelle, *brun châtain accentué de petits reflets roux.* Encore aujourd'hui, comme c'est une femme plutôt classique, elle n'a pas changé d'un poil. *Mis à part son poids !*

Avant de se marier, ma mère travaillait dans une banque mais rêvait d'être une grande pianiste et d'écrire un bouquin. Ce qu'elle aurait pu réaliser si elle avait persévéré ! Si elle ne s'était pas abandonnée pour un homme *et ses futurs enfants.* Une fois mariés, mes parents se sont installés dans les Laurentides et nous ont rapidement... fabriqués. Aline a cessé de travailler pour se consacrer à sa progéniture. *Tes rêves, maman, où as-tu enfoui tes rêves ?* Tandis que Maurice partait de plus en plus souvent de la maison (l'inconvénient de son emploi). Résultat : ma mère s'est retrouvée seule et aigrie.

Mes parents ayant hérité de plusieurs carences affectives, ils n'ont sûrement pas vécu en harmonie bien longtemps! *Un mois ? Ou deux !* Mon père comblait ses carences à l'aide des femmes (eh oui, au grand malheur de sa douce qui aurait tout sacrifié pour être la seule, l'unique) et de l'alcool. Comme la vie finit toujours par se charger de nous lorsqu'on ne veut pas voir clair... Maurice a la goutte. Maladie d'alcoolique. *Mais il vous dirait qu'il ne l'est pas !* Conséquence... lorsqu'il ne peut plus boire pour engourdir ses émotions, il se met à déprimer et trouve la vie d'une nullité incroyable. Étrangement, la sobriété semble faire ressurgir son état de maniaco-dépressif.

Quoi ! Je ne vous avais pas encore informés, qu'il souffrait de bipolarité ? Désolée. Et c'est à croire qu'il contrôle cet aspect de sa personnalité grâce à l'alcool !

Je vous jure, j'ai vraiment gagné le gros lot en atterrissant dans cette famille-là ! Si on peut appeler ça un gros lot !

Aline, pour sa part, rouspète. Beau temps, mauvais temps... Sur la vie, l'attitude de son mari, les gens, ses enfants, son poids, sa santé... Se plaindre est devenu son mode de survie. *Imaginez le portrait... pendant qu'il y en a un qui pleure, l'autre rouspète...*

Les conflits entre mes parents se sont accentués depuis que mon père a son statut de retraité. Des problèmes de dos récurrents ont forcé son départ. Sa passion pour son travail donnait un sens à sa vie. En fait, c'était sa plus grande source de valorisation. Il ne parlait que de ça ! *Au moins, il avait quelque chose à raconter.* Aujourd'hui, rien ne va plus. Malgré son jeune âge (soixante-cinq ans), il a perdu tout intérêt. Aucun passe-temps, aucune activité, ni même la télé ne laissent entrevoir un peu de lueurs dans son regard. Il ne cesse de ressasser le passé, de regretter tout ce qu'il n'a pas eu le courage de faire ou tout ce qu'il considère avoir fait de néfaste. Son seul but : attendre *le* moment. Gaspiller ses journées à s'ennuyer, à s'emmerder, à rouspéter jusqu'à ce qu'il s'éteigne. *Il n'a pas fini ! Imaginez, s'il vit encore vingt ans ! Belles soirées en perspective !*

Il est inactif depuis six mois à peine et ne le digère aucunement. Le paroxysme... il ne peut plus boire pour oublier, pour engourdir tous ses regrets, *pour l'instant*. La goutte qui rapplique. Celle qui fait déborder le vase ! Le sien.

◆ ◆
◆

41

Son front est recouvert d'un pansement blanc. Il semble vraiment meurtri pour mon cœur trop sensible, *mais il ne l'est sûrement pas tant que ça*. C'est-à-dire que mon paternel aime bien jouer à la victime. Il doit retrouver là un peu de l'attention volée à son enfance. Observant sa mimique, je sens que je vais recevoir une pluie de reproches. J'en ai l'habitude... *mais vous n'auriez pas un bouclier, histoire de me protéger ?!*

Je sais qu'une fois de plus, je vais m'écraser devant lui et me laisserai flageller par ses propos. Pourquoi suis-je née aussi peu courageuse et si docile ? Pourquoi n'ai-je pas l'aplomb de Lucie ? Elle ne se gêne pas pour dire ce qu'elle pense. *Parfois, elle devrait.*

– Papa ? Ça va, papa ? chuchoté-je.

– Regarde-moi et tu auras ta réponse ! râle-t-il. J'ai mal au cou, au dos et j'ai des fourmis dans les jambes. Tu imagines ! Je sens les ressorts du lit ! Et dire qu'ils paient ça avec nos taxes ! Non, mais ils pourraient s'équiper comme du monde, glapit-il avec son impatience légendaire.

Évidemment, il ajoute à cette réplique un immense soupir afin que je me sente vraiment responsable.

– Comment se fait-il que vous n'ayez pas déglacé vos marches ? Je savais qu'on n'aurait pas dû aller chez vous ! grogne-t-il, accusateur.

– Tu as raison, Lucie et moi sommes désolées. On les avait déblayées, mais on aurait dû mettre du sel, avoué-je croulant sous la culpabilité.

Il se met à pleurer en répétant : « Pourquoi il ne m'a pas permis de mourir ? Pourquoi il ne veut pas de moi ? » Je suis tentée de lui répondre en soupirant : « Je ne sais bien pas. »

Mais non, ma main se glisse dans la sienne. Les larmes ruissellent sur mes joues. J'aimerais réellement pouvoir faire quelque chose pour l'aider. Pas simplement aujourd'hui, mais en général. Il est si triste, si malheureux. Je serais prête à prendre tous ses malheurs sur mes épaules afin de le voir apprécier la vie, *et par le fait même rigoler un peu avec lui... rien qu'une fois ou plusieurs*. J'aurais donc dû mettre du sel dans ces fichus escaliers !

Visiblement en colère, il me lance :

– Je t'interdis de pleurer. Je ne veux pas te voir pleurnicher sur mon sort.

Ravalant tant bien que mal mes sanglots, je lui mens sans vergogne :

– Je ne pleure pas, j'ai une poussière dans l'œil...

– Tant mieux ! Va donc voir ta mère, elle a besoin de toi.

Il pourrait aussi bien me dire : « Débarrasse, tu m'énerves ! » C'est trop pour moi. Trop d'émotions pour ma petite personne... *En plus, je n'ai même pas le droit de les exprimer !*

– Je t'aime, papa.

– Ferme la porte en sortant ! ordonne-t-il. Et prie pour moi...

Il me demande de prier ! Lui qui ne croit même pas en Dieu...

4

5510, rue Cartier, Montréal.
18 décembre 2006.

— Catherine, c'est à ton tour de faire la vaisselle ! me crie Lucie.

— Je la ferais bien, rétorque ma mère, mais tu sais à quel point mes jambes ne supportent pas mon poids.

— Ça va, maman, je sors du bain et je m'y mets, la rassuré-je en levant les yeux vers le ciel.

J'agrippe ma serviette et l'enroule autour de moi. Je croise mon reflet dans le miroir. Plutôt désolant. Mes yeux sont tellement plissés qu'il me faudrait un pot de crème antirides complet pour remédier à ce désastre. Ce que les soucis peuvent en faire baver à notre corps. Mince consolation, mon martyre achève. C'est cet après-midi que mes géniteurs regagnent leur demeure. Youpi ! La sainte paix ! Avec Aline si près, j'ai l'impression de faire un mauvais rêve. En fait, notre futur trajet (tous les quatre dans la voiture) ne sera pas très loin du cauchemar !

Pour sa part, mon père se porte beaucoup mieux. Son médecin a discuté avec Lucie ce matin. Il était encore inquiet pour sa santé. Non pas au niveau physique mais bien psychologique. Ma sœur l'a rassuré en lui signalant qu'il était bipolaire. Elle a précisé qu'il se soignait à sa convenance et selon son humeur. Je vous explique. Il a ses médicaments. Le hic : il les prend quand bon lui semble. Voici sa logique : je me sens mal en point ce matin, une pilule ; je me sens un peu mieux, pas de pilule. Vous comprenez le casse-tête ! Pauvre cerveau !

Le téléphone sonne.

— Catherine, c'est encore Guillaume, hurle ma sœur en soupirant.

Les battements de mon cœur s'accélèrent.

— Je ne peux pas lui parler, je suis dans le bain.

Oui. Je sais. Je tente de me défiler.

Elle s'arrête sur le seuil de la porte, le regard méprisant, la main sur le haut-parleur et me chuchote, exaspérée :

— Dans le bain !? Tu devras bien lui répondre, un jour ou l'autre ! Tu pourrais au moins écouter ses explications. Je ne filtrerai pas éternellement ses appels.

Et ma mère de renchérir :

— Voyons, Catou, ce n'est pas comme ça que je t'ai élevée.

Parlons-en de la façon dont vous nous avez élevées ! Toujours préoccupés par vos conflits conjugaux... Résultat : nous n'avons pas été élevées du tout ! Si aujourd'hui, nous avons un minimum de bon sens (j'ai bien spécifié un minimum), sans vouloir vous blesser, chers parents, ce n'est certainement pas grâce à vous ! En implorant Lucie, je chuchote à mon tour :

– Une dernière fois... On s'est toujours soutenues, Lulu, tu ne vas pas me laisser tomber aujourd'hui ?

– Il n'est pas con, il sait bien que tu ne veux pas lui parler.

– Franchement, Catherine, assume-toi, rouspète Aline.

L'irritation monte en moi. Si ma mère ne veut pas que je la bâillonne avec un gros ruban gris (quasi indécollable), elle ferait mieux de se taire. Il est impensable que je clarifie les choses avec Guillaume. Il n'y a aucune bonne raison pour qu'il ne soit pas venu à l'hôpital. Un amoureux devrait être présent dans les moments difficiles. L'amour, ce n'est pas juste une affaire de bons moments. La situation était déjà assez laborieuse comme ça, je n'avais pas besoin qu'il en rajoute. Je n'ai plus besoin de lui. Je me débrouillerai seule, c'est ce que j'ai toujours fait, d'ailleurs.

Aline feuillette le journal. Lucie me regarde, soupire et replonge le nez dans ses livres. Ma sœur étudie constamment. Je ne sais vraiment pas ce qu'elle cherche tant à apprendre. Elle finira son doctorat dans environ quatre mois. Un baccalauréat, ce n'était pas suffisant pour elle... Non, il lui fallait un certificat, une maîtrise et maintenant le doctorat. Je me demande si elle pourra s'arrêter un jour. Même son petit copain vient de l'université ! Ils sont ensemble depuis deux ans et elle ne veut toujours pas vivre avec lui. Il est bien patient. Elle ne veut pas se l'avouer, mais je crois qu'elle a peur de s'engager. Par contre, je ne suis pas mieux qu'elle !

C'est peut-être un peu à cause de moi – en fait, je devrais dire de nous –, ce manque d'investissement. Pas facile pour un *chum* de se faire une place dans le décor ! Inséparables, c'est ce que nous sommes devenues. Pourtant, il faudra bien un jour ou l'autre s'éloigner, du moins physiquement, si nous voulons fonder notre propre famille !

Elle est la personne de qui je me sens le plus près, malgré nos petits accrocs. Petites, nous étions quelque peu éloignées en raison de notre écart d'âge (cinq années), mais lorsque je suis entrée à l'université, nous avons vécu quasi simultanément une rupture amoureuse. Nous nous sommes beaucoup rapprochées et depuis, voilà ! L'amitié entre sœurs, c'est possible... *Lorsqu'on est prête à mettre de l'eau dans son vin !*

Le linge à vaisselle sur l'épaule, j'ouvre un peu la porte extérieure, pas trop, car on gèle. Ma mère se plaint de sentir une brise. Je lui apporte son pull. Afin de me remercier, elle me sermonne sur ma consommation abusive, selon elle, de cigarettes. Je l'allume en grimaçant et j'envoie paître ma boucane parmi le vent. Ma sœur aussi déteste la cigarette (tout comme mon père). À vrai dire, c'est là l'unique raison qui me fait fumer. Enfin, je leur désobéis ! Ce n'est pas tout... Lucie la parfaite ne boit pas, ne sort pas vraiment, fait du sport et elle est stable dans ses relations. Tout à fait le contraire de moi ! Je suis bourrée de mauvaises habitudes, mais j'ai une grande capacité de m'amuser (quand mes parents n'y sont pas).

Malgré que parfois... j'envie la sagesse de Lucie ! Si j'étais aussi raisonnable, je ne douterais pas constamment de moi, je ne souffrirais pas de culpabilité aiguë, je serais plus en forme... et impec comme elle ! *C'est vraiment ça que tu recherches ???*

En fait, je suis sidérée, estomaquée, consternée... Je ne comprends toujours pas. Comment deux êtres issus des mêmes parents peuvent-ils devenir si différents ? Je m'adresse à Lucie en soupirant :

– Tu crois qu'il m'a trompée ? Penses-tu qu'il a pu être assez imbécile pour se blottir dans les bras d'une autre fille pendant que je souffrais ?

– Ton père l'a bien fait, et ce, à plusieurs occasions ! me confirme Aline.

Ça y est, je crois que cette fois, je vais l'étriper... Et tiens... Guillaume aussi, pourquoi pas ?

– Papa peut-être, mais Guillaume, ce n'est pas nécessairement Maurice.

Oui. D'accord. J'essaie de me convaincre.

– En tout cas, s'il l'a fait, je t'encouragerai à le quitter ! ajoute Lucie. Les *Jack in the box*, je ne les supporte pas.

– Les quoi ? m'étonné-je de cette expression loufoque.

– *Jack in the box*. Tu te rappelles cette jolie boîte à surprise que nous avions toute petite ? On devait tourner la manivelle et un hideux clown finissait par en sortir...

– Je me rappelle, mais je ne comprends toujours pas l'allusion.

– Voyons ! Ce n'est pas sorcier. C'est le genre de mec qui t'apparaît merveilleux, parfait, adorable et qui, tout à coup, semble sortir d'une boîte à surprise. En termes clairs, tu t'imagines avoir entre les mains un bon gars et tu réalises que c'est un moins que rien... Soit il te trompe, soit il flambe ses payes au casino, soit il se drogue...

– Pense à ton père, tu auras une image claire, marmonne ma mère.

Merci, maman ! L'image est flagrante maintenant.

– Mais pourquoi mes relations sont-elles si compliquées ? Comment se fait-il que je n'arrive pas à trouver un mec normal, gentil ? (Je ne pleure pas encore, mais je lutte férocement.)

– Tu es une passionnée, tu t'emmerderais dans une relation stable. Tes histoires ont toujours été laborieuses, car toi aussi, tu l'es ! Un jour ou l'autre, tu devras te calmer si tu veux une vraie relation, dit Aline persuadée de la véracité de ses propos, *et malheureusement convaincante.*

– Pourtant, j'ai été capable de passer quatre ans avec Louis et depuis, c'est le néant. C'est quand même étrange. Qu'est-ce qui m'arrive ?

Ma mère délaisse son journal pendant quelques instants.

– Louis... Lui, je l'aimais, soupire-t-elle.

Ce qui n'est pas tout à fait vrai ! Elle ne cessait de rouspéter sur son cas lorsque nous étions ensemble. Ah ! la mémoire...

Complètement démoralisée, j'éteins ma cigarette et je vais m'asseoir près de ma sœur. Comme elle sent que je suis là, enracinée, elle ferme ses cahiers. Aline nous informe qu'elle a besoin de s'étendre une demi-heure. *Yes ! Ne te gêne pas pour nous, tu peux bien prendre tout l'après-midi, quant à moi !* Lucie se met à chuchoter :

– Ce n'est sûrement pas en rencontrant tes soupirants dans les bars que tu croiseras quelqu'un d'équilibré. Cesse de vivre une vie de débauche. Prends-toi en main ! s'indigne-t-elle. Arrête de boire autant d'alcool (je bois en moyenne deux verres au cours d'une soirée ; au-delà de cette quantité, je vous jure que mon corps le regrette amèrement), de sortir et surtout lâche la nicotine. Ta vie sera déjà beaucoup plus saine et ça t'aidera à rencontrer des gars plus sains.

Minute, papillon ! Je ne suis pas aussi déséquilibrée que TU peux l'imaginer ! Pas parce que toi, tu ne te permets rien dans la vie que je doive en faire autant. Je suis une bonne vivante, un point, c'est tout ! Comme j'aimerais avoir le cran de lui balancer tout ça, mais non, je m'entends lui répondre :

– Je sais, mais pour l'instant, ça m'empêche de sombrer dans la folie.

– N'importe quoi !

Pourquoi je finis toujours par lui donner raison ?! *Parce que je suis molasse et incapable d'affronter qui que ce soit !* Et si elle disait vrai ? Un déchet humain. C'est l'unique chose que j'ai réussi à faire de ma peau. Je n'arriverai jamais à être à la hauteur de ma frangine. Aussi bien en finir tout de suite. *Apportez-moi une corde ou amenez-moi sur un pont que je mette fin à ma déchéance !*

Mince ! Elle a encore réussi son coup. Me voilà dans l'éternel doute. *Ressaisis-toi, ma belle.*

J'aime fumer. Que dis-je ? J'adore fumer. Je préfère cette activité plutôt que de manger ou de dormir. La cigarette est un de mes plus grands plaisirs (avec le vin). C'est désolant, mais que voulez-vous, c'est ainsi !

Facile à dire mais pas à accepter. Il n'y a pas un matin où je me lève en paix en pensant à ces mauvaises habitudes. Au réveil, j'ai d'excellentes intentions. Je ne fume plus, ne bois plus, ne sors plus, ne drague plus, ne baise plus. Je me dis que dorénavant je prendrai ma vie en main. *Et pourquoi pas devenir bouddhiste* ? Malheureusement ou heureusement, au fil de la journée, le petit diable en moi prend le dessus et me convainc que mon train de vie n'est pas si mauvais que ça, qu'il faut profiter des bonnes choses, que je pourrais mourir demain, et puis zut ! pourquoi faire des sacrifices ? Et voilà ! Tout fout le camp... C'est un éternel recommencement. Alors, je n'ai pas besoin de caporale pour me rappeler que je profite un peu trop de la vie. Ma culpabilité s'en charge, soyez sans crainte.

Après plusieurs minutes de réflexion, elle ajoute :

— Guillaume pourrait être un bon choix.

Silence.

— Il semble t'admirer. C'est un passionné tout comme toi. Ce serait trop bête de passer à côté !

Bon, enfin ! Des paroles encourageantes. Je me lève, me verse un verre de sangria, lui en offre un, *en sachant très bien qu'elle refusera* et... je m'en veux une fois de plus. Je me suis de nouveau indignée intérieurement contre ma grande sœur qui... tout compte fait, ne veut probablement que mon bien. Elle a raison. Je dois me prendre en main, et ce, à tous les niveaux. Demain peut-être...

— Crois-tu qu'on sera revenues pour vingt-deux heures ? Je voulais aller danser avec Maude.

Je ne le nierai pas, je n'ai vraiment rien retenu de son sermon.

— Fais attention, la p'tite ! Tu sais comment tu es. Tu risques de tout gâcher avec Guillaume en l'espace d'une soirée.

— C'est déjà tout gâché et ce n'est pas de ma faute, dis-je outragée. *Est-ce qu'elle vient encore de m'appeler la p'tite ?!*

– Fais donc ce que tu veux. Mais pas ce soir. Ce soir, j'ai besoin de toi. Je ne me taperai pas tout le trajet seule. Il y a assez de Marie qui se défile tout le temps.

– Tu sais bien que je serai là.

Très important : penser à apporter mon iPod ou encore mes bouchons, question de ne pas entendre mes parents se chamailler dans la voiture.

Moi aussi, ça me déprime, tous leurs drames (c'est loin d'être le premier), mais je n'ai pas la fragilité de Marie, donc je dois aider. Iniquité ! Néanmoins, je ne laisserais jamais Lucie seule dans cette situation. J'aurais bien trop peur de la décevoir et de perdre son estime. *Si estime il y a...*

– Je suis bien soulagée que leur chute ne leur laisse pas trop de séquelles. J'ai eu tellement peur ! Si tu savais comme je m'en suis voulu de leur avoir souhaité du mal.

– Ça t'apprendra à exprimer tes désirs tout haut, me lance-t-elle.

Eh bien ! on repassera pour le réconfort...

Pourquoi n'ai-je pas gardé mes réflexions pour moi ? Le problème, entre Lucie et moi, c'est qu'on est deux opposées, et ce, sous plusieurs angles. Elle n'a pas beaucoup de retenue pour me dire mes quatre vérités. Tandis que moi, je rumine tout par en dedans. Malgré qu'elle puisse me froisser plus souvent qu'à mon tour par ses commentaires, je suis incapable de lui répondre. La nouille *(c'est de moi que je parle)*, j'ai peur de la blesser. Ce qui ne semble pas être son cas ! Comme j'aurais aimé avoir un membre de ma famille qui m'accepte comme je suis et qui me respecte. Comme je suis loin d'être parfaite, il me faut vivre avec ses défaillances comme elle vit avec les miennes.

On sonne à la porte. Lucie se lève pour aller ouvrir. Je lui fais signe que je m'en charge.

Superman est planté devant moi. Vêtu d'un complet-cravate, il tient un bouquet de roses dans ses mains (vingt-quatre en fait) ! Il est beau comme un cœur, je dois l'avouer ! *Ai-je précisé que ce genre d'accoutrement active ma libido ? Cherchez pourquoi !*

– Que fais-tu là ? balbutié-je, estomaquée.

– Tu es vraiment très belle !

Silence.

– Tu ne voulais pas me parler, alors je n'ai pas eu le choix ! se justifie-t-il sur un ton piteux.

– Je ne crois pas que ce soit une bonne idée, répliqué-je, complètement déstabilisée.

– Je n'en peux plus, Catherine, tu me manques. Je me sens extrêmement seul sans toi.

– Il fallait le réaliser plus tôt ! Tu ne penses pas que je me suis sentie seule le soir du 15 décembre ? lui reproché-je.

– Je n'ai pas été absent pour te blesser. J'avais trop bu. Tu n'aurais sûrement pas souhaité que je prenne le volant, que j'arrive ivre à l'hôpital et que je te dise « je suis là pour toi ». Je te connais assez bien pour savoir que tu m'aurais probablement largué, car tu aurais vu le fantôme de ton père.

– Tu aurais peut-être dû essayer, car je risque de m'éloigner de toute façon, prononcé-je impatiemment *et coupée de mes émotions, je vous l'accorde.*

54

Guillaume se met à genoux. Il va me faire craquer. Mon cœur vacille entre le déshabiller sur-le-champ, lui faire l'amour bestialement ou encore lui résister... Un peu de volonté ! Si je flanche, mon orgueil pourrait être anéanti ! Qu'elle est moche, ma vie sentimentale ! Est-ce moi qui suis extrémiste ou est-ce mon instinct qui cherche à me protéger ? Il me prend la main, que je lui donne avec beaucoup de réticence...

— Catherine, je te fais le serment que ce fameux soir où je n'ai pas été présent, j'aurais voulu être avec toi. Te prendre dans mes bras et te réconforter. Malheureusement, je suis allé m'installer dans mon bureau pour me dégriser et je me suis bêtement endormi. C'est banal, c'est ridicule, mais c'est la vérité ! Tu dois me pardonner. J'ai été minable, je l'avoue, mais je te jure que je n'ai jamais aimé personne comme je t'aime. Je te promets qu'à l'avenir, je serai toujours à tes côtés lorsque tu auras besoin de moi !

— Un taxi !? Ça n'existe pas chez toi ? balancé-je avec ironie.

— Ça ne m'a même pas traversé l'esprit !

— J'ai tenté éperdument de te rappeler, mais tu ne répondais plus à ton cellulaire. Mais j'y pense ! Je t'ai laissé un message à propos du taxi...

— Qu'est-ce que tu t'imagines, Catherine ?

— Je suis loin d'être cruche. La seule raison qui t'a empêché d'être à mes côtés, c'est : une autre fille. Trop tard, Guillaume, il n'y a plus d'avenir entre nous.

Mais qu'est-ce que je fais là ? Pauvre idiote !! Guillaume est le garçon le plus sain que j'ai côtoyé jusqu'ici. *C'est fou ce que l'inconscient peut nous faire dire !* Il est magnifique tel un dieu grec (je sais, je l'ai déjà dit), il gagne bien sa vie, est rigolo et gentil. De plus, son regard me fait sentir femme. Je sais qu'il me désire, qu'il m'estime, qu'il me trouve drôle et intelligente. J'adore me sentir dans ses bras, me coller contre son corps imberbe et me laisser enivrer par son odeur. Six mois de passion torride, six mois sans entraves, un seul pépin et oups ! il devra aller paître dans le champ avec toutes ces brebis égarées qui ont osé me blesser. Suis-je injuste ?

Je ne dois pas laisser la nostalgie s'emparer de moi. Tout va trop vite. Je ne sais plus trop quoi penser. Je ne peux pas passer par-dessus ça. *Après, ce sera quoi* ? J'ai le cœur qui se referme. Il a beau verser quelques larmes devant ma froideur, je n'ai plus aucune empathie pour lui. Il me fait pitié. Je le regarde et me surprends à le mépriser. Je ne croyais pas le voir un jour aussi faible. Hors de ma vue, ancien chevalier, tu n'as pas l'étoffe du prince que je recherche !

– Je t'en prie, Catherine, ne gâche pas les six plus beaux mois de notre vie pour une petite erreur...

Et le voilà qui pleure. Trop c'est trop, je n'en peux plus ! Je n'ai pas à supporter ses états d'âme. J'ai assez des miens, et ceux de Lucie... et de mes parents...

– Je suis désolée, Guillaume. Je ne veux pas te blesser davantage, mais ce qui est fait... est fait, et avec moi, il n'y a pas de retour en arrière.

– Si jamais tu changes d'idée, me dit-il les yeux baignant dans l'eau, tu peux me rappeler n'importe quand.

– N'y compte pas trop ! Ce n'est pas mon genre.

Je lui demande de ramasser ses affaires : vêtements, brosse à dents, photos... Il tente de me faire une dernière accolade, je recule au même instant. Comme il s'apprête à partir, je lui remets ses fleurs. Il se met à pleurer de plus belle. *Est-ce qu'on pourrait me dire qui est la fille dans cette histoire ?! (O.K., j'admets qu'une seule larme coule sur ses joues, mais j'aime m'imaginer qu'il sanglote pour moi.)*

La porte se referme. Je suis maintenant seule, toute petite et frêle. Je prendrais bien un verre de rouge. Par contre, il est un peu tôt (j'ai certains principes). Je m'installe dans la causeuse et attends.

Rien, je ne ressens rien. Rien que le vide. Je ne sais trop quoi penser de toute cette situation, de mon comportement si rigide, de ce lien qui une fois de plus s'est volatilisé aussi rapidement qu'il s'était tissé.

Je suis persuadée que Guillaume m'a trompée. Il me ment, c'est certain !

Et s'il disait la vérité ? Et si c'était une fabulation de mon propre cerveau ?

5

En direction de Saint-Jérôme.
Dans la voiture de Lucie, 16 h.

Assise sur la banquette arrière *(avec la charmante Aline à mes côtés)*, je n'ai qu'une seule pensée : m'éjecter par la fenêtre. À peine quinze minutes se sont écoulées depuis notre départ de l'hôpital et ils n'ont pas cessé de se chamailler, de rouspéter.

– Va moins vite, Lucie, gronde mon père.

– C'est qu'on aimerait bien se rendre, se plaint ma mère en s'adressant à Maurice.

– C'est sur le bord de la route que vous allez vous rendre si vous continuez, grommelle Lucie.

C'est plus fort que moi, je pouffe de rire. *Je me souviens qu'à l'époque, ricaner était le seul moyen de défense que j'avais déniché pour supporter les situations trop angoissantes. Dans ce cas, je devais rigoler tout le temps !* Mon père se met à me sermonner comme si j'avais cinq ans. Mon sourire s'efface aussi rapidement qu'il est apparu. Mes pensées tentent de s'évader, loin, très loin du gaspillage de salive qu'on impose à mes oreilles. Aline donne ses directives à Lucie comme si elle ne connaissait pas le trajet. Pour acheter la paix, ma sœur devrait suivre la route que notre mère lui propose. Ce qu'elle ne fait pas. Maurice sermonne sa femme :

– Lucie peut bien prendre le chemin qu'elle veut !

Résultat :

– Tu cherches constamment à m'abaisser. J'en ai plus que marre. Ton seul et unique but dans la vie, c'est de dire le contraire de ce que je dis. Les docteurs auraient dû te garder plus longtemps... j'aurais eu la sainte paix !

Parle pour toi, maman ! Non seulement on serait encore avec toi à la maison, mais en plus, il faudrait aller visiter Maurice à l'hôpital...

– Si tu ne m'étais pas tombée dessus aussi, j'aurais été en mesure de conduire ma voiture, lui reproche-t-il.

– Parlons-en de ta conduite, s'agite-t-elle.

– Qu'est-ce qu'elle a, ma conduite, hein ? Dis...

– Ça suffit vous deux ! Je ne veux plus un mot, sinon je me range sur l'accotement et vous y finirez votre querelle, se fâche carrément Lucie.

Vous voyez, c'est ce cran-là que j'envie ! Comme j'aimerais pouvoir me fâcher de la sorte... Mon rêve ultime ! Dix minutes s'écoulent sans que personne ne prononce un mot. Lucie ouvre la radio et met de la musique classique en sourdine (pour faire plaisir à Aline, je présume). Ma mère se plaint que le son est trop fort. Maurice revendique un poste avec de la musique country.

Et voilà ! C'est reparti !

Je me doutais bien que ce voyage ne serait pas agréable, mais de là à ce qu'il soit infernal... Mes souvenirs d'enfance me montent à la gorge. Les balades en voiture avec mes parents tournaient toujours au vinaigre. C'est épatant de voir à quel point la mémoire est une faculté qui oublie. Un goût de nicotine se fait sentir, je dois absolument fumer. J'étouffe. À défaut de m'exprimer *(de toute façon qu'est-ce que ça changerait)*, j'évacue mes émotions par le biais d'une paisible fumée blanche qui ne me fait surtout pas suer (mais qui m'amènera peut-être un jour à en crever... je vous l'accorde).

Il nous reste, tout au plus, vingt minutes à endurer ce calvaire. Si mon père m'avait laissé le soin de ramener sa voiture, aussi ! Au moins, on aurait pu les séparer. Mais non ! Maurice et sa grande confiance en ses filles... Il a plutôt donné à une de ses sœurs (résidant à Montréal) le mandat de venir la ramener demain.

Je n'ai qu'une image en tête : celle de... Guillaume. Mais qu'est-ce que j'ai fait ?! Qui m'écoutera lorsque je serai enragée contre ma famille ? Qui m'ouvrira les bras lorsque mon cœur, trop comprimé, m'extorquera une ondée de larmes ? À qui vais-je me confier dorénavant ? Certes, il y a Lucie... mais lorsque j'aurai besoin de parler d'elle !?

C'est bien moi, ça ! Agir sur un coup de tête et regretter par la suite. Tel que je me connais, je n'oserai même pas le contacter. Bien trop peur d'être rejetée à mon tour... Bien trop orgueilleuse pour lui avouer que je me suis peut-être trompée à son sujet... Et s'il disait vrai ??? (Je ne cesse de me poser cette question, une vraie torture !) Si je venais de mettre fin à une belle histoire d'amour ? Et si je venais de balancer l'homme de ma vie par... fabulation, hystérie, FOLIE ?!

Qu'il soit n'importe quelle heure, ce soir, je bois pour oublier. *Ne paniquez pas... un verre ou deux, fidèle à mes habitudes.* Je dépose leurs bagages dans l'entrée. Mon père s'effondre dans sa causeuse, ma mère monte vers sa chambre.

Nous sommes enfin délivrées !

Lucie me fait signe de venir. *J'accours.* Immense déception. Elle m'informe que nous devons aller faire leur épicerie. Ah non ! Il me semble qu'on en a assez fait ! Cette fois, je prends mon courage à deux mains et je rouspète. *Advienne que pourra !*

– Qu'ils passent leur commande par téléphone !

– Franchement, Catherine. C'est l'heure du souper et ils n'ont rien à manger. Et puis, ça rendra nos parents heureux.

Mais je m'en balance ! C'est à mon bonheur à moi que je pense ! Ont-ils pensé au mien lorsqu'ils m'ont fait grandir dans cet univers de guérillas ? Mais c'est encore moi qui vais passer pour une égoïste... Quelle famille de cinglés ! *Moi y compris, et bien malgré moi !*

6

5510, rue Cartier, Montréal.
Mars 2007.

Les yeux à demi fermés, je m'empresse d'atteindre mon réveille-matin afin de ne pas tirer Lucie de ses rêves. Cette journée a nourri mes fantasmes tout au long de mes études. J'enfile mon tailleur le plus distingué. Quelle classe ! Le vrai sosie de Claudia Schiffer ! En plus petite, rouquine, aux yeux verts. Je brosse mes dents, mes cheveux, me maquille et contemple une dernière fois le résultat. La nervosité me gagne. Le doute s'installe. Vais-je faire l'affaire ? Que vont-ils penser de moi ? Serai-je à la hauteur de leurs attentes ? Je devrais peut-être me défiler avant qu'ils m'étiquettent comme incompétente... *Bonne idée, Catherine, tu pourrais aussi t'enfermer dans ta garde-robe jusqu'à la fin de tes jours !*

C'est un prestigieux bureau d'avocats. *Ça justifie mes peurs, non ?* On me confiera les cas d'enfants et d'adolescents. Le rêve ! Défendre ces petits, les protéger contre certains adultes inconscients qui n'ont pas encore réalisé que ce qu'il y a de plus riche au monde, ce sont les gamins ! J'avale une bouchée, je prends une gorgée de café et ne cesse de fixer le cadran de ma montre. Je ne dois surtout pas être en retard. Mon bus passe vers sept heures trente. Lucie, tout échevelée, sort de sa chambre vêtue de son peignoir blanc. Flûte ! j'ai dû la réveiller.

Déjà qu'elle n'est pas très bavarde le matin... Elle se dirige vers la salle de bains. Le frottement de ses immenses pantoufles sur la céramique m'indique clairement que sa vitalité se prélasse encore sur son matelas. Machinalement, elle s'épongera le visage avec de l'eau, se brossera les dents et mettra ses verres de contact avant d'être un tant soit peu loquace. De toute manière, je n'ai pas une minute à perdre. La voilà qui réapparaît. *Aucun sourire sur les lèvres.*

— Salut ! dit-elle, en bâillant.

— Je t'ai réveillée ?

— À peine..., précise-t-elle en bougonnant.

— Va te recoucher, lui conseillé-je tendrement.

— Je donne un cours à treize heures, je dois le réviser. Pas trop nerveuse pour ta première journée ?

— Oui, un peu trop à mon goût. J'espère que ça ne paraît pas !

— Tu seras parfaite. De toute façon, je ne vois pas pourquoi tu t'inquiètes ! Ma petite sœur avocate ! Je suis éblouie par ta persévérance. Je te jure qu'il y a eu plusieurs moments où je croyais réellement que tu allais tout saboter par ton rythme de vie si effréné. Chapeau ! Je ne sais pas comment tu as fait !

Quoi !? Il me semble que mon rythme de vie n'était pas si infernal. Il est vrai que lors du bac, je sortais les week-ends et à quelques occasions la semaine... mais il ne faudrait pas exagérer ! C'est sûr que pour elle, c'est probablement trop. Madame-je-règle-ma-vie-au-quart-de-tour ! *Et celle des autres...*

Avec du recul, je réalise que je n'ai jamais été aussi écervelée qu'elle semble l'imaginer. Malheureusement, à cause de tous les commentaires de Lucie-la-bornée, je me suis mise à douter. Et à souffrir d'un syndrome de culpabilité aiguë ! Ma chère sœur n'est pas l'unique responsable. Quelqu'un s'en est chargé bien avant elle. À leurs yeux, je ne fais jamais rien de bien. Ou si peu... *Catherine, ne te mets pas ces idées en tête ! Aujourd'hui est le jour le plus important de ta vie. Il n'y a que ça qui importe. Et puis, elles finiront bien par se rendre compte que tu n'es pas nulle. En tout cas, pas tant que ça...*

◆　◆
◆

Centre-ville de Montréal.

Installée à mon bureau, j'observe la pile des dossiers qui m'ont été confiés. Mon esprit serait tenté de céder au découragement, mais ma motivation lui botte le derrière. J'examine un premier cas afin de m'approprier la cause. Je scrute du regard mes collègues de travail qui sont tous bien affairés. *Grosso modo*, les gens semblent assez sympathiques mais également coincés. Comme au bac, quoi ! Y a-t-il un endroit où je ne me sentirai plus comme une extraterrestre... Certainement pas ici !

Tout au long de mes études, je me suis sentie étrangère et mes camarades de classe ne se cachaient pas pour me le confirmer. Mon sens de l'humour et mon ouverture d'esprit faisaient contraste (pour ne pas dire offense) à la plupart des étudiants de la faculté. *Eux vous diraient que c'est mon manque de sérieux, mais ne les écoutez pas. Ce sont des avocats !* Par chance, j'ai rencontré quelques garçons moins rigides avec qui je pouvais rigoler.

J'espère réellement que ce métier me conviendra et que j'y aurai l'étoffe qu'avait la juge Ruffo lorsqu'elle exerçait le droit. Non que je veuille accéder à sa notoriété. Seulement à son entêtement... Ne jamais oublier que nous sommes là pour aider et protéger ces enfants défavorisés par la vie. Et si je m'étais gourée dans le choix de mon métier ? Un des avocats m'observe et me sourit poliment. Arrive-t-il à lire dans mes pensées, à pratiquer une forme de télépathie ? Intimidée par son regard, je me recentre rapidement sur mon travail.

Mon état de stress avancé s'est finalement dissipé. Il était temps, car je ne crois pas que mon corps aurait pu en subir davantage. *Angoisse, quand tu décides de nous posséder !* L'heure du dîner approche. Il y a une cafétéria dans l'édifice, j'y prendrai un sandwich et je me permettrai enfin de respirer librement. J'ai l'impression de retenir mon souffle depuis que j'ai posé les pieds ici. Question d'alléger mon état d'anxiété... il a fallu que j'atterrisse dans une immense tour à bureaux ! Moi qui ai le vertige ! De plus, les ascenseurs sont vitrés. Vraiment super, on a l'impression d'avoir les deux pieds dans le vide ! Qui sait ? Peut-être que je combattrai le feu par le feu ! *Si je ne m'évanouis pas avant !*

Assise parmi quelques collègues, j'écoute une discussion qui tourne autour du métier. *Ce sera pour plus tard, la cafétéria...* Ce dîner d'accueil a été improvisé par ce fameux garçon, Sébastien, qui m'observait ce matin. Ce geste me touche et m'aide à établir un contact avec mes confrères. *Mais pas à*

respirer aisément... Chaque avocat raconte à tour de rôle sa meilleure défense, sa pire ou encore la plus cocasse. Évidemment, je n'ai rien à raconter pour l'instant. À moins que je leur parle de toutes les fois où j'ai pris la défense de ma mère contre mon père *ou vice versa...* Soyez sans crainte, je blague ! Je me réjouis malgré tout de les écouter et de les observer afin de me faire un portrait réaliste d'eux. Sébastien s'est assis à mes côtés et me passe de petits commentaires rigolos mais discrets sur chacun de ses collègues qui ose prendre la parole. Mon petit doigt me dit que j'aurai beaucoup d'affinités avec cet homme de loi. *Quoi ? Je parle d'affinités au travail, bien sûr... Qu'allez-vous donc imaginer ?*

◆ ◆
◆

5510, rue Cartier.
Mai 2007.

Je dépose mes clés sur la petite table d'entrée et j'active machinalement le répondeur.

Maude aimerait bien sortir ce soir. Bonne idée !

France nous dit qu'elle est heureuse de son choix (elle nous a quittées pour retourner vivre dans son patelin, à Sept-Îles), mais qu'elle s'ennuie de nous. *Sweet.*

Lucie a déserté l'appart pour le week-end, elle s'est loué un chalet avec Denis à Mont-Tremblant.

Ma mère ne veut pas qu'on s'inquiète pour elle, mais elle a quitté mon père. Quitté mon père !? Elle laisse un numéro de téléphone temporaire...

Ce n'est pas sérieux ! Qu'est-ce qui se passe encore avec ces deux-là ! À la suite de leur chute, on a bénéficié d'une accalmie *bien méritée*. Depuis, lorsque je parle à ma mère, elle ne cesse de le critiquer : « Il ne fait jamais rien dans la maison, il est toujours en train de crier, il veut tout contrôler. » Ou : « Il est totalement absent, il passe ses soirées à la taverne, mais je n'ai pas dit mon dernier mot ! » Que de la petite bière (pardonnez-moi ce mauvais jeu de mots, d'accord ? Mettons ça sur le dos de la contrariété...), de l'usuel. L'important, c'est que jusqu'ici aucun drame majeur n'est survenu.

Le problème, avec mes géniteurs, c'est qu'ils se livrent une guerre sans fin. Comparable à celle qui oppose Israël et la Palestine depuis des millénaires. Nous sommes piégées entre les deux à perpétuité. Coincées comme des mouches dans leur satanée toile d'araignée ! Nos tentatives pour en calmer un, ou demander à l'autre de se contenir, sont vouées à l'échec. Je les soupçonne de prendre leur pied à se quereller de la sorte, *pour notre plus grand malheur*. Quand je repense à mon enfance, je réalise que je n'ai jamais vu mes parents se parler tendrement. À toute heure du jour, ils se martelaient *et se martèlent encore* par leurs injures. Toute petite, je m'impatientais et criais à mon tour : « Qu'attendez-vous pour vous séparer ? » J'aurais préféré ne plus les entendre beugler de la sorte. Ma mère me répondait, convaincue : « T'inquiète pas, la journée où vous aurez quitté la maison, je le quitterai aussi. » Pourquoi ?! Pourquoi nous libérer lorsque nous serons déjà libérées (car je m'imaginais avoir la sainte paix une fois devenue adulte, *pauvre idiote*) !

Ma mère a tellement souffert de la séparation de ses parents qu'elle s'est imaginée que... les enfants devaient à tout prix cohabiter avec leurs père et mère. OK, mais pas à n'importe quel prix ! Plutôt vivre avec une meute de lions. Au moins, là, les rôles sont clairement définis. *J'imagine que ça doit éviter les conflits. Sinon, ça se règle à grands coups de dents... Rapide et définitif !*

J'aurais voulu leur dire que dans certains foyers, il est préférable d'habiter deux maisons distinctes... Je n'ai jamais osé ! Peu importe, ils ne m'auraient pas écoutée. À leurs yeux, je n'étais qu'une enfant, et mes propos ne valaient rien, *et encore aujourd'hui, d'ailleurs* ! Même Stéphane Dion aurait plus de chances que moi d'être écouté. *Ce qui n'est pas peu dire...*

Et si cette journée était enfin arrivée ? Trop tard ! Je préfère qu'ils restent ensemble. S'ils se séparent, on multiplie les problèmes par deux ! *Mon Dieu, épargnez-nous !*

Parfois, je suis tellement crédule... C'est une roue qui tourne constamment en rond. Je m'explique. Comme à l'accoutumée, Aline et Maurice vont se rendre jusqu'au tribunal, vont obtenir leur demande de divorce, vont changer d'avis et revenir ensemble au bout de quelques semaines. *Changer un peu le refrain, chers parents, ça ne vous dirait pas ?* Question de nous déstabiliser un peu. Les premières fois, j'étais complètement anéantie. Mais après quatre tentatives infructueuses, une fille s'habitue et se forge une carapace. Ce qu'ils peuvent m'exaspérer, à la fin ! Aliénants, voilà ce qu'ils sont.

Cette fois-ci, qu'ils ne comptent pas sur moi pour témoigner ! C'est fini ! Je ne m'en mêle plus, je me suis suffisamment impliquée dans leurs histoires. Le comble, c'est que j'ai toujours pris le parti de ma mère, mais à tout bout de champ, elle nous trahissait et finissait par renoncer à son projet. Ce que je pouvais la mépriser ! Lui aussi d'ailleurs ! Ont-ils pensé une seule fois à ce que nous ressentions ? Leur cortex a probablement fui, depuis le temps. Je griffonne son numéro de téléphone en soupirant de désespoir. L'envie de joindre Lucie me tenaille. Ne voulant pas ruiner son weekend, j'assumerai seule la situation. *Après, elle dira que je ne pense qu'à moi !*

– Centre des femmes, bonjour, me répond-on.

Comment ? Centre des femmes ? *J'ai dû mal composer le numéro !*

— Puis-je parler à Aline Sanschagrin, je vous prie ? balbutié-je, abasourdie.

— C'est de la part de qui ? demande froidement la dame.

— Sa fille Catherine.

— Elle attendait justement votre appel. Restez en ligne quelques secondes, je vous la passe.

Je ne comprends plus rien. Qu'est-ce qu'elle fiche là ? Je veux bien croire que mon père est plus souvent qu'à son tour insupportable, mais il n'est pas violent pour autant. Un caniche le serait davantage. Qu'est-ce qu'elle va encore inventer ? J'en ai plus qu'assez ! Dommage mais, cette fois-ci, Picasso devra y mettre du sien ! (C'est le surnom que je donne à ma sœur Marie, car elle a l'âme d'une artiste !) À défaut de déranger Lucie, j'en perturberai une autre ! Ce sont ses parents, à elle aussi !

— Lucie ? chuchote ma mère.

— C'est Catherine, bougonné-je en soupirant. Lucie est partie avec Denis dans les Laurentides. Maman, pourquoi chuchotes-tu et que fais-tu dans ce centre de femmes battues ?

— J'avais peur que ce soit ton père, me dit-elle, rassurée. Je n'en pouvais plus. Il fallait que je parte, je ne savais pas où aller.

— Tu aurais pu nous appeler ! lui lancé-je offusquée.

Elle nous appelle constamment pour des balivernes, mais lorsqu'il y a de vraies urgences...

70

– J'ai paniqué ! Lorsque je suis sortie de la maison, mon sang giclait de partout. Un couple en voiture m'a aperçue et ils m'ont amenée ici.

– Blessée comment ? lui demandé-je sceptique (je connais son sens de l'exagération).

– Un coup de couteau au bras, affirme-t-elle.

– Qui t'a fait ça ? Certainement pas papa !

– Tu connais Maurice ! Il y a trois jours, il a rappliqué avec un ivrogne ramassé à la taverne. Il vit maintenant à la maison et ils boivent comme des trous. Hier, je me suis fâchée après ton père. Je lui ai dit que René devait partir. C'était lui ou moi. Son supposé ami voulait que je quitte la maison, il m'a menacée avec un couteau. J'ai essayé de le lui enlever et il me l'a enfoncé dans le bras. C'est à ce moment que je me suis enfuie en courant.

J'hallucine, c'est sûr. Pincez-moi, réveillez-moi, c'est un cauchemar.

– Bon. Tu ne bouges pas, dis-je avec un calme étonnant (et trompeur). Je viens te chercher. As-tu avisé Marie ?

– Je ne voudrais surtout pas qu'elle se fasse du mauvais sang pour moi. Sa santé est si fragile.

– C'est évident, réponds-je avec dérision. Tu pourras rester avec nous le temps qu'on trouve une solution. Papa ne t'a même pas défendue ? vérifié-je plus que douteuse.

– Il est devenu cinglé ! Il ne cesse de répéter que je suis tombée sur la tête, qu'il a fini de m'endurer et qu'il a le droit d'inviter qui il veut ! Il était encore soûl !

– Ne lui dis surtout pas où tu es. Je serai là d'ici une heure.

– Tu es certaine que ça ne dérangera pas ta colocataire Francine ? s'inquiète-t-elle.

– France, elle s'appelle France. D'ailleurs, elle ne vit plus avec nous. Lucie ne te l'a pas dit ? On vit seulement toutes les deux maintenant. Tu me donnes l'adresse ? dis-je en me mordant les lèvres pour ne pas hurler mon irritation.

◆ ◆
◆

Je ferme la porte doucement derrière moi. Je crois que ça ira. Ma mère est étendue dans le lit de Lucie. Elle doit se reposer. J'ai appelé Maude afin de l'aviser que je n'avais pas la tête à sortir. Me côtoyer n'aurait pas été des plus agréables. Le clown est triste. Il y a des limites à faire semblant et, cette fois, elles sont atteintes.

La blessure d'Aline ne semble pas si grave ; elle a eu plus de peur que de mal. Je suis impatiente d'entendre la version de mon père... On ne sait jamais qui dit vrai dans leurs conflits.

Tout un beau vendredi soir ! Palpitant à souhait ! Au moins, j'aurais pu inviter Maude à venir faire du balcon avec moi. Non, c'est préférable que je reste seule afin de faire le point sur ce nouveau drame. Tiens ! je pourrais aussi me tirer une balle dans la tête, question d'avoir la sainte paix ! *Franche-ment, Catherine ! Ne tombe pas dans leur déprime.*

Un remontant au plus vite. Question de survie !

Il faut que je me case, que je parte loin de ce fléau. Je n'en peux plus. Je suis persuadée que c'est à cause de mes parents si je suis incapable de conserver une relation intime.

72

Je n'ai confiance en personne. *Mis à part Lucie.* Même Maude est une bonne camarade, mais je ne lui raconte rien de trop intime. Il faut dire qu'elle vient d'une super bonne famille et que j'ai vraiment honte de la mienne. Elle a déjà croisé mes parents, mais je me suis empressée de quitter les lieux avant qu'elle ne découvre le pot aux roses. Une seule fleur doit l'embaumer. Moi. C'est ridicule, mais j'ai l'impression que si mes amies ou mes amoureux réalisaient d'où je viens, plus personne ne s'intéresserait à moi.

Un boute-en-train, c'est ce que j'ai dû devenir afin de camoufler à quel point j'étais malheureuse. Normal que j'aie besoin de consommer comme je le fais. Il n'y a que ça, maintenant, qui me procure une parcelle de bonheur ! *Bon, ça y est, encore la culpabilité... Tu ne consommes pas tant que ça ! Ouvre-toi les yeux, Catherine !*

Le seul aspect de ma vie qui fonctionne vraiment, c'est mon boulot. Je suis performante, efficace et mes supérieurs semblent apprécier mon travail. Et pour cause ! Je me donne à deux cents pour cent pour épater la galerie ! S'ils savaient comment je me sens réellement. Ils seraient tous estomaqués !

Je me tire une chaise sur le balcon. Comment se fait-il que je répète les comportements que j'appréciais le moins de mon père ? *En dix fois moins pire, on s'entend !* Ma vie est un échec ! J'ai vingt-six ans, je suis toujours célibataire et loin d'être mariée. Moi qui rêvais d'une petite vie rangée dans ma maison de campagne avec mon mari et mes enfants. Du genre *La petite maison dans la prairie.* Je ferais mieux de mettre une croix dessus. Encore aujourd'hui, j'y aspire, mais je suis réaliste ! Les gars que je rencontre ne sont jamais à la hauteur. Ils boivent trop, se droguent trop ou ne sont pas sérieux. Je ne vaux guère mieux... De toute façon, les gens en général n'arrivent plus à s'engager. À part Marie et Lucie. Mais le sont-elles vraiment, engagées ?

– Catherine, je peux traverser ?

Il ne manquait plus que ça ! François. C'est le voisin du duplex d'à côté. Son balcon est juxtaposé au mien. Il est gentil, mais ce n'est vraiment pas le moment. Je serai encore obligée de faire semblant que tout va bien... Toujours aussi incapable d'écouter mes besoins, je lui fais signe de venir. En souriant... beaucoup plus que la Joconde (Mona Lisa, bien sûr !).

Il a un *look* de motard drogué. Un dur à cuire, quoi ! Ses cheveux sont plus longs que les miens (l'ancien Bruno Pelletier). Vous voyez un peu le genre ? Il porte la veste de cuir, joue de la guitare, termine ses études en théâtre et n'a pas un sou. *OK, concernant ce dernier commentaire, j'émets un préjugé, car je n'en ai aucune espèce d'idée. C'est une supposition.* Ses parents semblent avoir de l'argent et payent probablement ses études. Veinard. Son univers est à l'opposé du mien. Complètement. *Second jugement téméraire.* Nous sommes voisins depuis un an, mais nous avons fait un premier brin de causette il y a seulement trois mois. Je n'avais plus de pâte de tomates et je faisais une sauce à spaghettis. Un classique entre voisins, quoi ! Depuis, on se fait des brins de jasette ici et là. Il est bien sympathique, *lorsque le cœur y est (le mien).*

– Un verre de vin ? dis-je avec une politesse hypocrite.

– Qu'est-ce que tu fais là, seule dans le noir, un vendredi soir ?

– Je cuve mon vin, réponds-je en riant.

– Mon père te dirait que lorsque tu commences à boire seule, c'est le début de l'alcoolisme, commente-t-il sérieusement.

S.T.P. François, ne dis pas des balivernes de la sorte, car j'y crois dur comme fer, moi ! Si tu savais à quel point j'ai peur de devenir alcoolique. (C'est là la plus grande séquelle des enfants qui ont eu un parent alcoolo. OK, je ne suis pas certaine de ce que j'avance. Mais c'est la mienne, en tout cas !)

— Tu ne bois jamais seul ? lui demandé-je, fortement intriguée et bougrement honteuse.

— Non, je n'en vois pas l'intérêt.

— Moi, ça me fait un bien immense !

Je lui tends un verre qu'il accepte. Il m'offre une cigarette que je prends à mon tour. Comment définir la personnalité de François ? C'est un gars extraverti, ultra-rigolo, verbomoteur, sensible, hypercultivé (il semble pouvoir discuter sur n'importe quel sujet). De plus, c'est un genre de caméléon. Il s'adapte à la personnalité des gens qu'il côtoie (il devrait faire attention à moi) ! Sa simplicité demeure déconcertante. Trop gentil. Il y a anguille sous roche.

L'autre matin, je l'ai croisé devant le dépanneur du coin. Il jasait avec un sans-abri. J'aurais juré qu'il le connaissait depuis des lustres. Non. Il m'a avoué sur le chemin du retour qu'il n'avait jamais vu cet homme mais qu'il avait été incapable de passer outre. *Bébête rarissime dans notre monde si égocentrique !* Étrangement, il m'a remerciée de l'avoir en quelque sorte sauvé de la situation !? Comme je ne comprenais pas trop son point de vue, il m'a expliqué avoir beaucoup de compassion pour ces personnes que la vie n'a pas avantagées et qu'il se fait prendre à jaser de longs moments avec eux par souci de répondre à leur besoin d'être écoutés. Vous voyez, trop aimable ! Et bizarroïde !

Ce n'est pas mon genre. Pour ma part, les sans-abri, je les salue mais sans plus. Pas de temps à perdre. Membre de la société individualiste à part entière, la Catherine ! Mais ne me présentez pas un enfant qui souffre ! Vous pouvez être assurés que mon écoute sera absolue. Je revêtirai mon armure et serai prête à affronter vents et marées, Goliath ou même encore le fantôme d'Hitler pour me porter à la défense de cet être vulnérable. Mais un adulte, ça m'indiffère. Cherchez l'erreur ! Ou le pourquoi ?

— Tu ne sors pas ce soir ? dit-il surpris.

On se croise à l'occasion au Passeport.

— Je ne peux pas, je garde, précisé-je en grimaçant.

— Un neveu ? Une nièce ?

— Pire, ma mère.

— Ta mère est chez toi ? Elle vit chez toi ! s'exclame-t-il, visiblement estomaqué.

— Ouais. Pour quelques jours.

— Moi, je ne serais pas capable. La mienne est trop ordonnée. J'ai l'impression qu'elle ramasserait tout au fur et à mesure. Lorsque je suis parti de la maison, c'est là que j'ai commencé à pouvoir laisser tout traîner librement.

— Et ton père, il est comment ?

— Rigolo en public mais parfois bougon dans l'intimité. Quand j'étais jeune, il était très autoritaire, un peu trop. Mes amis étaient effrayés par son timbre de voix. Tu vois le genre ? Qui jappe mais qui ne mord pas ! rigole-t-il.

— C'est drôle, l'opinion qu'on se fait des gens. Je les ai entrevus l'autre jour et je n'aurais jamais pu imaginer ça.

– Et tu imaginais quoi ? s'informe-t-il avec curiosité.

– Que tu avais une super relation avec tes créateurs. Si j'ai autant de style à leur âge, je serai fière de moi ! J'ai aussi trouvé qu'ils avaient l'air de former un couple harmonieux.

– J'ai une belle relation avec mes parents, mais rien n'est parfait. Tout petit, lorsque j'allais jouer chez mes amis, je réalisais à quel point c'était paisible chez moi... sauf quand mon père bougonnait, me dit-il en s'esclaffant. La seule personne qui déplaçait réellement de l'air, c'était probablement moi !

Tout en continuant à bavarder, il attache ses cheveux. C'est la première fois que je vois vraiment son visage. Ça alors ! Il est mignon derrière cette grosse tignasse ! Je suis curieuse de savoir pourquoi il a les cheveux longs. Il m'explique n'avoir eu aucun grand succès auprès de la gent féminine avant cette coiffure. Quatre ans depuis... que les dames se retournent sur son passage.

Pas moi, en tout cas ! Ce n'est pas mon style, un peu trop bohème à mon goût. Je préfère les hommes professionnels, BCBG. Surtout les *cravateux* ! Je n'ai aucune attirance pour le genre Harley Davidson.

– Qu'est-ce qu'elle vient faire chez toi, ta mère ?

– Crois-moi, tu n'as pas envie de le savoir. De plus, c'est trop long à expliquer.

– Autrement dit, tu ne veux pas en parler.

– J'évite de penser à eux, et parler d'eux me fait penser à eux, l'informé-je en dédramatisant.

– Ils sont si pénibles ?

— Pénibles est un euphémisme dans leur cas !

Je lui souris (je ne vais tout de même pas me mettre à pleurer à chaudes larmes).

Alcooliques, angoissés, tourmentés, violents (du moins verbalement), dépressifs, dépendants, victimes seraient quelques qualificatifs dignes de les représenter. *OK, j'exagère un peu mais pas tant que ça.* Ils ont également quelques qualités, mais en ce moment, j'ai le nez un peu trop collé sur eux à mon goût, je ne peux plus les sentir. D'ailleurs, je ne vais pas commencer à raconter ma vie à un simple voisin. Franchement, je le connais à peine ! Il est un peu trop fureteur à mon goût, ce François.

— Tu sais, en parler pourrait t'aider à te libérer un peu, me dit-il avec empathie.

— Ça t'intéresse, les histoires de famille ? me moqué-je carrément de lui.

Ça va faire, l'intrusion !

— Pas toutes les histoires, mais la tienne, oui ! Je me suis toujours imaginé que tu venais d'Outremont.

Quoi ? Tu as déjà pensé à moi ? Tu as du temps à perdre !

— Merci pour le compliment, mais je suis vraiment loin de venir d'Outremont.

— Alors, d'où viens-tu ?

— D'un petit village près de Saint-Jérôme.

Il commence à m'embêter royalement avec ses questions. Quoique ça change le mal de place.

– Une fille des Laurentides... Tes parents sont-ils encore ensemble ?

Je ne vois pas le lien !

– C'est complexe, lui réponds-je, expéditive.

– Vous êtes combien d'enfants ?

– Trois filles, mais c'est surtout Lucie que je fréquente.

– J'espère ! Tu vis avec... Elle est gentille, ta sœur, mais très différente de toi. Elle a l'air beaucoup plus réservée.

– Elle n'est pas réservée, elle est sérieuse. C'est le travail avant tout, elle s'amuse s'il lui reste du temps.

– Je vois le genre. Le contraire de toi ! Tu as l'air d'avoir beaucoup de plaisir dans la vie.

Mais ça va faire, l'analyse ! *Écoute champion, si jamais je veux me faire triturer le cerveau, j'irai cogné à la porte d'un professionnel.*

Je sais ce que je vais faire. Je vais détourner la conversation, comme ça, il va me laisser tranquille, l'inspecteur Colombo.

– Et toi ? Tes parents semblent assez classiques. Ils ne sont pas trop découragés d'avoir un fils aussi excentrique ?

– Peut-être, mais tant pis, je suis comme je suis ! Ils auraient sûrement souhaité que je devienne médecin ou avocat, mais moi je rêvais de devenir comédien. Je crois qu'aujourd'hui, ils ont fait leur deuil et peu importe ce que je ferai dans la vie, ils seront fiers de moi (*je deviens presque verte de jalousie*). Si tu savais le plaisir que j'ai à me mettre dans la peau d'un autre, de m'imaginer que je viens d'ailleurs, de jouer comme si j'étais un petit garçon.

— Ce doit être très difficile. Je ne crois pas que je pourrais y arriver, dis-je avec conviction.

— Tu as beaucoup d'énergie. C'est une grande qualité chez les acteurs. Au fait, as-tu commencé ton nouvel emploi ?

— Oui, monsieur ! Depuis six semaines !

— Et ? C'est comment d'entrer concrètement dans le monde des adultes ?

— C'est beaucoup de responsabilités. J'ai des tas de trucs auxquels penser, des rapports à rédiger, des lectures. Je ne sors presque plus, je n'ai plus le temps. En plus, je dois me lever tôt, maintenant. J'aime mon travail, conclus-je convaincue.

— Je suis content pour toi. Ça doit être très décevant d'achever un bac et de s'apercevoir qu'on n'aime pas ce qu'on fait en arrivant sur le marché du travail.

— Pire encore... ne pas se trouver d'emploi dans son domaine. C'est un peu ce qui est arrivé à Lucie. C'est pour ça qu'elle est devenue professeur à l'université.

— Tu ne m'as toujours pas dit pourquoi ta mère est chez toi ?

— Elle est en visite (*mais ce qu'il insiste !*). Écoute, j'ai passé une belle soirée, mais là, je suis claquée. Je dois aller me coucher (*avant de raconter trop de bobards*).

— Ça te dirait de venir faire un tour de moto un de ces quatre ?

– Peut-être, on verra.

Tu peux toujours courir !

♦ ♦
♦

Ce n'est pas vrai ! Je n'ai que deux matins par semaine pour dormir et il faut qu'on me réveille. Sept heures trente. Cette fois, ça ne peut pas être Aline !!! Je me précipite pour répondre avant que la sonnerie ne réveille ma mère. Ma tête va exploser, et si ça continue, le cœur aussi.

Je chuchote :

– Allô ?

– Catherine ? beugle une voix fort bien connue dans le combiné.

J'aurais dû m'en douter !

– Pourquoi appelles-tu si tôt ? Qu'est-ce que tu as à me dire de si urgent ? réponds-je sèchement.

– Elle t'a appelée ? Elle est avec toi ?

– De qui parles-tu ? lancé-je hypocritement.

– Tu le sais très bien. Je suis sûre que ta mère est avec toi. Elle a dû te raconter n'importe quoi, comme d'habitude. Tu l'as prise en pitié et je vais encore passer pour le méchant, se plaint-il comme un gamin.

– Si tu ne veux pas que je te raccroche au nez, arrête de me crier dans les oreilles. Je ne t'ai rien fait, moi ! Que se passe-t-il ?

81

– Mardi, ta mère est partie comme une hystérique, elle s'est jetée devant une voiture et un inconnu l'a ramassée. T'imagines ! Elle embarque avec des étrangers ! Elle risque de se faire tuer, insiste-t-il, complètement paniqué. C'était peut-être un tueur en série... On va la retrouver découpée en rondelles et...

– Papa ! Arrête ce délire. As-tu déjeuné avec une vodka jus d'orange ?

– Ne commence pas... ce n'est pas le temps de rigoler (je ne rigole pas le moins du monde). Elle a perdu l'esprit, je te le dis. J'avais ramené un ami à la maison, on a un peu fait la fête. Il ne pouvait pas prendre sa voiture dans un état pareil, alors je l'ai invité à dormir ici. Sauf que le lendemain matin, ta mère lui courait après avec un couteau pour le mettre à la porte. Tu parles d'une malade ! Elle n'est pas bien, je te dis, pas bien du tout !

Je soupire. Mon cerveau est une fois de plus berné. Mon hamster court sans but et sans s'arrêter dans sa roue. Encore une fois, je n'ai aucune idée du vrai scénario. Mes parents ont carrément manqué leur profession. Avec leur grande imagination, ils auraient pu faire quelque chose de grandiose pour la planète, j'en suis persuadée (j'ai bien le droit de réinventer mes géniteurs) !

– Après ?

– Après, rien. Elle est partie en courant dans la rue et elle n'a pas rappelé depuis. Je croyais qu'elle était avec vous. Tu lui as sûrement parlé ? me dit-il méfiant.

– Oui.

– Elle veut ENCORE divorcer, c'est ça ? C'est toujours la même rengaine avec elle. Cette fois-ci, je vais la laisser faire et on va se séparer pour de bon !

– Papa...

Je ne suis pas découragée, je suis seulement exténuée, épuisée, lessivée...

– En tout cas, j'espère que vous allez vous ouvrir les yeux et que vous ne prendrez pas pour elle ! Vous voyez bien que votre mère n'a pas d'allure ! Ce n'est pas moi le problème...

– Tu ne donnes pas ta place non plus ! De toute manière, je ne suis pas juge et je ne cherche pas de coupable, lui réponds-je avec un trémolo dans la voix.

– Tu es tout de même devenue avocate. Bon, ça y est, elle t'a eue ! Tu l'as déjà prise en pitié. Tu veux que je te dise comment elle est, ta mère? Tu veux que je te le dise vraiment ? Tu ne la connais pas. Dès qu'on a le dos tourné, la seule chose qu'elle fait, c'est de nous poignarder. Même à toi, elle fait ça. Après avoir discuté avec elle, la seule chose qu'elle fait... c'est de récriminer contre toi. En plus, elle n'a jamais su garder vos secrets. Elle appelait la terre entière pour tout raconter. Je lui disais : « Fais pas ça, les petites te font confiance. » Mais non, elle préférait dire aux autres : « Ne leur dis pas que je te l'ai dit. » As-tu déjà remarqué que lorsqu'on lui raconte quelque chose, elle amplifie tout le temps notre version ou la change complètement ? Je te le dis, *elle n'est pas équilibrée !*

– L'es-tu vraiment plus ? Je pense que tu es en colère, affirmé-je totalement impuissante.

– Mets-en que je suis en colère. Il y a toujours bien des limites ! C'est juste une manipulatrice.

– Papa n'oublie pas que tu parles de ma mère.

– Tu sais ce qu'elle a fait, TA MÈRE ? Hein ? Quand elle était plus jeune, elle a eu un enfant. Tu as une sœur beaucoup plus vieille que toi. Tu vois bien que tu ne la connais pas. Elle ne te l'a jamais dit, hein ?

Estomaquée, je raccroche. Balivernes ! Cette fois, il dépasse les limites. Il ne sait plus quoi inventer ! Le plus terrible, c'est qu'il a réussi à semer le doute en moi. Et si c'était vrai ? Mon Dieu ! Que dois-je faire ? La questionner ? La ligoter, la bâillonner et la soumettre à la torture pour qu'elle me dise la vérité, toute la vérité, seulement la vérité ? Et Lucie qui n'y est pas... À l'aide ! Je ne veux pas rester seule avec ce lourd secret, *qui n'en est probablement même pas un...* J'empoigne le téléphone et enfonce les touches d'un index tremblant. Ma petite nièce Léa me répond. Habituellement, je craque devant son charme. Pas aujourd'hui. Une automate. Figée, je lui demande de vérifier si Marie veut me parler. (Je dis *veut*, car Picasso ne veut pas toujours nous parler. Ah ! ces artistes ! Elle est facilement sur la défensive. Pour ne pas dire constamment. C'est comme si elle était déjà sur le mode attaque avant même de connaître le sujet de la discussion. *Séquelle qui doit venir de notre enfance, je présume.*)

– Salut, me dit-elle méfiante.

– Tu vas bien ? vérifié-je en piétinant sur des œufs.

– Oui, depuis quand tu t'en préoccupes ?

Voilà ! Vous voyez ce que je veux dire !

– Marie, tu sais bien que je me soucie de toi.

– Quand ça fait ton affaire !

Je respire par le nez et comprends pourquoi je ne l'appelle pas plus souvent. Une forte envie de fondre en larmes m'envahit, mais je sais que ce n'est pas le moment et que je dois affronter la situation, la régler, avant de m'écrouler. Je rassemble toute ma sensibilité et tente d'ouvrir mon cœur :

– Marie, je crois qu'il serait temps qu'on ait une vraie conversation. Tu sembles être déçue de moi, mais je n'ai aucune idée pourquoi ! De mon côté, j'ai beaucoup de chagrin à cause de notre éloignement, déclaré-je le trémolo dans la voix.

– Voyons, Catherine, qu'est-ce qui se passe ? me dit-elle visiblement plus calme.

– Rien. Tout. Je ne sais plus... Je veux simplement partager avec toi le secret que papa vient de me révéler. J'aimerais avoir ton avis.

– Depuis quand mon opinion compte-t-elle ? se plaint-elle, contrariée.

– S'il te plaît, Marie... Lucie n'est pas là et j'ai vraiment besoin de toi.

– Qu'est-ce qui se passe encore ?

– Aline est ici pour quelques jours. Elle s'est querellée avec papa.

– Jusque-là, il n'y a pas de grands mystères, relève-t-elle, sarcastique.

– Je te l'accorde... Maurice a accueilli un étranger à la maison. Maman ne l'a pas digéré. Pour faire une histoire courte, elle s'est retrouvée dans un centre de femmes battues... Bref, papa est offusqué qu'elle soit partie, et dans un élan de colère, il m'a avoué que nous avions une demi-sœur ! Étais-tu au courant ? Est-ce seulement vrai ?

Au bout de quarante-cinq minutes de discussion, un rendez-vous fixé à notre agenda pour clarifier notre mésentente ou du moins essayer, Marie accepte enfin d'héberger notre mère amochée si la situation s'éternise. En raccrochant, mon regard se dirige vers le corridor. Elle est là, debout, et me regarde, les yeux fripés par la fatigue.

Que vais-je faire de ces deux boulets ? Les traîner toute ma vie à mes chevilles ? Aussi bien être incarcérée ! Je m'allume une cigarette. Mes mains tremblent. Ça y est, ils vont finir par m'aspirer dans leur folie. *Si ce n'est pas déjà fait !* Par chance, Marie veut bien collaborer. Il y a tout de même une issue quelque part. Une flamme au bout de la chandelle.

J'offre un café à ma mère qui le prend en me sermonnant parce que je fume avant de déjeuner. Si elle savait comme je me contrefous de ma santé en ce moment. D'ailleurs, je devrais lui répondre que c'est la meilleure clope de la journée. *Il faut avoir été fumeur pour comprendre.* Elle cherche à savoir à qui je parlais. Je l'en informe.

– Tu n'as pas parlé à ta sœur de ma situation, j'espère ! me rabroue-t-elle.

– Il y a des limites à ne jamais rien partager avec Marie sous prétexte qu'elle est malade. Elle n'est pas fragile à ce point. Il est temps qu'elle fasse sa part d'efforts, elle aussi ! De plus, j'ai constaté en jasant avec elle qu'elle se sent exclue par notre attitude. Nous avons tort de la surprotéger.

Je lui redonne du café et j'ajoute :

– Avant de discuter avec Marie, j'ai parlé à Maurice. Il est furieux. Il tenait des propos insensés. Du genre... que tu aurais une autre fille. Beaucoup plus vieille que nous trois...

J'observe sa réaction. Son visage devient austère. Ses yeux se remplissent de larmes qui débordent tout doucement. *Aline a la capacité de pleurer ?!* Je réalise alors que mon père vient de la trahir. De dévoiler l'impénétrable. Un secret qui n'aurait jamais dû voir le jour. C'est vrai qu'elle n'est pas évidente, comme mère, mais avec la vie qu'elle a eue, personne ne le serait. Même pas le moine le plus sage de la planète !

Je pose doucement ma main sur la sienne, l'incitant en silence à me parler.

– Je le déteste, marmonne-t-elle, les dents serrées.

– En ce moment, moi aussi.

– Il m'avait juré de ne jamais vous en parler, siffle-t-elle, horripilée.

– Vois ça comme une libération. Raconte-moi, j'ai besoin de comprendre, lui avoué-je, totalement impuissante.

– C'est une histoire horrible, tu sais.

– Je suis prête. Les drames, je connais ça ! J'ai quand même un peu d'expérience avec mes clients. (Surtout avec eux !)

– J'ai honte, tellement honte.

Et elle se met à me raconter que sa mère l'avait placée au couvent vers l'âge de quatre ans et qu'elle ne venait même pas la chercher l'été. Son oncle Alfred trouvait que sa sœur n'avait pas de cœur et il amenait Aline chez lui à la campagne. Au début, ma mère était heureuse de cette situation, car sinon elle était la seule enfant à demeurer avec les religieuses pendant les vacances. Mais plus elle vieillissait, plus il lui demandait de faire des choses qui ne lui plaisaient pas du tout. Si elle ne répondait pas à ses demandes, il la menaçait de ne plus venir la chercher et de tout raconter à ma grand-mère. Lors d'une rentrée scolaire, ma mère s'est mise à changer sans comprendre ce qui lui arrivait. Elle avait constamment la nausée et n'entrait plus dans son linge. Les bonnes sœurs s'inquiétaient pour elle et l'ont amenée voir le médecin. Ce qui devait arriver arriva...

— Tu es demeurée au couvent ? dis-je, complètement ravagée et sidérée par son passé.

Aline victime d'inceste... Et enceinte, de surcroît ! J'ai l'impression d'être dans la Twilight Zone...

— Ma mère a été alertée et elle est venue me chercher. Elle avait honte de moi. Elle ne cessait de répéter que j'avais provoqué son frère, que tout était de ma faute, qu'il aurait donc dû me laisser avec les religieuses, s'indigne-t-elle, le rouge aux joues.

— Et l'enfant ?

— Lorsqu'elle est née, j'ai dû la placer en crèche, car j'avais seulement seize ans. Ma mère voulait que je signe les papiers pour qu'elle se fasse adopter, mais je ne voulais pas. Je m'étais juré qu'adulte j'irais la chercher et que je la prendrais avec moi.

— Comment s'appelait-elle ?

— Marguerite. Mais je ne sais pas si les gens qui l'ont adoptée ont conservé ce nom.

— Pourquoi ne l'as-tu pas prise ?

— Quand j'ai connu ton père, on allait la visiter tous les week-ends. Je voulais la reprendre, mais ton père disait qu'il était préférable de laisser le passé derrière et de se faire une belle vie rien qu'à nous. J'ai donc signé les papiers d'adoption, mais je l'ai regretté toute ma vie. Elle n'avait que cinq ans, s'effondre-t-elle, il n'y a pas une journée où je n'ai pas pensé à elle. Je me demande comment elle va, ce qu'elle est devenue. J'espère tellement qu'elle est heureuse.

– Voudrais-tu qu'on essaie de la retrouver ?

Elle porte ses mains à son visage et se met à pleurer à chaudes larmes. Je la prends dans mes bras pour la bercer. J'ai l'impression de sentir une partie de sa douleur dans mes propres tripes. Elle sanglote en me disant : « Qu'est-ce que tu voudrais qu'elle fasse d'une mère comme moi ? » Pauvre petite maman. J'ai le cœur martelé pour elle.

Et moi qui ne cesse de la condamner !

À ce que je me souvienne, elle a toujours été là pour nous. Elle est hypergénéreuse et pleine de volonté. C'est peut-être la gifle qu'il me fallait ! Je maugrée facilement contre la vie que mes parents m'ont imposée, mais j'oublie parfois qu'ils sont des êtres humains. Avec leur passé. Leurs blessures. Leurs lacunes. Comme nous tous.

Pris individuellement, Aline et Maurice sont différents, et presque agréables. En fait, je devrais éviter de les voir conjointement. Facile à dire mais difficile à faire : ils sont inséparables ! Plutôt ironique, non ?

7

5510, rue Cartier.
Fin mai 2007.

Le regard fixé sur... absolument rien, mes pensées s'entrechoquent. Un véritable feu d'artifice ! Sans la beauté de la chose. Il m'est impossible de concevoir que ma mère ait pu vivre avec cet énorme secret pendant toutes ces années. Inconcevable d'imaginer que mon père nous ait annoncé la nouvelle de la sorte ! Pauvre Aline. Quelle vie désastreuse elle aura eue, *et a encore* ! Si j'étais elle, je me séparerais une fois pour toutes et je n'adresserais plus jamais la parole à l'homme qui m'a trahie.

La connaissant, je sais qu'elle va déblatérer sur son cas pendant quelques semaines mais finira par le reprendre. Ce n'est sûrement pas elle qui m'a refilé mon côté rancunier ! Mais qu'est-ce qu'il va falloir qu'il lui fasse pour qu'elle le largue, reprenne sa vie en main et accède à un semblant de bonheur ?

Tu peux bien parler ! Regarde-toi ! Tu restes là à laisser tout le monde empoisonner ton quotidien, sans grande protestation, sauf intérieurement.

Sans vouloir être défaitiste, dans ma famille, il ne semble y avoir aucune issue. *Une vraie prison d'Alcatraz !* Je n'en peux tout simplement plus. J'aimerais pouvoir m'évader de la Terre et ne plus jamais y remettre les pieds. Il y a sûrement une autre planète sur laquelle je pourrais atterrir ? Pourquoi ne suis-je pas née en Julie Payette ? On aurait pu me propulser dans l'espace ! Je vous assure que je ne reviendrais plus !

Comme si je n'avais pas assez de mes parents à gérer ! Lucie a complètement disjoncté. Malgré elle, ma grande sœur s'est laissée contaminer par leur folie. Bon, je sais, il y a de quoi réagir ! Mais il faut garder la tête froide. Tenter de demeurer sain d'esprit *même si on ne l'a jamais vraiment été !*

Certes, apprendre qu'il y a une nouvelle venue dans le décor lorsque vous considérez que vous avez reçu des miettes d'amour, c'est le summum ! On a de la difficulté à s'entendre à cinq et, comme par magie, nous voilà six.

Moi aussi, ça me fait réagir, d'avoir une autre sœur. *À moins qu'elle ne se mette à prendre le pas sur Caporale Lucie... Ça, ça me ferait rire !* J'en ai déjà plein les bras avec une (en fait, avec Marie, ça fait deux...) ! Si c'était un frère, je ne dis pas... *Honnêtement, je n'en voudrais pas plus !* Et si elle n'était pas sympathique ? Si elle venait ajouter encore plus de folie à la famille de timbrés que j'ai déjà ?! Ouf !

Mais je devrai peut-être la rencontrer un de ces quatre. C'est de ma faute, aussi ! Si je n'avais pas encouragé Aline à la chercher, cette histoire serait passée aux oubliettes telle une légende urbaine. *J'ai bien le droit de rêver !*

Mais non, avec mon espèce de sensibilité démesurée, j'ai pensé au bien-être de ma mère, *à la soulager*. Résultat, mon père est enragé contre moi, Lucie est vexée que j'aie pris les choses en main, *surtout sans son approbation*. Et Picasso a les intestins qui déraillent. Elle a gardé ma mère deux semaines *et n'arrive plus à s'en remettre*. Beau portrait de famille !

Le plus étrange, c'est que je n'ai jamais vu Caporale Lucie dans cet état. Non seulement elle dit qu'elle n'adressera plus jamais la parole à notre géniteur (sur ce point, je la comprends), mais elle éprouve également énormément de colère envers Aline. Elle interprète le secret de ma mère comme une trahison. Comme si elle ne nous avait pas fait assez confiance pour nous le révéler. À cet égard, moi, j'éprouve de l'empathie pour Aline. *Ne soyez pas si étonnés, ça m'arrive à l'occasion !* En dévoilant l'impénétrable, ma mère devait du même coup nous informer que notre famille était élargie, mais surtout, surtout... qu'elle avait été victime d'inceste, et ce, pendant plusieurs années. La honte suprême ! J'éprouve énormément de compassion pour cette femme qui m'a donné la vie, *contrairement à mon aînée*.

Lucie ne cesse de répéter que jamais elle n'acceptera de rencontrer cette enfant illégitime. Franchement ! Pourtant, d'après Miss Parfaite, c'est moi l'égoïste. En tout cas, pas cette fois-ci ! En toute franchise, je ne saute pas de joie à l'idée d'avoir une nouvelle frangine, mais je m'y plierai, *si toutefois on la retrouve*. Ma mère a besoin de notre soutien. De sentir que nous sommes là derrière elle. Telle une grande athlète. Ça relève de l'exploit que de chercher sa fille après tant d'années. Et cette fois, je ne rigole pas !

Par chance, il y a mon voisin. *Eh oui ! Comme quoi toutes les surprises ne sont pas seulement dans les boîtes de Cracker Jack !* Il prend de plus en plus d'importance dans mon quotidien. Je bavarde régulièrement avec lui. De tout et de rien. De la pluie et du beau temps. De ses rêves, des miens. Ça allège mes soucis. Libère mon esprit. N'allez pas présumer que je lui raconte mes drames. *Je me retrouve une fois de plus en pleine tragédie grecque...* À Maude non plus, d'ailleurs. J'ai peine à digérer cette histoire, alors il m'est impossible de la confier. De toute manière, je me vois mal raconter cette saga à François. Je le connais si peu. Des plans pour qu'il prenne ses jambes à son cou et qu'il m'évite pour le restant de ses jours !

Après sa visite chez Picasso, Aline est allée vivre chez sa sœur (même si elles se côtoient rarement). D'ailleurs, elle y est toujours. Je les imagine très bien toutes les deux en train de diffamer mon père. Une scène digne de *La Petite Vie, version trash.* Pour sa part, Maurice appelle fréquemment... soit pour pleurer afin qu'Aline revienne, soit pour nous informer de tous les défauts qui sont les siens (ceux d'Aline, pas ceux de Maurice, bien sûr). *Comme si on ne les connaissait pas déjà !* Lucie qui ne veut plus aucun échange avec lui... fait de moi l'unique héritière de ses confidences. Quelle chance !

J'en suis même à m'interroger quant à mon choix de carrière. Suis-je devenue avocate à force de les voir se quereller ? Enfant, j'étais impuissante face à leurs disputes, mais maintenant, par mon métier, je dois trancher et faire cesser les injustices. Ce ne sont peut-être pas celles de mon adorable famille, mais il y a sûrement quelque chose à analyser sur le sujet. Quand j'y pense, c'est spécial que je n'extériorise pas beaucoup (OK, pas du tout) mes émotions et que je pratique un métier où je le fais en quelque sorte pour autrui. Je devrais mettre un psychanalyste là-dessus *et sur ma famille au grand complet !*

Il est pratiquement dix-huit heures. Lucie devrait se pointer d'une minute à l'autre. Je ferais mieux de déguerpir. Elle est d'humeur massacrante et si parfois j'ai pensé que ma sœur était rigide et austère, je vous jure que ces temps-ci, Saddam Hussein est un enfant de chœur à ses côtés ! En fait, elle est dans la même énergie que ma mère. Constamment prête à chialer sur des balivernes, et ce, avec un aplomb plus que débordant. Douteux ! Surtout pour une personne qui se maîtrise si bien en temps normal. Freud dirait sûrement que c'est là sa façon d'extérioriser sa tristesse. Et moi ?! Qu'est-ce que je fais pour l'évacuer ? Probablement comme d'habitude... Je l'enfouis profondément dans mes tripes et tente de l'oublier. Un jour ou l'autre, il n'y aura plus de place pour l'entasser... je finirai bien par exploser ! Comme un ballon trop gonflé. J'espère que lorsqu'il éclatera, ma voix se fera entendre et dévoilera ce que j'ai pensé tout bas pendant ces années. *Vous ne souhaiteriez pas y être !*

— Catherine ! s'écrie-t-elle avant même d'avoir franchi la porte.

Flûte ! Je devrais prendre la poudre d'escampette. Oui, par la porte arrière. Mais... si elle me voit, ce sera pire. De plus, elle sera certainement froissée. *Reste encore là pour les autres, Catou, c'est ton karma, après tout.*

— Est-ce que tu pourrais te ramasser un peu ? J'ai failli me casser la gueule sur tes bottines, beugle-t-elle en me lançant l'objet de sa fureur.

N'importe quoi ! Elle transfère son désarroi sur moi. Se défoule littéralement. Comme si toute la colère qu'elle ressentait envers nos géniteurs devait normalement retomber sur un membre de la famille : MOI. Elle sait très bien que j'éprouve de grandes difficultés lorsqu'il s'agit d'argumenter, de tenir tête, ou encore de faire valoir mes opinions... Sans répliquer, je prends ce qui m'appartient et me dirige vers ma chambre. J'y serai à l'abri et en paix.

— Une minute, la p'tite !

Elle l'a encore fait !

– Tu ne vas pas encore t'enfermer dans ton cachot. Tu ne fais que ça depuis que maman est partie.

Je ferme la porte sans même lui répondre ni l'honorer d'un regard. Faites-moi penser à acheter une chaîne *ainsi qu'un cadenas* afin qu'elle ne vienne pas me harceler jusque dans mon intimité.

Trop tard !

La voilà qui rapplique tel un Viking. Les remontrances fusent de tout bord, tout côté. Étendue sur mon lit. Fixant le plafond. Je n'ai qu'une idée dans ma boîte crânienne : sauver ma peau. Ils finiront par m'avoir à l'usure. Trop, c'est trop ! Je dois trouver une façon de quitter ce merdier. Calmement, je me lève, prends mon manteau ainsi que mes fameuses bottines et passe à côté d'elle sans réagir. J'irai je ne sais où. Je veux juste de l'air. J'étouffe.

◆ ◆
◆

Je frappe à une porte.

– Catherine ! réagit agréablement mon voisin en m'apercevant. Quel bon vent t'amène ?

– Je voulais simplement savoir si tu avais des plans pour la soirée.

– On s'apprêtait justement à se mettre à table. Joins-toi à nous.

Dans un mouvement de recul, je lui fais signe que non et lui promets qu'on se reprendra. Peine perdue. Il s'avance, m'attrape par la main et m'incite à entrer. Comme s'il

96

ressentait toute ma détresse et n'éprouvait aucunement le besoin de me questionner. Simplement, d'être là. Présent pour sa voisine, son amie. Je suis véritablement mal à l'aise. Après un verre de rouge, ma gêne s'estompe. Je n'y pense presque plus *et à ma sœur non plus*.

Une pointe de pizza engloutie, mes besoins semblent être comblés. Nos deux moineaux (le deuxième étant Martin, son coloc) m'invitent à passer au salon pour jouer à la Wii. *Pas sûr, les gars !* J'entretiens sensiblement la même relation avec les jeux vidéo qu'avec les sports ! Mais bon. Ce n'est pas aujourd'hui que je vais me faire prier. J'aime encore mieux me retrouver ici que chez moi...

Malgré mes appréhensions, j'arrive à saisir ce qui incite les gens à perdre leur temps sur ce genre d'appareil. Je suis si attentive à ne pas passer pour une cruche que j'en oublie quasiment mon quotidien. Mon sport préféré (car nous utilisons surtout la Wii sport, *ironique*) : les quilles. *J'en conviens, ce n'est pas réellement un sport...* Certes, mes voisins se payent ma tête, mais plus je joue, meilleure je deviens. Rira bien celui qui finira le premier !

Maintenant, plus personne n'ose rigoler. C'est hilarant de voir la testostérone jaillir lorsque des mecs se retrouvent perdants.

Toute bonne chose a une fin ! En les remerciant pour leur accueil, le souper, le vin, je me dirige vers la porte arrière. François m'accompagne et m'incite à revenir n'importe quand. *Merci, mon grand, si tu savais à quel point vous m'avez permis de m'évader.* Cette fois, la fuite était essentielle ! Il m'ouvre la porte en me souhaitant de beaux rêves. S'il savait ! Afin de le remercier, je lui dis maladroitement :

— En tout cas, je t'en dois une !

– C'est la moindre des choses... À dire vrai, si tu veux me remercier, accepte une balade en moto avec moi !

J'hésite un peu. Je n'ai jamais fait de moto de ma vie. Ai-je la trouille ? Sûrement. François est sympathique, mais je n'ai aucune idée de sa prudence sur les routes. Oh ! et tant pis ! Au point où j'en suis !

– Quand tu veux ! lui glissé-je en souriant.

8

Sur le trottoir de la rue Cartier.
7 juin 2007.

En s'approchant de mon oreille, François murmure :

– Mets un jean, c'est plus prudent.

Je gravis l'escalier à la course. La journée est magnifique. Il recommence à faire chaud. Les bourgeons sont sortis. Certains fleurissent même. Plus aucune trace de notre hiver. Qui a été un peu trop froid à mon goût. Trop long également. Et pénible, compte tenu des événements... J'enfile une veste, car il y a un vent frisquet. J'enduis mes lèvres de mon baume favori et redescends à la hâte. Lucie s'époumone : « Tu reviens quand ? » Je lui réponds sèchement : « Aucune idée, ne m'attends pas. »

Il est assis avec son casque sur la tête. Et me sourit. J'aurais peut-être dû refuser son invitation. *Allons, un peu de courage !* Une promesse est une promesse. J'enfourche sa bécane, je dépose mes mains sur ses hanches. Il décolle tranquillement tout en vérifiant comment je me sens. Quel sentiment de liberté ! Pour l'instant, j'adore !

Vu mon emballement, François me propose de poursuivre jusqu'à Saint-Sauveur pour s'y payer un bon resto. J'hésite... mais finis par accepter. Sur l'autoroute, il accélère et je dois avouer que je perds toute trace de courage ainsi que de confiance. Je n'ai guère le choix, je le serre fortement à la taille. J'espère que ça ne le gêne pas trop. Les arbres défilent à toute vitesse, le vent propulse les rayons du soleil sur nos joues. Je suis crispée, ce qui provoque probablement la tension ressentie dans mon cou.

Avec Lucie, rien ne va plus. Je dois changer d'air. Partir. Pas le choix. Question de survie.

◆ ◆
◆

Un soir, en montant les escaliers, j'aperçois plein de boîtes démantibulées sur notre balcon. J'entre et vois Denis assis à la table en train de lire le journal. En le taquinant, je lui lance :

– Hé ! le grand, viens-tu de déménager ?

– Quoi ! Lucie ne t'a pas informée ? s'étonne-t-il visiblement mal à l'aise.

– De quoi ? m'étouffé-je avec ma propre salive.

– Que j'emménageais avec vous !

– C'est une farce !

Ma panique doit se lire sur mon visage, car son air vient de changer radicalement.

– Mais pas du tout. Appelle-la, tu verras...

Mon adorable sœur avait effectivement invité son amoureux à venir vivre avec nous. Le seul problème, c'est que... fidèle à ses habitudes, elle avait omis de m'en parler ! Elle était persuadée que ça n'allait pas me déranger... Ben, voyons ! Sur quelle planète vit-elle ? J'aime beaucoup Denis, ce n'est pas *lui*, le problème. Simplement, elle aurait pu me consulter, au lieu de m'imposer sa décision. C'est probablement de ma faute. À force de ne jamais m'exprimer, les gens empiètent sur mon territoire. *C'est le cas de le dire !*

La déception que je ressens est indescriptible. Je suis tellement consternée. Trop. Et si c'était une façon de me faire déguerpir ?! Depuis qu'on connaît l'existence de Marguerite, ma relation avec Lucie a pris un tour houleux. J'ai beau faire des pieds et des mains pour être aimable, rien ne semble plus fonctionner.

Ce n'est sûrement pas en invitant son petit copain à demeurer avec nous que notre lien s'améliorera (surtout qu'elle semble se ficher éperdument de mon avis). Est-ce moi qui fabule et qui suis blessée outre mesure ? Ma susceptibilité me fait-elle dérailler ?

Maintenant, à mon tour, je fais mes boîtes. Peu importe ce que les gens s'imagineront sur mon cas. Je crois qu'il est grand temps que je m'éloigne de cette cellule maladive (ma famille).

Désormais, je m'adresse le moins possible aux tourtereaux. Je n'ai qu'une envie : ne plus avoir à les croiser... surtout elle.

Quand je pense que mon père m'a répété toute mon enfance qu'il ne faut faire confiance à personne, même pas à sa propre famille ! Il est la preuve vivante de sa propre mise en garde ! Il n'a pas hésité à trahir ma mère... Pour ceux qui se poseraient la question : je ne l'ai toujours pas revu et c'est une rencontre que je suis loin de planifier pour l'instant. Je n'ai pas d'autre choix que de lui parler de temps en temps, lorsqu'*il* téléphone... Par contre, je prends des nouvelles d'Aline fréquemment, qui vit toujours chez ma tante.

Je ne comprends toujours pas l'attitude de Lucie. Est-ce que j'ai vécu tout ce temps dans l'illusion ? N'étions-nous pas proches l'une de l'autre ? Comment peut-elle commettre des maladresses de la sorte ? De plus, elle s'indigne comme si je me formalisais pour des peccadilles ! Je ne sais plus où j'en suis.

Mon constat ? Lucie prend définitivement trop de place dans ma vie et vice versa.

Me bâtir une vie, *ma* vie ! Voilà ce qu'il est grand temps de faire !

François prend le virage pour la sortie Saint-Sauveur. Quelle splendeur, ces Laurentides ! J'adore la nature et sa verdure. De l'espace, c'est en plein ce qu'il me faillait pour recommencer à respirer. Je vous ai dit, je crois, qu'un de mes rêves serait de pouvoir habiter à la campagne ! La moto fait halte devant une superbe terrasse. L'apéritif sera le bienvenu.

J'observe autour de moi. Le village est vraiment accueillant et c'est tellement plus propre qu'en ville. Le resto est recouvert d'immenses pierres des champs et probablement centenaire. En m'asseyant, je réalise qu'on voit le mont Saint-Sauveur à l'horizon. J'inspire. Quelle belle échappée !

François s'assure que l'endroit me convient. J'adore ! On se met à discuter de la région. Je m'aperçois qu'il la connaît autant que moi, sinon plus. Ses parents ont un chalet à Saint-Donat depuis qu'il est bambin. Il y a passé tous les week-ends de son enfance et a essayé pratiquement tous les centres de ski qui existent dans le coin. Je suis carrément jalouse de ses souvenirs.

En revanche, la semaine, il vivait en ville, dans le quartier Mercier. Pour ça, je ne l'envie pas.

J'apprécie énormément de jaser avec lui. Il me manquera. Délicatement, en prenant mon courage à deux mains, je fais dévier la conversation afin de lui annoncer mon départ. Il ne faudrait surtout pas qu'il l'apprenne par ma sœur.

— François, je ne sais pas si tu as remarqué, mais Lucie et moi sommes en froid, en quelque sorte. Denis est venu s'installer à l'appart et j'ai décidé de partir.

Je sais, ce n'est pas superdélicat comme annonce.

— Quoi ! Tu déménages ? s'étouffe-t-il avec son Martini. J'ai de la difficulté à croire que... tu quittes ta sœur ? Vous aviez l'air pourtant si proches. As-tu déjà un autre appart ?

— Oui... mais ce n'est pas à Montréal. Je quitte le Québec.

Je sais, ça fait un peu mélodrame.

À force de vivre dans le mutisme, je n'ai pas cultivé l'art du tact. Manque d'expérience. Et j'ai une attirance *malsaine* pour les drames ! Trop habituée. Son visage s'assombrit. Ses pommettes rougissent. Ma culpabilité fait volte-face. Que se dit-il ? Que pense-t-il de sa récente amie ? Vite une boule de cristal ! Je dois savoir. Une cigarette, ça presse !

— Tu pars où ? me demande-t-il, visiblement déçu.

— Personne ne le sait. Je change de vie. Incognito !

— Mais où ?

Silence.

Ça y est, je crois qu'il va faire un choc vagal. Ou moi.

– Catherine, je ne te suis plus. Lucie doit avoir le cœur brisé.

– C'est plutôt elle qui me l'a brisé ! insisté-je telle une gamine de cinq ans.

– Elle a dû faire quelque chose de très grave pour que tu aies envie de la plaquer de la sorte !

Mes lèvres demeurent soudées. Mon regard, stoïque. Il ne pourrait pas comprendre. Personne ne peut. La preuve : je ne sais pas moi-même ce qui se passe réellement. Une tornade intérieure.

– Tu seras encore au Canada ?

– Oui.

– Tu pars quand ?

– Le dix-sept juin, dans dix jours.

– Ce n'est pas un peu précipité comme départ ?

– C'est préférable. En ce moment, ma vie est plutôt dense. Avec Lucie, c'est le chaos total. J'évite de rentrer chez moi. De plus, mes parents ne cessent de nous envahir avec leurs histoires sans fin.

Merde, me voilà qui pleure. Que va-t-il penser de sa voisine si dynamique et enjouée ?!...

– Que s'est-il passé avec ta sœur ? me demande-t-il, atterré devant ma tristesse.

– Un malentendu. C'est la vie, réponds-je avec une fatalité si familière.

– Mais quel malentendu ? persévère-t-il.

Aucune réponse ne parvient à s'extirper de ma bouche. Si je fais simplement le résumé de la situation, j'ai l'air d'un gros bébé gâté, d'une hystérique ou encore d'une petite fille si carencée qu'elle ne peut accepter le conjoint de sa sœur.

– Tu ne veux pas en parler. Tu en es incapable, conclut-il.

Il semble songeur. Triste à son tour. Ma culpabilité rapplique.

Je le fais entrer dans mon cercle d'amis et je fiche le camp. Aussi bien lui dire : *Tu peux t'attacher à moi si tu le veux, mais à tes risques et périls.* Même en amitié, je ne suis pas douée. Encore par ma faute ! Je serai vraiment bien dans l'Ouest canadien. Repartir à zéro ! Personne ne saura qui est Catherine Sanschagrin. M'inventer un nouveau moi. Je pose ma main sur la sienne. Afin de détendre l'atmosphère, je tente d'activer ma fonction clown. Impossible. Je n'ai guère d'autre choix que de dédramatiser la situation :

– Si tu veux, on s'écrira. On pourra même se téléphoner.

– Les relations longue distance, c'est compliqué.

– En amour peut-être, mais en amitié, ce doit être diffé-rent ! Et de nos jours, avec Internet...

– Peut-être, répond-il sans grande conviction.

– Qu'est-ce qu'il y a, François ?

– Je me réjouissais de t'avoir comme amie. Je suis simplement déçu de ne pas pouvoir te connaître davantage.

Troublée par sa réaction, je lui coupe la parole :

– Je serai à Vancouver.

– Tu pars pour Vancouver ! répète-t-il, estomaqué.

Silence.

– Tu as choisi un beau coin de pays, me confirme-t-il comme s'il cherchait à m'encourager.

– J'espère. Ils avaient besoin d'une avocate francophone et j'ai sauté sur l'occasion. Je dois changer d'air. Tu comprends ?

– Pas vraiment, mais bon... Et tu pars pour combien de temps ?

– Aucune idée. Au moins un an, selon mon contrat. Mon patron était déçu, mais il a eu l'amabilité de résilier mon contrat. Je t'apprécie énormément, François, j'aime ta compagnie, mais je t'assure que pour ma santé mentale, je dois partir. C'est vital. Tout va tellement vite, j'ai l'impression de ne plus être en mesure de réfléchir, précisé-je avec sincérité.

– Si tu suffoques avec ta sœur, tu peux venir habiter chez moi d'ici ton départ. Ne t'inquiète pas, je dormirai sur le divan, m'offre-t-il gentiment.

Trop gentiment...

♦ ♦
♦

106

Restaurant du 917, rue Rachel.
Le lendemain.

Tout en bavardant avec Hélène, propriétaire des lieux et ancienne camarade du cégep, je scrute le portique au cas où Picasso se montrerait le bout du nez. Cette rencontre me tient à cœur mais m'effraie également. Tellement de scénarios ont défilé dans ma tête quant à notre éloignement... L'ai-je délaissée à l'adolescence pour d'autres liens ? Est-ce parce qu'elle a entamé une relation stable très jeune ? Un fossé s'est-il creusé parce que je suis allée à l'université et elle, non ? Ai-je changé au point où elle n'a plus envie de me côtoyer ? M'en veut-elle de la proximité que j'ai (j'avais) avec Lucie ? Ou la vie nous a-t-elle tout bonnement séparées ? Que de questions sans réponse. Que de mauvais sang et d'angoisses probablement inutiles.

Dire que pendant des années, j'ai évité cette discussion parce que j'avais la hantise d'en souffrir. Plus maintenant. Dans un cas comme dans l'autre, je suis tenaillée. Aussi bien m'en tenir à la vérité et cesser d'imaginer les hypothèses les plus folles. La voilà qui arrive. Je me lève afin de l'accueillir et lui présente Hélène.

Tout en savourant notre potage, nous discutons avec flegme. Marie semble calme et moi, conciliante. Nous évoquons certains souvenirs d'enfance et, par la force des choses, elle me fait remarquer que nous n'avons jamais été très proches (mis à part notre âge). Je ne peux qu'acquiescer. Oui, nous avons joué ensemble, *pour ne pas dire tuer le temps ensemble*, mais sans plus. À la fin de l'adolescence, j'avais mes amis et ma sœur, son copain (toujours le même, d'ailleurs). Donc, chacune sa petite vie. Marie a quitté la maison, elle avait à peine dix-huit ans, pour aller vivre sa vie de couple. Elle m'explique que depuis son départ, un semblant de bonheur s'est installé dans sa vie et lui apporte un regain de santé, *quand Aline ne va pas habiter chez elle* ! Nos problèmes familiaux l'exaspéraient et, encore aujourd'hui, elle évite de replonger dans cet univers. Comme je la comprends ! Dans mon cas, il aura fallu me pousser à bout pour que j'abandonne tout, même ma Lucie que j'aimais tant. Inévitablement, Marie a choisi de se centrer sur sa famille immédiate au lieu de la nôtre. Comment la blâmer !

C'EST TOUT ! Moi qui croyais l'avoir blessée... ou qu'elle m'annoncerait en grande primeur qu'elle ne m'aimait plus... *Bravo, Catherine, pour toutes ces années où tu t'es culpabilisée ! Dorénavant, tu apprendras à toujours vérifier la naissance d'un froid au lieu de l'interpréter.*

— En fait, depuis ton alliance avec Lucie, je ne te reconnais plus, me lance-t-elle spontanément.

Alliance... Elle y va un peu fort, non ?

— Que veux-tu dire ? m'exclamé-je, étonnée.

— Je ne veux pas t'offusquer Catherine, mais tu as beaucoup changé. Tu as toujours été simple, extravertie et rigolote... Mais ces dernières années, tu as acquis un petit côté hautain qui ne te ressemble pas.

Le chat sort du sac... Finalement, je n'ai peut-être pas fait d'anxiété pour rien !

— Comment peux-tu dire ça ? On se fréquente à peine, m'indigné-je, blessée par son commentaire.

— Assez pour que j'aie remarqué ! C'est vrai que je ne me pointe que lors d'événements spéciaux, mais si tu y réfléchis bien, on se voit une dizaine de fois par année. C'est mieux que bien d'autres familles !

Beurk ! Je m'en passerais, des visites officielles du genre : veille de Noël, Noël, jour de l'An, fête des Mères, des Pères, Pâques... en plus des anniversaires de chacun.

Mes grandes sœurs n'ont jamais eu de liens entre elles. La plus jeune des deux est viscéralement solitaire et artistique, tandis que l'aînée est intellectuelle, cultivée et un peu snobinarde (surtout aux yeux de Marie). Caporale Lucie considère que Picasso n'a aucun bon sens et elle fait tout pour l'éviter. Jamais elle ne lui a laissé de place dans sa vie. À quoi bon ? L'ermite n'en voudrait pas !

– Ça n'arrivera plus, dis-je confiante. Dorénavant, je resterai moi-même.

– C'est plus fort que toi. Tu cherches tellement à lui plaire... ou à lui ressembler ?! Pour ma part, j'ai choisi de ne pas la fréquenter. Elle éprouve toujours le besoin d'exercer son emprise sur les autres. Lorsqu'elle n'en a pas le loisir, sa victime perd tout intérêt à ses yeux. Tandis qu'avec toi...

– Aussi bien dire que je suis une marionnette ! rétorqué-je outrée par sa réflexion.

– Jusqu'à maintenant, tu semblais lui obéir au doigt et à l'œil. À vous voir, on aurait dit des jumelles, réplique-t-elle avec une certaine impatience.

– Je t'arrête tout de suite. Notre aînée n'a plus aucun pouvoir sur moi. Dorénavant, je fais mes choix, dis-je vexée.

– Que se passe-t-il ? Ne me dis pas que vous êtes en conflit ! s'enquiert-elle un peu surprise.

– Oui, mais je ne m'étendrai pas sur le sujet. Je ne veux surtout pas que maman soit au courant et qu'elle vienne mettre son grain de sel là-dedans... Je quitte Montréal pour un bon bout de temps.

– Et Lucie habitera seule ? Raconte, s'enflamme-t-elle. Ne t'en fais pas, tu sais comme je suis discrète.

– Denis habite maintenant avec elle....

– Laisse-moi deviner. Elle t'a mise à la porte ?

– Non. J'ai accepté un boulot dans l'Ouest canadien à la suite d'une indélicatesse de sa part. Je dors actuellement chez mon voisin, car j'ai de la difficulté à digérer son attitude. Mon *évasion* ne dépend pas seulement de ce malentendu mais bien d'une lassitude générale à l'égard de notre famille. J'ai besoin d'air, j'étouffe. J'aimerais replacer les choses dans leur perspective.

– Enfin ! soupire-t-elle, soulagée. Je croyais qu'il n'y avait que moi qui étais incapable de supporter cette cellule. Vis ce que tu as à vivre et éloigne-toi d'eux. Si jamais tu as besoin d'être hébergée...

– Je te remercie, mais je suis déjà chouchoutée sur ce point. De plus, je quitte la province d'ici quelques jours.

– Parles-tu encore à Lucie ?

– À peine, mais je lui reparlerai probablement lorsque je serai apte à prendre ma place.

– Quelle tolérance ! Pour ma part, j'ai réglé le problème une fois pour toutes. J'évite le plus possible de tremper dans les conflits de notre famille, car j'ai réalisé qu'ils me rendent malade. Je t'encourage à déguerpir, et ce, le plus tôt possible. Confidence pour confidence, il se peut qu'on parte très loin, nous aussi.

– Ah ! bon ? Vous n'êtes pas assez éloignés comme ça ? m'étonné-je.

– Carl a demandé un transfert. Il ferait le même genre de boulot mais pour un salaire encore plus faramineux, me dit-elle fièrement.

Finalement, ce que je comprends, c'est que ma sœur *fantôme* a en quelque sorte renié notre famille, moi comprise ! C'est désolant. J'en suis attristée, mais pas surprise. N'ai-je pas le même genre de comportement en fuyant vers la côte ouest ?

9

Aéroport Pierre-Elliott-Trudeau, Montréal.
Devant un bon bol de café au lait encore fumant.
17 juin 2007.

– Je te remercie pour tout ce que tu as fait pour moi. Tu es vraiment le meilleur gars du monde. D'ailleurs, comment se fait-il qu'aucune fille ne t'ait mis le grappin dessus ?

– C'est ce que je me demande également !

Il rit de bon cœur et enchaîne plus sérieusement :

– C'est une loi universelle, les filles apprécient les bons gars mais simplement comme ami. En amour, elles préfèrent les hommes qui les font souffrir. Étrange, cette nature...

Tente-t-il de me livrer un message ? Sûrement pas. Peut-être que j'aimerais qu'il m'en livre un ??? *Ne mêle pas tout, Catou. Tu as surtout la trouille et tu t'accrocherais à n'importe quoi pour ne pas le ressentir.* Terminée la fabulation ! Je riposte plutôt en lui rendant la monnaie de sa pièce...

– C'est un point de vue réaliste, mais on pourrait également dire que la majorité des bons gars sont attirés par des filles perturbées. Ils préfèrent les femmes inaccessibles ! Complexe, cet être humain...

Je l'embrasse sur les joues. Il me prend dans ses bras et me serre tendrement contre lui. Naturellement, je ne veux plus bouger ! Rester blottie là en toute sécurité et ne plus penser à rien. Ça y est... J'étais folle de joie à l'idée de tout plaquer et me voilà qui doute. Cette fois, je suis peut-être allée trop loin. J'ai une sœur qui m'aime malgré mes travers, mais je n'arrive pas à accepter les siens. L'occasion d'avoir une belle relation d'amitié se présente à moi... Et je déguerpis. Lucie a vu juste : mes relations sont laborieuses, mais j'en suis l'unique responsable. Me voilà tout étourdie ! Un malaise s'empare de moi. C'est la panique. Je ne veux plus partir.

Pardonne-moi, Lucie, de t'avoir quittée sans m'expliquer. Désolée, chers parents, si je suis aussi égocentrique. Si je n'étais pas aussi orgueilleuse, je m'effondrerais en larmes et resterais blottie ici assez longtemps pour manquer mon vol. Ensuite, j'irais voir mes proches, je m'expliquerais avec eux et tout le monde serait heureux. *Cause toujours, Cendrillon... Ta vie est loin d'être un conte de fées. Et rappelle-toi que tu ne pars pas sans raison.*

– Dernier appel pour les passagers en direction de Vancouver. Veuillez vous présenter à la porte 34. Ceci est le dernier appel pour les passagers en direction de Vancouver. Vous êtes priés de vous présenter à la porte 34.

Bagage à l'épaule, je lui tends la main. La chaleur de sa paume s'unit à la mienne. Nos regards se croisent une dernière fois. *Mon ami, tu me manqueras énormément.*

– Allez, sauve-toi vers ta nouvelle vie. Tente d'y être plus heureuse. Si jamais tu tombes amoureuse, choisis-en un qui ne te fera pas trop souffrir, me lance-t-il à la blague.

– Je t'appelle.

Le dos tourné, je marche en direction du couloir qui me fera accéder à cette fameuse porte 34. J'espère qu'il me regarde m'éloigner... afin d'être certaine qu'au moins une personne sera chagrinée par mon départ.

Ça me rappelle le temps où j'étais gamine et que j'imaginais ma mort. Tous mes proches réunis autour de ma dépouille réalisaient à quel point j'étais extraordinaire, mais trop tard ! Lugubre comme souvenir.

Suis-je en train de commettre une grave erreur ? Et si François était plus qu'un ami ? Et voilà, ça recommence ! Comme être charmant, il ne donne pas sa place. Le problème, c'est que je ne ressens aucune palpitation. De l'affection, oui, mais aucune attirance sexuelle en sa présence. Et si c'était ça, l'amour, le vrai ? Être bien avec quelqu'un et faire le deuil de ces fameux papillons... *Et ne jamais faire l'amour avec lui ? Impossible... à moins d'être moine tibétain !*

En accédant au corridor (vous savez, ce fameux couloir qui nous isole de nos proches et qui ressemble étrangement au couloir de la mort), je me retourne, affolée. François est toujours là et me salue. J'ai envie de rebrousser chemin. Partir en courant et lui sauter dans les bras afin de lui annoncer que j'ai décidé de rester. *Ça va faire, la nostalgie !* Je pousse un long soupir. *Allez, un bon coup de fouet, ma Catou !* À mon tour, je le salue de la main et j'accélère le pas. Avant de perdre le peu de courage qu'il me reste.

Zut ! l'embarquement est déjà commencé ! Je me précipite pour acheter un petit paquet de mouchoirs, à prix exorbitant bien sûr ! Je m'installe au bout de la file et j'attends. Plusieurs images défilent dans ma tête. François, Maude, Lucie, Aline, Maurice, Marie. Une immense vague envahit mes yeux. Une douleur aiguë traverse ma poitrine. Je n'arrive plus à me contenir. *Donne-toi le droit de pleurer, Catou. De toute façon, personne ne te connaît et ne te reverra.* Le iPod bien en place, je mets une chanson de Jacques Brel que ma mère nous faisait constamment écouter. *Ne me quitte pas...* Instantanément, les larmes fuient mon corps. Comme j'aimerais en faire autant !

Étrangement, mes pensées me ramènent constamment à Lucie. Me séparer d'elle m'anéantit. Ma foi, je ne suis pas bien loin d'une peine d'amour... Depuis que j'habitais chez François, on ne se parlait pratiquement plus. Elle ne digérait pas mon éloignement. À son tour, elle s'est mise à m'ignorer. J'allais à l'appartement simplement pour faire mes boîtes. Ce matin, lorsque je suis partie, je ne l'ai même pas saluée. Maintenant, je regrette. J'ai observé le duplex en me remémorant de nombreux bons souvenirs. La vie comporte parfois des deuils trop difficiles à faire. Ma grande sœur était ma seule vraie confidente ; jamais plus je ne retrouverai ce genre de complicité. Mes réactions sont-elles démesurées !? J'aurais peut-être dû lui pardonner ce manque de délicatesse... Suis-je trop susceptible ? Je m'en veux et je reconnais mes torts, mais d'un autre côté, je ne suis sûrement pas la seule à commettre des erreurs. Si j'arrivais à communiquer ce que je ressens, aussi ! Rien de tout cela ne se serait produit.

Bien calée dans mon siège, je sens que les roues de l'avion se séparent du sol. Ça y est, nous sommes partis. *Trop tard, Catherine. Passe à autre chose.*

Vancouver, me voici ! Dans le fond, il était temps... temps que je pense à *ma* vie. On dit que l'éloignement est parfois bénéfique. Je pourrai bientôt le vérifier...

J'observe tous ces gens à bord... Je me demande ce qu'ils peuvent bien avoir comme vie. Souffrent-ils, sont-ils heureux, font-ils semblant de l'être ? Pour ma part, je suis bien loin du bonheur. *Far, far away !* Je ne sais même pas s'il existe. Les seules fois où j'ai eu l'impression d'y goûter, c'est quand j'ai été amoureuse. On dirait que dans les bras d'un homme qui me passionne, j'oublie tout ! Je m'abandonne à l'amour même si ce sentiment est éphémère. C'est probablement pour ça que je dois éternellement me retrouver en début de relation et que je n'arrive pas à m'investir à long terme. Afin d'oublier...

Sois donc honnête, Catherine. OK, j'admets avoir vécu plus de moments de bonheur avec ma sœur qu'avec n'importe quel mec jusqu'ici. *Bouhouhou...* Nos cinq années de cohabitation, nos multiples soirées de films de filles, nos randonnées à vélo, nos discussions interminables... Elle me manquera, Caporale Lulu. Un mouchoir sous chaque œil me permet d'éviter un autre déluge.

◆ ◆
◆

5088, rue Kwantlen, Vancouver.

Hissée sur le bout des pieds, je range mes tasses sur la deuxième tablette de l'armoire. Neuf boîtes sont vides (j'en avais dix-sept !). Mon appartement est microscopique en comparaison de celui de Montréal et beaucoup plus onéreux. Toutefois, mon salaire est établi en conséquence. Les yeux fixés sur la fenêtre, j'aperçois ces fameuses montagnes recouvertes d'une fine couche de neige sur le sommet. Je sais que l'océan est à leurs pieds, mais je ne l'aperçois pas d'ici. J'ai l'impression de rêver, mais non, c'est bel et bien chez moi. J'avais vu des photos de Vancouver sur le Web, mais la réalité est encore plus fantastique.

Pour l'instant, mon trois et demi est un peu vide. *Comme moi.* Je n'ai pas tous mes meubles, mais j'ai au moins reçu mon matelas. C'est l'essentiel ! Comme les électros étaient fournis dans mon bail, j'ai fait une petite épicerie de dépannage pour garnir l'intérieur de mon frigo. Mon téléphone fonctionne, mais je ne l'ai toujours pas utilisé. Il n'y a pas grand monde avec qui j'ai envie de faire un brin de causette. François, Maude, ce sont les deux seuls noms de ma liste. Et si je suis totalement honnête envers moi-même, je n'ai pas envie de parler à Maude. Elle se prétend mon amie, mais elle a tout de même fait une scène quand je lui ai appris que je partais. Du vrai Shakespeare ! Pourtant, après toutes ces années, elle doit bien se douter que quelque chose ne va pas ! Elle est psychologue, non ? OK, j'admets que j'aurais peut-être dû lui parler de ma famille... Peu importe. Si elle m'aimait vraiment, elle ne souhaiterait que mon bonheur. C'est fou comment l'être humain est centré sur son nombril. Ça m'étonnera toujours !

En y réfléchissant bien, peut-être que moi aussi je suis centrée sur cette cavité qui m'a permis de vivre aux crochets de ma mère (c'est le cas de le dire). Trop centrée sur mes propres souffrances, trop préoccupée par mes petits bobos, j'en oublie qu'il y a une Terre qui tourne en m'emportant et qu'il y habite plusieurs milliards d'êtres humains. *Six milliards*, comme le chante si bien Daniel Bélanger. Depuis qu'il a écrit cette chanson, on doit bien être rendu à sept !

Me voilà qui regrette. Pourquoi ne me suis-je pas confiée à Maude ? J'avais certainement peur qu'elle perce ma carapace et qu'elle en extirpe ma chair petit à petit. Jusqu'à ce que je sois complètement vidée de toute substance vitale ! En termes clairs, elle est psy, je suis un cas. Toutefois, je suis persuadée qu'elle aurait mieux accepté ma décision. De manière déloyale, je lui ai balancé que j'avais déniché un contrat dans l'Ouest et que j'en étais surexcitée. Elle s'est manifestement sentie d'une importance minime à mes yeux !

Moi aussi, j'ai su que je n'étais pas indispensable, lorsque Denis est arrivé à l'appart. *Une épave non réclamée.* C'est un détail que j'aurais dû communiquer à Lucie. C'est bien moi, ça !

Rester muette comme une carpe, déménager au moindre pépin et tenir la terre entière responsable de mes malheurs. Malheureusement, je devrai assumer mon départ et elle devra le subir. Comment se fait-il que je m'éloigne constamment des gens qui me tiennent à cœur ?

Une chaise pliante m'invite à m'asseoir. J'en profite pour faire une pause. Il y a aussi Aline et Maurice à qui, un jour, je devrai expliquer cette fuite. Je me suis sauvée comme un voleur. Comment peut-on agir de cette façon avec ses parents ? Et eux, *comment ont-ils pu être si insouciants ?* De plus, ils n'ont rien su de mon conflit avec Lucie, à moins qu'elle le leur ait raconté. Je ne leur ai pas dit que je déménageais et encore moins où. *Arrête de te culpabiliser. As-tu perdu la mémoire ? As-tu oublié les raisons qui t'ont poussée à t'enfuir ?*

Le problème, c'est que ma mère est incapable de garder un secret. Évidemment, elle aurait sauté sur le téléphone pour aviser ma sœur et toutes ses amies commères, sans oublier mes tantes et mes oncles. Maurice dit vrai sur ce point. Une passoire, voilà ce qu'elle est ! Ce que je lui dis entre par un orifice et ressort par l'autre. Le comble, c'est que sa version est complètement remixée ! Elle y ajoute des détails qui n'ont jamais existé. Pour sa part, mon père ne comprend rien, on ne peut rien lui raconter. Il se met instantanément en mode « colérique » et nous fait sentir coupables. *Voilà peut-être la source de ma culpabilité !*

De toute façon, j'ai enfin du temps pour moi. M'éloigner d'eux afin de mieux me retrouver. La journée où je les appellerai, je devrai accepter qu'ils soient en colère ou, pire encore, qu'ils décident de m'abandonner. Est-ce qu'un parent a le droit d'abandonner son enfant ? Et pourquoi pas ? Il y en a plusieurs qui l'ont fait. Je n'ai qu'à observer mes clients. *Catherine, sans vouloir te blesser, ils t'ont déjà abandonnée. Malgré leur présence physique, ils n'ont jamais été bien présents !* Et s'ils me reniaient ? Ce serait d'une tristesse inouïe. *Tu es tout de même habituée au chagrin !* J'ai beau récriminer contre mes parents, leur approbation et leur opinion me tiennent à cœur. Cherchez l'erreur !

Il y a Marie que je pourrais contacter. Elle, elle a compris ! Elle reste assez loin pour qu'on ne la fréquente pas trop souvent. Toutefois, on n'a pas vraiment d'affinités.

Courage, je dois retourner dépaqueter. Je fixe le combiné du téléphone et j'hésite... Et puis, tant pis ! J'obéis à mon impulsion.

– Madame Gingras ? blagué-je.

– Catherine ! Je ne rêve pas... C'est bien toi ! dit la voix au bout du fil, émue.

– Salut, Maude. Ça va ? balbutié-je, hésitante.

– J'espérais tellement avoir de tes nouvelles. Je n'arrêtais pas de penser à toi. Comment ça se passe ? me demande-t-elle avec enthousiasme.

– Bien, mais très déstabilisant. Tu me manques déjà.

– Catou, je suis désolée d'avoir été si froide envers toi. La vérité, c'est que je ne voulais pas te voir partir.

– Oublie ça. En fait, j'aurais dû te confier davantage mes états d'âme, ça t'aurait permis de mieux comprendre, répliqué-je, honteuse.

– Qu'est-ce qui se passe, Catou ? Tu avais l'air si excitée à l'idée de te retrouver parmi nos frères anglophones !

Une boîte de mouchoirs à proximité me permet d'assécher ce torrent qui une fois de plus me submerge. Maude est abasourdie par mes propos et m'encourage à m'exprimer davantage. Tout y passe ou presque. Mon enfance, mes parents, ma relation avec Marie et maintenant Lucie. Mon incapacité à communiquer mes chagrins, à m'engager dans une relation intime. Bref, mon désespoir immense. Ma copine écoute attentivement et se montre très compatissante. J'en viens à regretter de ne pas m'être confiée plus tôt.

Maintenant, elle comprend la vraie raison de mon départ et m'assure qu'elle ne ressent pas le moindre soupçon de colère ni même de déception à mon endroit. Elle me propose un marché : dans six mois, elle viendra me visiter pour quelques jours, si je le veux bien. Marché conclu !

La douleur s'est atténuée. Je repose le combiné. Comment ai-je fait pour lui livrer mes états d'âme par l'intermédiaire de cet appareil ? Pourquoi est-ce si ardu en chair et en os ? Encore cet orgueil mal placé ! J'attrape à nouveau ma boîte de mouchoirs afin de la dévaliser quand, tout à coup, il me vient une idée.

— Salut, Martin ! Est-ce que ton coloc est là ?

— Catherine ! Le voyage s'est bien déroulé ? François est parti passer une audition pour une publicité. Il sera tellement déçu d'avoir manqué ton appel. On parlait justement de toi.

— Ah ! bon ? Tu lui diras que je vais bien. De mon appart, j'ai une vue superbe, si tu voyais ça ! Je le rappelle bientôt... promis.

Certes, je suis déçue, mais à quoi pouvais-je m'attendre ? Qu'il reste dans son logement à poireauter, à espérer mon appel ? De toute façon, il finira bien par faire sa vie et m'oubliera. C'est tout de même moi qui ai décidé qu'il en soit ainsi ! J'aurais dû le kidnapper ainsi que Maude et les entasser dans une grande valise. Au moins, je ne me sentirais pas seule au monde !

J'étale tous mes petits pots de crème sur le plancher de la salle de bains. Il y en a beaucoup trop pour la taille de mon armoire ; je devrai me débarrasser de certaines choses moins utiles. Ce sera compliqué, car je suis vraiment une grande consommatrice de produits de beauté. Ma boîte est enfin vide, mais j'aperçois au fond une enveloppe rouge. Je m'empresse de la décacheter et l'ouvre fébrilement. L'espace d'un instant, mon imagination me laisse espérer une délicatesse de François. Quelle déception de constater qu'elle vient plutôt de Lucie !

Catherine,

À l'heure où tu liras cette lettre, tu seras probablement bien loin. Je veux que tu saches que ton comportement me déçoit énormément. J'ai toujours tout fait pour toi et ton bonheur. Une fois encore, tu as agi en égoïste, sûrement la plus grande que je connaisse. Tout doit toujours être centré sur la pauvre Catherine. Me, myself and I. Cette expression aurait pu être créée par toi et pour toi. Je ne comprends pas ta réaction, mais encore une fois, elle est très extrémiste et blesse tout le monde. Mais ça, tu t'en fous. Je crois que tu te fous de tout, anyway. Je te rappelle que l'appartement m'appartenait au départ et que je peux décider ce que je veux. Tu n'acceptais pas Denis, parce que tu envies ma relation avec lui. De plus, une tierce personne dans notre demeure est un phénomène qui te déplaît, car alors tu n'as plus toute mon attention. On dirait que tant qu'à te séparer, tu as voulu me faire payer à mon tour. Tu souffrais, donc tout le monde doit souffrir ! En tout cas, sache que moi, je t'aime et que, malgré tout, je serai toujours là pour toi quand tu auras fini de bouder.

Lucie

La colère ainsi que l'amertume envahissent mes pensées et bouillonnent dans mes veines. Je déchire la lettre en tremblant. Mes pulsations cardiaques sont beaucoup trop élevées, je dois me calmer. *Quelqu'un pourrait appeler le 911 ?* Je vais faire un arrêt cardiaque. Je le sens.

Je rage. J'ai envie de hurler, tellement je suis furieuse. *Et triste...* Mais elle ne va pas me faire pleurer, j'ai assez donné. Je suis peut-être égoïste, mais qui ne l'est pas ? J'ai toujours été là pour elle et très dévouée. J'ai toujours eu si peur de la décevoir que je tentais de deviner à l'avance ce qu'elle attendait de moi. Elle a tracé ma vie et j'ai suivi son chemin sans même me demander si c'était celui dont je rêvais. Bien loin de celui de Compostelle. À cent lieues !

C'est bien le contraire, le problème ! Mes besoins étaient littéralement inexistants. Négligeables. Négligés. Ignorés. Centrée assidûment sur Lucie ou mes parents par peur de perdre leur amour. Madame la Caporale, si parfaite, supérieure à tous. Celle qui portait un regard chargé de préjugés sur ma vie. Elle m'a toujours fait sentir que je n'étais pas grand-chose sans elle (même toute petite) et je l'ai cru. Après tout, elle était ma seule référence. J'ai donc fait des pieds et des mains pour lui plaire, mais la barre était toujours trop haute. Elle aussi n'a pensé qu'à son petit moi en invitant Denis à emménager avec nous sans me consulter. Elle voudrait tout avoir, surtout tout contrôler. Eh bien, avec moi, c'est terminé ! Elle n'arrivera pas à troubler ma retraite. *Et si elle était la deuxième grande source de ta culpabilité ?*

Je ne sais pas ce qui me retient de l'appeler et de lui dire ses quatre vérités. Ce que je pense indubitablement d'elle. *Tu ne te retiens pas, Catou, tu n'y arrives pas !* Le mode d'emploi de Lucie n'est pas très compliqué : tous ceux qui ne pensent pas comme elle, n'agissent pas comme elle ou osent lui tenir tête sont des imbéciles qu'elle méprise et elle n'hésite pas à les étiqueter comme tels à voix haute. Elle serait trop contente d'avoir de mes nouvelles, de m'avoir atteinte. Je lui prouverais une fois de plus que j'ai besoin d'elle. Une chose est sûre, en ce moment, je la déteste.

Au diable les remords !

10

Sept mois plus tard, Vancouver.
Janvier 2008.

Quelle journée exténuante ! Je me catapulte littéralement sur mon canapé. Mes talons hauts effectuent un vol plané et atterrissent sur le plancher dans un cloc-cloc sonore. Mon boulot est vraiment éreintant et, malheureusement, il consiste plus à faire de la traduction de causes impliquant des francophones que du droit. Je suis déçue, bougrement déçue, mais avec le temps, je sais que j'arriverai à me faire une place bien à moi. Peu importe... pour habiter Vancouver, je ferais n'importe quoi *ou presque* !

Au travail, je me suis fait une copine, Kate, avec qui je découvre mon nouvel environnement. *Non pas le bureau, mais bien la ville !* Nous avons établi un rituel. Tous les mercredis, nous sirotons notre espresso et le vendredi (une semaine sur deux), nous explorons les boîtes de nuit.

Kate et son copain ont travaillé incroyablement fort afin de me présenter plusieurs bons gars. Sans grand succès... jusqu'au petit dernier ! Celui-là a su retenir mon attention :

il est hilarant ! Et le sens de l'humour est la première qualité que je détecte chez un homme. *Tu en as bien besoin, Catou !* Ajoutez à cela un physique de rêve, une sensualité à fleur de peau, un toucher sensuel et une joie de vivre à toute épreuve. Rien de moins !

Ce petit rigolo s'est déniché une vieille décapotable peinte en rose, jaune et bleu. Vraiment superbe ! Lorsque j'ai aperçu sa bagnole pour la première fois, je n'ai eu qu'une seule envie : y grimper immédiatement et mettre la musique dans le tapis. Beaucoup de citadins le reconnaissent rien qu'à sa voiture. Mark est un excentrique sociable. Il apporte un vent de fraîcheur à ma solitude. D'origine allemande, il vit depuis quelques années au Canada, loin de ses proches. On a tout de même certains points en commun ! Il est venu étudier à l'Université de la Colombie-Britannique, s'est épris de la ville et n'arrive plus à la quitter. Il faut venir à Vancouver pour comprendre !

Partenaire fidèle au tennis (une ou deux fois par semaine). Ne vous réjouissez pas trop vite, je ne suis pas devenue une fanatique de sports. Et je n'aspire pas encore à me transformer en Maria Sharapova ! Mais... une fille doit faire des efforts pour côtoyer des gens et avoir un peu d'agrément dans la vie ! Et il s'avère que le tennis me plaît bien. Pour combien de temps ? Ça, c'est une autre histoire.

Mark est devenu, en quelque sorte, depuis quelques mois, mon dépanneur de câlins. Nous sommes plus amants qu'amoureux et je préfère qu'il en soit ainsi.

Ma télécommande m'interpelle. J'active sa seule et unique fonction, question de relaxer un peu. Lorsque le temps me le permet, j'écoute les nouvelles du Québec. On a deux postes en français et ils me permettent de replonger dans ma culture, l'espace d'un instant. Mon intégration dans le milieu anglophone s'est faite rapidement, mais je suis tout de même nostalgique des Québécois. Les gens d'ici sont hypersympathiques, mais leur ouverture d'esprit n'est pas la même.

Cette fois, c'est la bouteille de rouge qui me lance une légère invitation. Je profite d'une pause publicitaire pour assouvir mes désirs. En me rasseyant, je suis abasourdie d'apercevoir François dans mon petit écran. C'est plus fort que moi, me voilà toute émue (surtout de le revoir en chair et en os). C'est la première fois que je vois une de ses pubs. C'est aussi une première que de reconnaître quelqu'un de familier à la télévision. *Étrange sensation.*

Ce qu'il peut me manquer ! Son humour, son empathie, nos discussions, son sourire... En m'emparant de ma télécommande, je parcours tous les postes existants afin de retrouver cette annonce. Peine perdue. *Si je pouvais seulement claquer des doigts et le faire apparaître !* Je me dirige vers mon portable afin de lui envoyer un message. Mince consolation.

Quelle belle trouvaille, Internet (je ne parle pas de la pornographie, de la pédophilie et de toutes ces cochonneries), pour communiquer rapidement sans hypothéquer son avenir financier ! Pour en profiter, François et moi, on en profite ! Un petit coucou par-ci, par-là, jusqu'à trois fois par semaine. Toutefois, tous les dimanches vers l'heure du dîner, on retourne au bon vieux téléphone afin de se parler de vive voix. C'est pour moi un moment sacré. J'arrête tout. Je fige le temps. L'instant d'un appel, je me retrouve rue Cartier. Tout près de lui. De mon ancien appart et de Lucie. Je suis étonnée et à la fois réjouie que notre relation ait survécu malgré le temps, les marées, les océans, les tsunamis...

Mon ami travaille maintenant comme portier dans un bar. Dans son domaine de *théâtreux*, il n'y a aucune sécurité d'emploi. C'est plutôt une question de hasard : avoir la face et le *casting* qu'ils recherchent... ensuite, du talent. Il a hérité de quelques pubs, un rôle ici et là dans des téléromans, mais rien d'assez stable pour en vivre. Certes, il rêve toujours du moment où il pourra se consacrer uniquement à cette carrière... Le fantasme de tout comédien, quoi ! Son métier semble si imprévisible. Pas fait pour moi ! L'anxiété que provoque l'insécurité financière atténuerait toute passion.

Pour ce qui est de ses amours..., il m'a raconté qu'avec son nouvel emploi, les rencontres étaient plus qu'accessibles mais également vides de sens. Il a donc fréquenté deux filles depuis mon départ, mais il dit les choisir trop mêlées ou incapables de s'engager. Tiens donc ! Pour ma part, je ne lui ai pas encore parlé de Mark. Ce n'est pas sérieux, alors à quoi bon ?

En rencontre intime avec Internet :

À : Mon meilleur ami de gars.

De : Ta copine exilée.

Objet : Tu as envahi ma demeure.

Salut, mon grand,

Imagine-toi donc que je viens de te voir dans une annonce de Canadian Tire. Pas mal bon, tu sais ! J'étais impressionnée... et nostalgique. Comment vas-tu ? Moi, ça va assez bien, mais tu me manques. J'ai hâte de te parler. Allez, à dimanche !

Bonne nuit,

Catou xx

Bien calée dans mon divan avec mon sac de croustilles et un shiraz à la main, je zappe sans arrêt. Aucune chaîne de télé n'a pensé à nous présenter un bon film d'amour, question d'oublier que nous sommes célibataires et seules au monde ! Mais non. Toujours les mêmes platitudes, genre téléréalité. J'en suis incapable ! Il se passe assez d'action dans ma vie pour que je n'aie pas besoin de connaître la vie de Pierre, Jean, Jacques. Personnellement, je n'y vois aucun intérêt, mais je respecte les gens qui les regardent, comme Maude. D'ailleurs, elle m'en tient responsable... *J'avais juste à ne pas la quitter !* Finalement, je stagne sur la chaîne des dessins animés. Au moins, ça me fait rigoler !

La sonnerie du téléphone me fait sursauter. Je suis bouche bée en entendant la voix de François. Faisons-nous de la télépathie ? Malheureusement non. Il a simplement pris mon message et a éprouvé le désir de me parler sans attendre à dimanche. Je suis si heureuse. On discute de sa pub, de notre travail, du temps qu'il fait dans nos patelins respectifs... La conversation tire à sa fin et, étrangement, il se met à me questionner sur ma famille (propos qu'on évite habituellement d'aborder).

Leur ai-je reparlé ? *Non et ce n'est pas demain la veille.* S'il savait à quel point j'ai la paix... L'harmonie s'est finalement installée chez moi. Mais il revient à la charge... « Comment te sens-tu face à eux ? » Pourtant, il sait que ce sujet est quasiment tabou... Si bien que je commence à m'interroger sérieusement. Je finis par comprendre que s'il m'appelle ce soir au lieu de dimanche, c'est qu'un incident s'est produit... *Du genre drame chez les Sanschagrin !* Je suis profondément déçue. Moi qui croyais lui manquer.

Alors, je m'impatiente et lance maladroitement :

— Cesse de tourner autour du pot. Quelqu'un est mort ?

– Pas du tout. Pardonne-moi, Catherine, je sais que tu les évites comme la peste, mais Lucie m'a laissé un message pour toi. Résultat, je ne cesse de penser à toi, car je ne sais pas quoi en faire. Je n'ai aucune idée de ce que ça provoquera chez toi et je ne veux surtout pas être responsable de quoi que ce soit. Pas plus de le garder... que de te le transmettre. Alors, éclaire-moi.

– Et ça concerne qui au juste ? l'interrogé-je, nonchalante mais hyperfébrile intérieurement.

– Ta mère.

– Vas-y, je ne dormirai plus si je ne le sais pas.

– Ils ont retrouvé ta sœur, m'annonce-t-il d'emblée.

– Ma sœur... ? réponds-je, complètement déroutée, pour ne pas dire estomaquée et contrariée.

– Une quatrième sœur. Je n'en sais pas plus, mais elle m'a dit que tu comprendrais.

Silence interminable.

– C'est une bonne ou une mauvaise nouvelle ? s'inquiète-t-il.

– Je ne sais pas. Je suis sous le choc. Bonne et mauvaise. Bonne, parce que ma mère en est sûrement soulagée. Mauvaise, parce que je devrai accélérer mon processus de réconciliation et je ne m'attendais pas à ça.

– Vas-tu finir par m'expliquer ce que tu as vécu ou si tu resteras muette comme une taupe jusqu'à ta mort ?

Je lui réponds machinalement, sans vraiment réfléchir :

– Si tu viens me visiter un jour, je te raconterai tout ce que tu veux.

– Je n'attendais que ça, une invitation officielle ! Tu en as mis, du temps. Sept longs mois ! Mais permets-moi quand même de douter... j'ai de la difficulté à imaginer que tu arriveras à te confier.

– Tu connais l'expression « dans le vin est la vérité » ? S'il le faut, on s'en gargarisera !

Comme si j'avais besoin de ça !

Que de mauvais souvenirs rejaillissent dans mes pensées ! Je m'étais dit que je soutiendrais ma mère, mais... devant le fait accompli, je vous jure que c'est la dernière chose au monde qui m'intéresse.

Comme certains membres de ma famille me croient égocentrique..., je pourrais peut-être m'en servir ?!... *Lâcheté quand tu nous tiens !*

◆ ◆
◆

Centre-ville de Vancouver.
20 février 2008.

En compagnie de Mark, je sirote un cappuccino moussant à souhait. Comme je les aime. Je lui fais des éloges sur la découverte de ce fameux restaurant mexicain. Notre activité favorite, mis à part le tennis et les câlins, est de faire la tournée des meilleurs restos de la ville ou des environs. Mon amant adore me voir jubiler devant la gastronomie. Notre expertise grandissante nous permettrait pratiquement de lancer une page Web de critiques des meilleurs endroits branchés, *et surtout testés* ! L'idée est ingénieuse mais, faute de temps, elle ne verra pas le jour.

– La fin de semaine prochaine, je te ferai déguster d'excellents mets chinois.

– Pas la semaine prochaine, peut-être l'autre. J'ai de la visite qui arrive de Montréal pour le week-end, balbutié-je voulant faire passer ce commentaire comme totalement inexistant.

– Pas de problème, elle nous accompagnera.

– C'est... euh... délicat... C'est un... une personne que je n'ai pas vue depuis des lustres et on a beaucoup de temps à rattraper. Sans vouloir te blesser, il serait préférable que je sois seule.

Me voilà qui souffre de culpabilité ! Je vois bien que mon idée d'être seule avec François peut sembler égoïste, mais j'y tiens mordicus ! Je ne vais tout de même pas raconter ma vie devant Mark...

– Tu es sérieuse ? lance-t-il visiblement irrité. Depuis quatre mois, on se voit pratiquement tous les samedis et là, parce que tu as de la visite de Montréal...

– Ne te fâche pas de la sorte. Mon Dieu... je ne t'ai jamais vu si irrité. Qu'est-ce qui se passe ? répliqué-je en adoptant le même timbre de voix.

– Je ne comprends pas pourquoi tu ne me présenterais pas à tes invités. Je ne suis pas assez bien pour toi ? On a du plaisir ensemble, on s'entend super bien, notre relation est de plus en plus sérieuse. Alors, c'est quoi, le problème ? dit-il, manifestement blessé.

– Attends une minute (je crois que je dois replacer les pendules à l'heure) ! Ce n'est pas du tout une question de honte, mais plutôt d'intimité. Si tu es là, près de moi, je n'aurai pas la même proximité qu'en étant seule. Je crois avoir toujours joué franc jeu à propos de notre relation : j'ai besoin d'un amant, pas d'un *chum*, réponds-je un peu impatiente.

Ça m'irrite qu'il ne comprenne pas mon point de vue... Je sais, tout serait plus simple si je lui avouais la vérité.

– Je pensais que nous avions évolué un peu avec le temps ! s'indigne-t-il. Pour ma part, je te vois plus comme une copine que comme une maîtresse, mais on ne semble pas sur la même longueur d'onde. Désolé, mais j'ai besoin d'un peu plus d'engagement de ta part ! Je n'ai pas envie de rester *amant* toute ma vie. J'ai envie de bâtir quelque chose de solide avec une fille qui me plaît et que j'apprécie.

Silence.

– C'est qui, le mec ? Tu ne m'en as jamais parlé ! D'où il sort ? me demande-t-il avec une pointe, *une flèche* de jalousie.

– Pourquoi imagines-tu que c'est un homme ? dis-je lassée de cette conversation qui ne nous mène nulle part.

– Je ne suis pas stupide.

– C'est un bon copain, rien de plus. Il m'a beaucoup aidée lorsque j'étais en ville et je lui ai promis de l'inviter lorsque je serais installée.

– Et pourquoi as-tu pris tant de temps avant de m'informer de son existence ? se fâche-t-il.

Parce que je m'appelle Catherine Sanschagrin et que je ne parle jamais de rien... d'important.

Il se lève, sans me regarder, s'empare de la facture et me balance sans même se retourner :

– Si ce n'était qu'un bon copain, tu n'hésiterais pas à me le présenter !

Et voilà, nous sommes partis pour un tour de manège !

Nous sommes sur la route depuis environ quinze minutes. Je n'ose même plus lui adresser la parole. Les idées se bousculent dans ma tête. Mark est blessé. Avec raison. C'est Catherine *Lagaffe* qu'on aurait dû m'appeler. (Mais où ai-je donc mis ma délicatesse ? Probablement aux oubliettes avec mon jugement !) Toutefois, je ne céderai pas. Je n'ai aucune envie de les voir tous les deux ensemble. D'ailleurs, mon invité risquerait d'être vexé à son tour. Ne sachant pas que Mark existe.

Ma main se pose prudemment sur la sienne... qu'il retire aussitôt. Arrivé devant chez moi, il immobilise la voiture. Son regard fixe l'horizon. Je m'efforce de recoller quelques morceaux du pot que je viens de casser (j'ironise) :

– Tu entres ? On a visiblement besoin de discuter.

– Pour l'instant, il est préférable de prendre nos distances, se braque-t-il. J'ai besoin de réfléchir.

Je tente de l'embrasser, il détourne la tête. Je ne sais pas ce qui me retient de lui dire d'aller bouder chez lui. Non mais, j'en ai marre de me sentir constamment responsable des sentiments d'autrui ! À ce que je me rappelle, je n'ai signé aucun contrat ! D'où lui vient cette possessivité soudaine ? Il pourrait faire un effort et comprendre. *Tu n'as pas besoin de faire l'animal en rut qui doit préserver son territoire. Il ne se passera rien avec mon copain !* C'est ce que je devrais lui balancer.

Je ne sais plus quoi penser. Pourquoi ma vie finit-elle toujours par se compliquer ? Et la confiance... il ne connaît pas ça ? Je sors de la voiture et me dirige vers mon appartement. Le crissement des pneus laisse une trace noire sur l'asphalte. *Mon Dieu !* Ai-je gaffé à ce point ?

Lucie répétait sans cesse que je ne voulais pas vraiment me caser. Peut-être qu'elle disait vrai... Dès qu'un homme s'intéresse sérieusement à moi, je prends mes jambes à mon cou et sabote la relation. Est-ce encore ce que je viens de faire ? Si au moins je pouvais interroger ma sœur sur le sujet... Sa présence me manque, notre complicité aussi. Il faudra bien un jour ou l'autre que j'aie le courage de la rappeler afin de clarifier notre différend.

En même temps, je n'ai jamais été aussi heureuse. Je me sens libre de réfléchir comme bon me semble, de fumer, de boire, de manger un sac de biscuits en entier, de faire les folies que je veux, quoi ! Plus personne ne m'épie ou ne me passe de commentaires déplaisants qui venaient annuler tout le plaisir éprouvé... et activer mon bouton *culpabilité*, qui est très sensible, croyez-moi ! Certes, je suis encore ambivalente envers Lucie. Envers mes parents aussi, d'ailleurs ! Comment se fait-il que je me retrouve constamment dans des positions aussi embarrassantes ? J'en ai marre. J'ai l'impression d'être la version « drame » de Mister Bean !!!

◆ ◆
◆

Trois heures douze. Je ne dors toujours pas. Mon hamster cérébral s'entraîne... Grrr... Pourquoi suis-je incapable de faire le vide ? Il l'a placé où, Dieu, l'interrupteur qui stopperait tout mouvement cérébral ?

Me voilà au travail maintenant... Comme si j'avais du temps à perdre et de précieuses minutes de sommeil avec le boulot. Que va dire Kate ? Mark va sûrement déblatérer sur mon cas. Et si elle se mettait à en discuter avec mes collègues ! Je vais passer pour qui, moi ? L'angoisse me ronge jusqu'aux os.

De quoi ai-je peur, au juste ? De me tromper de mec, de faire du mal aux autres, de perdre ma famille. *Trop tard, tu as déjà fait tout ça !* Je sais, je vais essayer de méditer. Peut-être réussirai-je à m'assoupir. Bon, le prof de yoga a dit (eh oui ! je fais du yoga ! – ramassez votre menton, ça ne vous sied vraiment pas, la bouche ouverte !) qu'il faut se choisir un mantra et le répéter continuellement. Mantra : mot qui nous réconforte et surtout, surtout, qui nous permet de chasser de notre âme toute autre idée. De faire le vide.

Ahum, ahum, ahum, ahum, ahum, ahum...

Je ne sais plus si j'ai verrouillé ma porte...

Ahum, ahum, ahum...

Je devrais me lever pour aller vérifier...

Ahum...

Peut-être que Mark ne voudra plus jamais me parler...

Lucie non plus...

C'est décidé, je vais m'assumer, appeler ma mère et rencontrer ma nouvelle sœur.

Et si c'était cet événement qui me perturbe au point de saboter ma relation avec Mark ???

Oups ! je m'égare...

Concentration...

Ahum, ahum, ahum, ahum...

La « zénitude », ce n'est pas pour moi... je n'y arrive pas !

Je pourrais essayer la méthode de la respiration.

Inspire par le nez, ma vieille. Un, deux, trois, quatre, cinq, six, sept, expiration.

Encore...

Parfois, je finis par m'endormir de cette façon.

OK, même si je ne finis pas par m'endormir, en tout cas, ça me calme.

Inspiration, expiration...

Il n'y a personne à qui je pourrais parler à cette heure tardive de la nuit. Même si on était le jour, je n'en parlerais à personne. Je pourrais toujours faire parvenir un message à François. *Bien oui, pour lui dire quoi ?* Une huître, c'est ce que je suis devenue, mais je n'en peux plus. Ouvrez-moi, quelqu'un, je vous en prie, *mais ne m'avalez pas !*

Ma mère ! Je pourrais appeler ma mère. Bonne idée... Comme ça, elle pourra aller raconter mes malheurs à qui veut bien les entendre. En version exagérée, bien sûr ! Et si c'était ça, ma déficience ? Être prisonnière de ma propre coquille. Et si c'était dû au fait que je n'ai pas eu vraiment de mère ni de père ? Incapable de leur faire confiance, je refuse de m'attacher à quiconque... Trop habituée à débroussailler seule les embûches de la vie.

J'abandonne. Je me lève. Je vais tenter de lire. M'évader dans les pensées d'un autre. Je sais ! Des huiles essentielles de lavande, un brûleur et une bougie. Le tour est joué ! Ça prend de trente à soixante minutes, mais je finis toujours par me rendormir. Pendant ce temps, je découvrirai l'intrigue du roman que je viens de me procurer. C'est l'histoire d'un mec qui apprend que son enfant n'est pas de lui et qui pense à la façon dont il pourrait se venger de sa femme sans faire trop de dégâts. Assez macabre, je sais, mais c'est à caractère humoristique, un style Louis de Funès *trash*.

Lire me fait oublier mes soucis. Aussi, ça me permet de constater qu'il y en a des plus timbrés que moi. J'y pense ! N'ai-je pas le même but que ces millions de personnes qui écoutent les téléréalités ?!!! M'évader. *Désolée. Je retire tous les commentaires désobligeants émis précédemment.*

11

YVR Aéroport international de Vancouver.
Fin février 2008.

L'immense horloge indique seize heures trente. Mon départ du bureau s'est fait de façon précipitée, car je ne voulais pas être en retard pour l'arrivée de François. Chaque fois que je vois un passager approcher, mon imagination débordante me laisse croire que c'est lui. D'où peut bien venir cette fébrilité ? *Du calme, Catou.* C'est sûrement parce que ça fait huit mois que je ne l'ai pas vu et que je meurs d'envie de lui voir la binette.

Dans l'attente, qui me semble interminable, j'observe la foule autour de moi. En vraie fille, ce qui m'attendrit le plus, c'est de voir un homme ou encore des parents, un bouquet de fleurs à la main (on s'entend que ce ne serait pas les miens...), surprendre la personne qu'ils aiment.

Et si la vie m'étonnait ? Si, à ce moment précis, je rencontrais l'homme de ma vie ? Oui, oui, ici, dans cet aéroport ?

Je dois me rendre à l'évidence : j'ai vingt-sept ans et je crois encore aux contes de fées. Pathétique ! Si j'ai des enfants – en particulier des filles –, je ne suis pas certaine que je leur lirai ce genre d'histoires, car on y croit, nous, les filles ! Jusqu'à ce que mort s'ensuive. On attend comme de belles dindes après quelque chose qui n'existe même pas. Et là, c'est la débandade !

Il est où, ce mec avec qui « elles vécurent heureuses et eurent beaucoup d'enfants » ? Moi, je l'espère toujours. Irrécupérable. Incurable. Je me désespère moi-même. Qui donc arrivera à faire quelque chose de moi ?!

Enfin, voilà François ! Ma foi, est-ce moi qui étais aveugle ou il a subi une chirurgie plastique !? « Canon » serait un qualificatif digne de son nouveau *look*. *Si je rêve, surtout ne me réveillez pas.*

– Tu as fait bon voyage ? C'est nouveau, les cheveux courts ? Très mignon, tu sais ?

Mignon !! Quel euphémisme !! À tuer serait plus proche de la vérité !

Il me sourit, dépose sa valise, me prend dans ses bras et murmure :

– Qu'il fait bon de te voir ! Tu es resplendissante...

Il dépose un baiser tendre sur mes joues et me fait une longue accolade. Je ne sais pas trop ce qui m'arrive, mes yeux baignent dans de futures larmes. *Réagis, ma vieille, car là il ne te trouvera pas très accueillante !* J'analyse... Ça y est ! Je suis probablement nostalgique, car depuis mon exil, il est la première personne de mon patelin que je revois. Je transfère probablement sur lui mes remords et mon ennui.

Ouf ! le déluge est évité. En pleine maîtrise de moi-même, je l'invite à me suivre. Sur la route, je lui résume ce que j'ai planifié pour son séjour. D'abord, arrêt à mon appart afin d'y déposer les bagages. Ensuite..., visite des musées, du centre-ville, de la ville de Whistler, escapade au Stanley Park, marche au bord de la mer pour admirer aussi les montagnes. Et puis, les bons restos et les bistros du coin.

– On va avoir le temps de jaser à travers ton itinéraire ? me taquine-t-il. Je te rappelle que je ne reste que cinq jours ! Tu ne travailles pas cette semaine ?

– Oui, mais je tenterai de prendre une ou deux journées de congé. Si tu trouves cet horaire trop chargé, on peut le modifier.

– Ça me va. Je crois que le mieux, c'est de suivre nos impulsions au jour le jour. Qu'en dis-tu ?

– Je veux simplement rendre mémorable ton passage à Vancouver.

– Je suis persuadé qu'il le sera...

Si j'arrive à te raconter ma vie, crois-moi, il sera *inoubliable* !

◆ ◆
◆

– Voici mon humble demeure.

J'immobilise la voiture devant mon complexe et l'invite à me précéder. Sans trop réfléchir, je me surprends à l'observer. Il doit bien mesurer un bon mètre quatre-vingts. Du haut de mon mètre cinquante-cinq, j'ai l'air d'une puce à ses côtés. Je n'avais jamais remarqué qu'il avait un si beau corps. Il aurait pu être joueur de hockey. Mieux que ça, gardien de but ! Comment se fait-il que je ne lui aie pas mis le grappin dessus ? *Parce que c'est un ami et qu'on ne touche pas à ses amis si on ne veut pas bousiller sa relation.*

En fait, ce que j'aime, chez François, c'est qu'il s'intéresse à moi comme personne ne l'a fait jusqu'ici. Sa bonté me porte à croire que je peux, en ce bas monde, me fier à quelqu'un... Et à la fois, j'ai peur. Peur de réaliser que je m'invente des salades et qu'il n'est pas mieux que les autres, que ma famille... Pourtant, il semble vraiment différent. Contrairement à Lucie, il m'accepte comme je suis.

– Tu peux déposer ta valise dans ma chambre. Je te prête mon lit. Je dormirai sur le divan.

– Il n'en est pas question. Tu es déjà assez gentille de m'accueillir chez toi, je ne vais certainement pas envahir ta chambre, répond-il, visiblement mal à l'aise.

– Je me souviens d'un gars qui m'a hébergée chez lui pendant presque deux semaines quand j'étais dans le pétrin, alors cesse tes manies et accepte mon hospitalité, lui imposé-je fermement. Tu as faim ?

– Une faim de loup, répond-il, une étrange lueur dans le regard.

◆ ◆
◆

Complètement repue, je me laisse aller à la détente. Bien entendu, j'ai évité de choisir un resto que Mark fréquente ou qu'il m'a fait découvrir. J'ai des principes, tout de même. Je ne voudrais surtout pas le croiser...

Comme François et moi sommes toujours restés en contact, nous avons rapidement fait le tour de nos nouvelles respectives. Ce qui nous permet d'approfondir un peu plus la question de nos valeurs, de nos désirs, de qui nous sommes réellement...

– Dis-moi, quel est ton premier souvenir d'enfance ? demande François avec sérieux.

– Drôle de question ! Je n'ai pas beaucoup de souvenirs avant mes huit ans. C'est comme si je les avais fait *effacer* de ma mémoire. Je ne sais pas trop pourquoi, d'ailleurs. Hum !... J'en ai peut-être un, mais il est assez lugubre. J'étais toute petite, cinq ans environ. Mon père m'a demandé d'aller lui chercher une bière dans le sous-sol. J'étais super fière qu'il me le demande, à moi la benjamine, mais voilà que la bouteille m'a glissé des mains. Évidemment, elle s'est fracassée sur le béton ! Je me suis cachée sous l'escalier, morte de trouille. Comme mon père trouvait le temps long, il est descendu et m'a retrouvée en position fœtale, en larmes. Il ne m'a pas grondée, mais son regard en disait long. Pas très rigolo, comme premier souvenir. Et toi ?

– J'avais presque trois ans, je m'étais déguisé en Elvis et je faisais du *lipsync* sur un des disques du *King* devant nos invités. Ils m'ont tous applaudi et me trouvaient bien bouffon. J'étais très fier de moi, raconte-t-il en se bidonnant encore de cet exploit.

– Tu avais déjà ton métier dans le corps.

– Faut croire. Tu sais qu'on dit que notre premier souvenir reflète notre enfance ?

– Fallait le dire avant ! De quoi j'ai l'air, maintenant ?

– Je te répète ce qu'on m'a dit. Tu y crois ou pas ! Personne n'a une vie parfaite... mais mon instinct me dit que j'ai eu un peu plus de chance que toi.

– Ce n'est pas dur à battre ! (Changeons vite de sujet.) Qu'est-ce qui t'a décidé à couper tes cheveux ?

– Une pub ! Ils voulaient un homme d'affaires.

– Est-ce qu'elle roule encore ?

– Ça doit bien faire deux mois qu'on ne la voit plus ; c'était un produit en promotion. Ces messages publicitaires ne durent jamais longtemps. Alors, vivre loin de Montréal, ça te fait quoi ? me demande-t-il, intrigué.

– Ça va.

– Corrige-moi si je me trompe, mais tu n'as pas l'air très enjouée.

– Si, si. Mes conditions de travail sont super, mes collègues sont gentils... (Bon, à part quelques-uns qui me laissent indifférente.) Je me suis fait quelques copines au bureau, dont une que j'affectionne particulièrement. Ce que je voulais est devenu réalité. Personne ne me connaît intimement et la situation restera ainsi.

– Est-ce si différent de Montréal ? Je ne crois pas que beaucoup de gens ont déjà eu la chance d'entrer dans ton univers intime.

Le serveur nous apporte l'addition. *Message* : « Les lieux sont déserts et il serait grand temps de quitter la place, car

144

j'ai *une vie* en dehors du boulot, moi ! » Ça va, chef, message reçu ! À la sortie, je propose à François d'aller marcher dans le sable afin de humer l'odeur de la mer. Je sais que c'est encore frisquet, mais, au moins, ce n'est pas la cohue des tempêtes de neige de Montréal.

S'il y a une chose qui ne me manque pas, c'est bien l'hiver ! Recevoir une bordée de flocons, se casser le dos avec la pelle, ne plus pouvoir se garer ou encore se faire réveiller au petit matin (pour déplacer son véhicule) avant de se faire remorquer !

◆ ◆
◆

Samedi matin.

Yes ! Le week-end rien que pour nous ! Emmitouflée dans ma couverture, je lis depuis quarante-cinq minutes. Ne voulant pas réveiller François, j'attends un semblant de vie de sa part avant de nous concocter un bon café. Malgré que j'aie passé la nuit sur mon canapé, je me sens relativement en forme. J'ai beau parcourir les pages de mon roman, ma concentration est constamment perturbée. Mes pensées sont pour Mark. Qu'est-ce qui me prend, à la fin ?! Suis-je totalement irrespectueuse ou une égocentrique de la pire espèce ? Pourtant, j'ai atteint avec lui le style de relation que je souhaitais... sans engagement ! *Bien que ce ne soit plus très clair.*

Il me semble légitime de ne pas vouloir partager ma vie familiale avec mon amant ?! *Encore dans le doute...* Bon, j'avoue que j'aurais au moins pu l'inviter. Rien que pour une soirée.

Agis en adulte, Catou, assume-toi et surtout, surtout, parle des vraies affaires ! C'est décidé, j'appellerai Mark et lui présenterai

145

François. Je soupire. Lucie serait fière de moi ! C'est un premier pas vers l'engagement.

Je fige sur place.

Minute... mais je ne veux pas m'engager ! Je l'apprécie beaucoup, mais je ne me vois pas avoir une relation sérieuse avec lui ! Pourquoi, lorsqu'on est amants, y en a-t-il toujours un des deux qui s'attache ? Que dois-je faire ? Comment me sortir de ce merdier ?

◆ ◆
◆

Après un copieux déjeuner, nous nous apprêtons à partir en direction du musée. Une exposition du peintre Botero n'attend que nous. François le connaît vaguement. Je le lui ferai découvrir avec plaisir. Ma fascination pour la peinture ne cesse de grandir. Probablement parce que je me suis mise à exercer cet art. Peu importe. Botero fait partie de mes artistes favoris. Tout ce qu'il peint est exagéré, gros, enflé, démesuré. J'adore. Son côté non conventionnel m'attire. Peut-être parce qu'il me confirme que la différence a sa place dans notre société... *Donc qu'il y a une place pour moi...*

Je résume à François ce que j'ai appris sur Botero. Son enfance, ses amours, ses malheurs, dont la mort de son fils. Mais j'ai l'impression que François s'emmerde. Quelle déception ! Avoir su, je serais venue à un autre moment.

En sortant, il me dit avoir apprécié cette visite. Ouf ! moi qui croyais avoir fait un flop ! Nous nous dirigeons vers un café et continuons notre conversation sur les peintres en général : Franz Mark, Magritte, Modigliani, Monet, Salvador Dali... Ce qui me permet *une fois de plus* de constater sa grande culture. Il a vraiment l'âme d'un artiste !

Le temps file beaucoup trop vite en sa compagnie. Plus qu'une demi-heure avant d'aller voir notre pièce de théâtre. Proposition de François que je n'ai pas pu refuser ! Ensuite, direction la maison, pour engloutir une délicieuse raclette avec un bon vin qui s'y marie. Que c'est agréable d'avoir de la compagnie ! Comme j'aimerais que mon ami redevienne mon voisin... ici ! Bon, me voilà qui rêvasse encore.

◆ ◆
◆

Les vestiges de notre repas sont sur le comptoir. La vaisselle attendra à demain. Le vin était divin, mais mon quota est atteint. Je suis désormais sur le Perrier.

— Est-ce que je me trompe, Catherine, ou si tu as un petit fond triste ? vérifie François avec délicatesse.

— Je ne suis pas triste, mais nostalgique. C'est de ta faute et un peu du vin...

— Qu'est-ce que j'ai à voir là-dedans ? J'ai dit ou fait quelque chose qu'il ne fallait pas ?

— Non, non, ce n'est pas ça (ce que je peux être maladroite).

— C'est quoi alors ?

— Ta présence me fait penser à Montréal, à mon appart, à Lucie, à mes parents et là, je me sens assez infâme d'avoir abandonné tout le monde. Même toi, je t'ai laissé tomber !

— Arrête de te culpabiliser ! Je sais que tu avais un urgent besoin de distance et je le respecte. Avec ta sœur, je ne sais

147

trop ce qui s'est passé, mais je suis persuadé que tu n'avais plus le choix. Pour ce qui est de tes parents, ils ont ce qu'ils méritaient ! me rassure-t-il avec empathie.

– Tu ne connais rien à mon histoire, comment peux-tu dire ça ?

– Je te connais de plus en plus. Je vois que tu es une personne sensible et, surtout, réfléchie. J'ai l'impression que dans ton cerveau, il y a une petite bête qui s'agite constamment.

– Comment le sais-tu ? (Je tombe des nues. Il lit en moi comme dans un livre ouvert !)

– Ça m'arrive également, mais je me flanque devant la télé et ça lui permet de s'assoupir. Alors j'y passe la soirée, question d'avoir un peu la paix.

– Comment se fait-il qu'un gars de ton espèce, si gentil et intelligent, soit encore célibataire ? dis-je sérieusement.

– Et toi ?

– Ah non ! C'est moi qui ai posé la question en premier.

– Je suis un trop bon gars. Les filles m'aiment fort mais ne tombent pas amoureuses de moi... La preuve... toi !

– Ah ! ah ! arrête ! De toute façon, je ne suis pas une preuve, je suis un cas ! J'ai peur de tout, même des relations intimes. Je vis des passions et des pseudo-relations basées uniquement sur le sexe... C'est tout ce dont j'ai besoin pour me satisfaire.

Est-ce que je viens de dire ça moi ?!

– En es-tu bien sûre ? me sonde-t-il.

– Je ne sais plus, dis-je avec honnêteté et découragement. Chaque fois que j'essaie de faire tourner le vent, on dirait qu'une catastrophe naturelle survient.

– En tout cas, moi je sais que je ne veux surtout pas de ce genre de relations. Baiser avec une inconnue, non merci. Je suis tellement mal à l'aise que j'en deviens extrêmement maladroit. Je suis peut-être vieux jeu, mais ce que je souhaite, c'est passer ma vie avec la même personne, fonder une famille, avoir une maison et surtout être heureux.

– Je ne pensais jamais entendre un mec exprimer ce genre de souhaits, dis-je, étonnée.

– Et pourquoi pas ? C'est réservé aux filles ? répond-il, quelque peu vexé.

– Pas du tout. Je trouve ça adorable. Honnêtement, j'ai rêvé de ce genre de vie, mais je me rends bien compte qu'elle n'est pas pour moi. Je n'ai jamais eu une vie très stable et on dirait que dans l'instabilité, je me sens vivante.

– Et tu crois que la stabilité t'éteindrait ?

– Peut-être à petit feu... Je ne sais pas. Je ne connais pas... alors, je préfère ne pas en parler.

– Lorsque tu étais petite, elle était stable, ta vie ?

Attention ! Je suis peut-être légèrement engourdie par l'alcool, mais je me rends tout de même compte qu'il essaie de me faire parler de ma famille. J'oubliais... N'est-ce pas le but de sa visite ? Et ne lui avais-je pas promis de tout lui dire ? Je ferme brièvement les yeux. Inspire. Expire. Advienne que pourra.

– Pas du tout. Toute ma vie, mes parents se sont querellés. La violence verbale était notre quotidien. Jamais je ne les ai vus s'embrasser ou se dire qu'ils s'aimaient. D'ailleurs, jamais ils ne me l'ont dit. Ils ont tenté de se séparer au moins quatre fois, avec les avocats et tout le tralala. Ils ont enfin rompu, il y a quelques mois... En fait, c'était notre fameux vendredi soir sur le balcon !

– Non !

Silence.

– Tu devais être complètement dévastée. Et je n'ai rien remarqué ! s'exclame-t-il, consterné.

– Désolée, on se connaissait à peine ! J'ai toujours été une personne bavarde mais pas sur ce genre de sujet.

– Mais ce sujet, c'est un peu toi !

– Je ne me considère pas du tout comme semblable à ma famille ! riposté-je un tantinet blessée.

– Ce que je veux dire, c'est que tu ne peux pas ignorer ce que tu as vécu. Se taire n'est pas une solution viable, au contraire. On peut feindre que nos blessures n'aient jamais existé, mais le temps nous rattrape toujours et la vie nous oblige à les affronter. Pour devenir vraiment soi, il faut comprendre d'où l'on vient, rétorque-t-il avec la sagesse et le calme du dalaï-lama.

Mes yeux se noient. Qu'est-ce qui me prend ? D'où vient cet immense chagrin ? François a-t-il ouvert une valve verrouillée ? Je n'aurais jamais dû parler. Il se lève, prend la boîte de papiers-mouchoirs et vient s'installer près de moi.

Machinalement, il allume une cigarette qu'il me tend. Sans trop comprendre ce qui m'arrive, telle une môme, je me mets à sangloter. Ses bras m'enlacent tendrement. Il murmure : « Je suis là. » Je pleure de plus belle. Il est là ! Il est là, mais il repartira dans trois jours ! Et moi ?! C'est moi qui resterai seule avec toute cette morosité. *Fais une femme de toi et cesse de pleurnicher !* Je dois tout simplement avoir l'alcool triste. C'est l'expression qu'Aline employait toujours lorsque mon père pleurait dans nos années d'enfance.

– Je suis désolée.

– Désolée de quoi ? De pleurer ? Tu ne t'imagines quand même pas être la première fille à pleurer dans mes bras ?

Je le regarde, abasourdie. Il se met à rire. Je le frappe sur l'épaule et ris avec lui.

– J'ai surtout honte de ma famille et de ne pas être assez forte pour l'oublier. J'ai beau être à des kilomètres d'eux, j'ai l'impression de les entendre penser. Imagine ! Ils m'affectent encore par leurs commentaires !

– C'est un peu grâce à tout ce qu'on a vécu avec notre famille qu'on devient la personne qu'on est aujourd'hui, me réconforte-t-il.

– Pourquoi penses-tu qu'il ne faut pas ignorer notre passé ?

– J'écoute les gens parler autour de moi, je regarde mes parents, mon frère et moi-même. L'être humain a tendance à répéter son passé et parfois c'est bien dommage. Pour éviter de faire des mauvais choix, il faut comprendre ce qu'on a vécu.

– Comment peux-tu être certain de ce que tu avances ?

– Je ne suis sûr de rien. C'est une constatation. Tu peux être d'accord ou pas !

– Et si jamais tu as de l'intérêt pour quelqu'un et que c'est réciproque, comment fais-tu pour savoir si tu ne répètes pas le passé ? Comment fais-tu pour être certain que cette personne est un bon choix ? dis-je en le défiant.

– On ne peut jamais être sûr de rien, mais on peut essayer d'écouter notre instinct.

Dans mon cas, mon instinct ne vaut pas grand-chose. Il me dicte constamment de déguerpir ! Un vrai guépard...

♦ ♦
♦

Dernière journée du séjour de François. Afin d'en profiter, j'ai pris ma journée (et ma matinée de demain ; François part vers neuf heures trente). Lorsque je travaillais, François explorait la ville en solitaire.

Toujours pas de nouvelles de Mark et je ne lui en ai pas données. C'est certain que pour l'instant, je suis occupée et je n'y pense pas vraiment, mais il faudra bien s'expliquer... surtout moi !

J'ai un peu le cafard devant le départ de François. Nos discussions sont de plus en plus profondes – *et je n'en meurs pas*. Il a sûrement raison lorsqu'il dit que parler nous libère. Ne vous imaginez pas que je me suis livrée entièrement à lui. Les miracles n'existent pas ! Toutefois, lorsqu'il me pose des questions, je tente d'y répondre le plus honnêtement possible.

152

À mon tour, je m'intéresse à ce qu'il a vécu. Je suis littéralement fascinée par lui. C'est la première fois que j'ai un ami-gars et je l'apprécie énormément. Il m'enlève beaucoup de préjugés que j'avais ou qu'on m'avait communiqués à l'égard des hommes en général. D'ailleurs, l'amitié entre hommes et femmes, je n'y ai jamais cru. J'ai toujours pensé qu'un des deux finissait par s'amouracher. Maintenant, je réalise que c'est possible et je me trouve privilégiée d'y goûter.

Aujourd'hui, plan de la journée : Whistler. François, niché au pied de la montagne, a une envie folle de skier. Il ira. Pendant ce temps, je lirai dans le chalet de ski. J'aurais aimé passé cette dernière journée à ses côtés, mais je ne voudrais pas me montrer égoïste.

Piétinant dans la file, nous attendons pour acheter son billet de ski. Le voilà qui jase avec des gens qu'il n'a jamais croisés. Il est vraiment hypersociable. Tout le contraire de moi. Je ne suis pas sauvage, mais j'entre plus difficilement en relation avec les gens. La méfiance. *J'observe toujours mon sujet, l'analyse, l'ausculte, l'observe avant de me tremper un tant soit peu.*

Enfin, son tour est arrivé ! Quelle n'est ma stupéfaction en l'entendant demander :

– Deux billets pour la journée, s'il vous plaît.

Pourquoi deux ?! Tu t'es déjà fait un compagnon avec qui skier ? Il me regarde et se bidonne. *Non, non et non ! Je ne vais pas skier avec toi.* Le sport et moi, c'est comme l'eau et le feu. Un point, c'est tout. D'ailleurs, je n'ai jamais skié et j'ai la trouille dans un escalier roulant. Personne en ce bas monde ne me fera dévaler ces pentes.

◆ ◆
◆

— Ne lâche pas, Catherine, tu te débrouilles à merveille.

— Laisse faire ! Je te revaudrai ça !

Le visage basané, le sourire radieux, je rends les skis que j'avais empruntés. Pour être fière de moi, je le suis ! Certes, à ma première descente, je me sentais comme une gamine de cinq ans. J'ai trébuché, eu plus de peur que de mal, mais j'ai également pris de l'assurance. De descente en descente, je prenais confiance en mes capacités. À la fin de cette journée, je peux avouer que j'ai aimé skier. Merci, François !

Toutefois, je suis exténuée. Pas de souper pour ce soir. Direction le resto.

Nous sommes tous les deux conscients que cette soirée est la dernière avant son départ. Nous jasons de notre superbe journée, François me taquine sur l'élégance de mon « style libre ». Que puis-je faire d'autre que rire de moi-même !? J'inspire un bon coup et profite du moment présent en tentant de ne pas trop analyser. Comportement inhabituel, voire même inexistant chez moi.

Sur le chemin du retour, alors que je croyais m'en être sauvée, il reprend son interrogatoire.

— Que penses-tu faire au sujet de ta nouvelle sœur ?

— Je devrai sûrement aller à Montréal afin de la rencontrer. Je me suis juré que j'allais appuyer ma mère si on la retrouvait.

— Comment se fait-il que tu ne la connaisses pas ? Elle a été adoptée ?

— Tu as tout compris.

154

– Comment te sens-tu ?

– Déchirée.

– Si jamais tu viens en ville, tu peux toujours venir habiter chez moi... Tu connais l'adresse, murmure-t-il avec douceur.

12

5088, rue Kwantlen, Vancouver.
3 mars 2008, 6 h 50.

Assise sur le lit, j'observe François occupé à boucler sa valise. Comme j'aimerais voir le temps se figer et ne pas avoir à me séparer de lui. Comme si j'étais effrayée de me retrouver seule. *Reviens sur terre, Catherine. Personne ne peut vivre aux crochets d'une autre personne.*

Et s'il quittait tout pour venir s'installer à Vancouver ? Et si je le lui proposais ? *Bravo, princesse ! Penses-tu vraiment qu'un gars va tout larguer pour tes beaux yeux ? Par amitié en plus ?! Holà ! il y a quelqu'un dans cette boîte à poux ?*

— C'est l'heure. Je dois y aller, marmonne-t-il, la mine basse.

Et si je me jetais à ses pieds en le suppliant de rester ?

— Je suis vraiment ravi de t'avoir revue. Je n'aurais jamais pu imaginer un aussi beau séjour dans ta superbe ville, ajoute-t-il devant mon silence.

À ce moment, un bruit de pas se fait entendre dans l'escalier de mon immeuble. Probablement un voisin. On cogne à la porte. Merde ! ce n'est pas le temps. Vraiment pas. J'ouvre. Ce n'est pas un voisin ! Mon sourire reste figé alors que je sens mon corps se liquéfier.

Mark ! Mais qu'est-ce qu'il fiche ici ?

Il s'approche et m'embrasse passionnément sur la bouche. *Non, non ! Arrière, Satan !* Me voilà dans de beaux draps, maintenant. De quoi ai-je l'air ! D'une belle menteuse. Ce que je peux me maudire. Si je pouvais, j'irais me cacher sous le divan. Ou mieux encore : j'ingurgiterais n'importe quelle potion afin de disparaître et surtout ne plus jamais revenir. Mark me tient toujours par les épaules. Je recule poliment et hypocritement (non mais, vraiment, pas besoin d'en rajouter !), puis je m'entends formuler :

– Mark ! Quelle bonne surprise ! Ça va ?

– Super ! s'excite-t-il tel un gagnant de la 6/49.

– J'ai tenté de te joindre au bureau et on m'a dit que tu avais pris congé... J'étais simplement curieux de faire la connaissance de cet étranger qui prend ma place, ajoute-t-il, comme s'il était le propriétaire de ma demeure (mon corps). Ainsi, c'est donc toi l'ami de Montréal qu'elle ne veut pas me présenter ? conclut-il, armant son arc et ses flèches (image).

François braque son regard sur moi les yeux pailletés de points d'interrogation. Il tend tout de même la main à mon amant et dit avec une politesse inouïe :

– Je m'appelle François. Je suis un bon ami de Catherine. Mark, j'imagine ? Elle m'a beaucoup parlé de toi (mais c'est qu'il ment comme un arracheur de dents ! et avec

158

une aisance...). Je suis enchanté de te rencontrer. Malheureusement, je dois partir à l'instant, sinon je vais rater mon vol.

À mon plus grand désarroi, Mark offre d'aller le reconduire. *Cauchemar ! Si je rêve, je dirais que c'est le moment opportun de me réveiller.* S'il y a d'autres espèces de vie sur Terre – je parle d'espèces dotées d'immenses pouvoirs magiques ou non, bien sûr –, c'est ici que vous devez vous manifester afin de me sortir du pétrin.

Rien.

Y a pas un saint ou une sainte qui pourrait me venir en aide ? Ils sont où, nos fameux guides lorsqu'on a réellement besoin d'eux ? Alors, je n'ai plus le choix... Je dois m'adresser à la plus haute instance. *Dieu, je vous en prie, délivrez-moi de cette impasse.* Dire que je ne pourrai même pas expliquer à François qui est Mark.

Installée sur la banquette arrière de la voiture, j'essaie de m'effacer. En fait, je n'ai pas réellement besoin de le faire, car je crois qu'ils m'ont carrément oubliée ! Le comble... on dirait qu'ils se connaissent depuis des lustres. Séquelles d'une autre vie ??? Je me morfonds afin d'éviter d'exploser de rage.

Ai-je manqué d'oxygène à la naissance pour être aussi peu prévoyante ? La moindre des choses aurait été que j'informe François que je fréquentais quelqu'un mais que ce n'était pas sérieux. Pourquoi ne l'ai-je pas fait ? Je suis vraiment cruche. Non, mieux que ça : un vrai tonneau... et vide en plus !

J'ai une idée. À trois, j'ouvre la portière et je me propulse à l'extérieur de la voiture. Finis les problèmes et les tourments. Et pourquoi ne pas agripper Mark dans ma chute ! Après tout, c'est de sa faute si le séjour quasi parfait de

François est ruiné. *Ça va, ça va... je sais, j'en suis l'unique responsable.* Dommage... je suis trop mauviette pour me lancer de la sorte. J'aurais bien trop peur de me blesser.

À l'avant, Mark et François discutent à bâtons rompus et semblent se divertir malgré l'odieux de la situation. *S'cusez, les gars... c'est que je suis là, moi aussi !* Je ne comprends pas l'attitude de François. Pourquoi a-t-il menti ? Je ne lui ai jamais parlé de Mark... Il est vraiment bon acteur. Et s'il jouait la comédie avec moi aussi ! Si ce beau séjour n'était que de la frime ? Bof !... qu'avons-nous vécu après tout ? Et je suis plutôt mal placée pour parler de simulacre, n'est-ce pas ?

Assise sur ces fameux bancs d'aéroport si inconfortables, il ne me reste plus que quelques minutes pour trouver une idée de génie et m'évader de cette situation si embarrassante. Mark ne pourrait pas aller faire un tour ou voir ailleurs si j'y suis ? J'aurais la sainte paix. François me regarde et lance d'un air frondeur :

— Tu es bien silencieuse, mon amie.

Ce n'est vraiment pas le temps de me narguer !

— Vous parlez tellement que je n'ai pas le temps de placer un mot, dis-je, irritée. Mark, pourrais-tu aller m'acheter des cigarettes, s'il te plaît ?

— Pourquoi veux-tu t'acheter des cigarettes dans un aéroport ? Tu vas payer beaucoup plus cher.

Si tu ne vas pas m'acheter ces cigarettes sur-le-champ, j'engage un mercenaire pour te kidnapper !

— Je n'en ai plus et j'ai une folle envie de fumer, soufflé-je avec un sourire plus hypocrite que la reine. (Il ne manque que les battements de cils !)

160

– Si ça peut te faire plaisir, soupire-t-il. (*Yessssss !*) Elle a sûrement été une diva dans une ancienne vie, plaisante-t-il en s'adressant à François.

Retenez-moi, je vais le pulvériser ! Non seulement il gâche mes plans mais, en plus, il me dénigre devant François. Je souris toujours (parfois, il faut manipuler les gens... question de sauver sa peau) en lui tendant de l'argent. *Allez, dégage !* Dès qu'il est hors de mon champ de vision, je me confonds en excuses :

– Si tu savais à quel point je suis désolée, François.

– Ça va, répond-il, visiblement déçu.

– Non, ça ne va pas du tout ! insisté-je indignée.

– OK, c'est toi qui le dis !

Silence.

Assistons-nous à notre première querelle ?

– J'aurais dû t'informer pour Mark. J'ai été ridicule. Si je ne l'ai pas fait, c'est qu'il n'y a rien de sérieux. J'ai pensé que ça ne valait pas la peine d'en parler. S'il te plaît, ne me juge pas.

– Trop tard. Je ne comprends vraiment pas ton attitude. On est amis, alors pourquoi ne m'as-tu pas parlé de ce que tu vivais ? Je t'ai bien raconté mes histoires. À quoi joues-tu ?

J'essaie d'implorer son pardon avec une mimique angélique. Il détourne le regard. Pourtant, ça fonctionnait avec mon père. Je ne sais plus quoi penser. C'est la panique. Et voilà Mark qui revient. Le dernier appel pour le vol en direction de Montréal est annoncé. J'embrasse François sur les joues malgré sa résistance. Sans dire un mot, il disparaît dans le couloir.

Je reste là, végétative, plantée au beau milieu de l'aéroport, prête à y prendre racine, les yeux noyés de brume... et j'espère. J'espère quoi au juste ? Qu'il revienne en courant, qu'il me dise qu'il me pardonne ?... Lamentable. Il me pardonnerait quoi au juste ? D'être une menteuse, une hypocrite, une manipulatrice... Bou hou ! À cette minute même, j'engagerais un mercenaire. Pour moi, cette fois !

Je sens la main de Mark envelopper la mienne. Tiens, je l'avais oublié, celui-là ! Comment vais-je lui expliquer ? Je ne veux pas le blesser *lui non plus*, c'est quand même un chic type. Seulement, je ne suis pas sûre qu'il soit le bon ! Comment lui faire comprendre ? Et lui faire comprendre quoi au juste ? Que je ne veux plus de lui... qu'on peut m'apporter un bac à recyclage pour que quelqu'un d'autre le récupère ! *Vilaine Catherine !* Prenez-moi un rendez-vous d'urgence chez le psy avant que je pulvérise tout ce que je touche ! À côté de moi, Hiroshima, c'est la maternelle !

– Tu as envie d'un copieux déjeuner ?

J'aurais plutôt envie de me taillader les veines tranquillement. Sérieusement, je préférerais repenser à tout ce que je viens de vivre... mais mieux vaut battre le fer pendant qu'il est chaud. Et ainsi m'éviter une autre nuit d'insomnie.

– D'accord, dis-je d'un ton vague.

– Ça va, Catherine ? Je te sens distante. Tu boudes parce que je suis arrivé à l'improviste ? vérifie-t-il, inquiet.

– Non, je comprends (mais qu'est-ce que je raconte !).

162

— Tu sais, j'ai bien réfléchi et je crois que cette situation ne s'est pas produite sans raison. J'ai réalisé à quel point je tenais à toi. J'ai réellement envie qu'on s'engage davantage.

Il ne manquait plus que ça ! Je suis vraiment dans de beaux draps. Pourtant, dès le départ, les choses étaient claires. Du moins, il me semble. Il ne faudrait pas croire que je m'en veux, je ne peux tout simplement plus me blairer ! Il est clair que je ne veux plus jamais revivre ce genre de situation ! Mais, en attendant, il faut que je me sorte de celle-ci. Et sans trop de dégâts...

J'aperçois l'enseigne du restaurant. On y est. Je pourrais me défiler en prétextant un malaise. Comme ça, je prendrais du recul et j'arriverais à clarifier dignement cette situation avant d'agir sur un autre coup de tête.

Et si je tenais à Mark mais que la visite de François brouillait mes émotions ?!

— Tu vas voir, mon ange, je suis persuadé que tu raffoleras des œufs Bénédict. Assieds-toi. J'ai une surprise pour toi.

Mon ange ? Depuis quand m'appelle-t-il mon ange ? Le surnom le plus approprié actuellement serait plutôt « Belzébuth ». Il sort une boîte de sa poche qui m'épouvante. (C'est la boîte qui m'épouvante, pas sa poche ! Ne vous montrez pas trop pointilleux sur la grammaire, d'accord ? Je suis dans les emmerdes. Alors, pour le cours de français, on repassera !)

À coup sûr, mon cœur vient de cesser de battre. Au secours ! Je ne peux tout de même pas lui annoncer que ce n'est pas réciproque, que je ne l'aime pas suffisamment pour m'engager, que ce serait une erreur pour nous deux, que je suis désolée... *sincèrement désolée...*

En fait, tout va trop vite.

J'y pense, ce n'est pas un peu précipité de demander la main de quelqu'un au bout de quatre mois seulement ?

– Ouvre-la.

– Non, Mark, je ne peux pas.

– Pourquoi ? m'interroge-t-il.

– Vois-tu, moi aussi j'ai réfléchi. François m'a fait réaliser que je suis en état de crise (n'importe quoi). Au lieu de m'exprimer et de tenter de régler mes conflits, j'abandonne constamment les gens que j'aime (ces propos tiennent un peu plus la route). Il est temps que je règle mes discordes et que je tente de réparer les pots cassés.

Je n'ai aucune idée de la façon dont je vais en arriver là, mais une fille tente de garder espoir...

– Alors, si je comprends bien, c'est moi que tu abandonnes aujourd'hui ? Tu penses retourner chez toi ? réplique-t-il après avoir substitué des fusils à ses pupilles.

– Écoute, Mark, je suis désolée. Je n'aurais pas dû accepter ce déjeuner. Je ne sais vraiment plus où j'en suis. Je me sens perdue... Laisse-moi un peu de temps, s'il te plaît.

◆ ◆
◆

Au téléphone, Vancouver.

– Allô ?

– Maman, dis-je en éprouvant une culpabilité flagrante.

164

– Catherine ? Mais où es-tu ??? Si tu savais comme on s'est inquiétés, ton père et moi. Pourquoi tu n'as donné aucune nouvelle durant tout ce temps ?

– Parce que j'avais besoin de réfléchir. Je suis à Vancouver. Tu parles encore à papa malgré sa trahison ? ajouté-je la culpabilisant.

– Je n'ai pas eu le choix ! Il s'est fait opérer pour un pontage, il y a six mois. Je ne pouvais tout de même pas l'abandonner ! se justifie-t-elle.

Surtout pas comme je l'ai fait avec vous ! Est-ce moi qui fabule ou si je sens un reproche dans cette réplique ??? Voilà un des phénomènes étranges qui se produit dans ma famille : on peut se traiter n'importe comment mais à aucun moment, il ne faut se montrer outré. Je vous donne un exemple : mon père trahit ma mère en dévoilant un immense secret et elle fait comme si rien ne s'était produit. Lucie me lance n'importe quelles vacheries, mais je reste la docile Catherine. *Allez, passons l'éponge et restons fidèle aux membres de notre clan !* Je peux bien me sentir coupable ! Il y a des limites au pardon ! Je viens de passer plus de neuf mois sans lui parler et c'est fou comme elle me donne envie de renouer avec eux ! (C'est de l'ironie.) *Fais ton deuil, Catou, tu ne peux pas passer plusieurs mois loin d'eux, sans nouvelles, et espérer qu'ils t'accueillent à bras ouverts.*

– Catherine, tu es toujours là ?

– Oui, maman, dis-je, déroutée.

– Tu es choquée parce que je reparle à ton père ? Je sens ton jugement. Je te connais comme si je t'avais tricotée !

– Ah ! faites donc ce que vous voulez ! Je suis partie parce que j'avais mon trop-plein de vos histoires. Faut croire que ça ne changera jamais !

– Ne t'inquiète pas. Je ne retournerai plus jamais avec lui (retenez cette réplique-là, car pour ma part je n'y crois pas le moins du monde). Que fais-tu à Vancouver ?

– Je travaille dans un bureau d'avocats.

– Viendras-tu nous voir bientôt ? demande-t-elle avec une lueur d'espoir.

– Probablement, mais je ne sais pas quand.

– As-tu parlé à Lucie ?

– Pas encore.

– Si tu savais comme elle est triste de ne pas avoir de tes nouvelles, m'accuse-t-elle, comme si j'étais la seule et unique responsable.

– Moi aussi, j'ai de la peine. C'est plus compliqué que tu penses, maman. Surtout, essaie de ne pas t'en mêler (comme si c'était possible, elle est tellement belette).

– Tu sais qu'elle n'est plus avec Denis ? Il est parti avec une autre. Elle a fait un genre de dépression (vous voyez ce que je veux dire par belette). Si tu pouvais l'appeler, je serais rassurée.

– Je vais voir. C'est à moi de gérer ça. Et papa ?

– Depuis son opération, il mord à pleines dents dans la vie. Je le vois environ une fois par semaine. Tu sais qu'il ne boit plus !

– Pour combien de temps ? la nargué-je, ironique mais si réaliste.

– Oh ! s'indigne-t-elle comme si j'étais de mauvaise foi.

– Arrête, maman ! Ce n'est tout de même pas sa première tentative. Et Marie ?

– Je lui parle de temps en temps. Son mari s'est fait transféré dans le Grand Nord, à Kuujjuaq. Ils ont déménagé il y a un mois à peine. Elle semble heureuse.

– Et Marguerite ? L'as-tu rencontrée ? dis-je avec une pincée de délicatesse.

– Marguerite ! s'exclame-t-elle comme si c'était une vieille connaissance.

– Oui ?!

– Je l'ai vue une fois, mais on se reprendra dès qu'elle reviendra au Québec. Je suis impatiente que tu la rencontres, elle est si gentille. On a beaucoup discuté, je lui ai tout raconté. Mon oncle, l'adoption, ton père… Imagine-toi donc qu'elle m'a remerciée de l'avoir mise au monde ! Elle dit avoir eu une belle vie dans sa famille adoptive. J'ai été vraiment soulagée. Je t'ai dit qu'elle est médecin ? ajoute-t-elle fièrement.

Elle ne l'a rencontrée qu'une seule fois et elle en parle comme si elles avaient partagé leur vie ensemble. Aline semble déjà plus près de Marguerite que de nous trois (Lucie, Marie et moi). Si je ne me retenais pas, je lui dirais ma façon de penser. *Cache ta joie, maman. Tu as le droit de te réjouir, mais as-tu pensé à nous ?*

Médecin, en plus ! Elle vient de prendre le premier rang. Bon ! il n'y a jamais eu de rang, mais j'aime imaginer qu'il y en avait un. Lucie en premier, moi en deuxième et Marie en troisième. Médecin. Je te jure. Là, c'est vrai que ma mère va pouvoir se péter les bretelles et se vanter comme elle l'a toujours rêvé !

– Ah ! bon. Et où pratique-t-elle ? réponds-je sans intérêt, mais avec beaucoup de jalousie. (*De plus en plus pitoyable, ma Catou.*)

– Dans un hôpital du Nouveau-Brunswick. Elle aurait tant aimé te rencontrer, mais on ne savait pas où tu étais. D'ailleurs, je n'ai pas trop compris ce départ précipité. Même Lucie ne savait pas où te joindre ! Mais qu'est-ce qui t'a pris, au juste, de tout larguer de la sorte ?

– Laisse faire, maman. Peut-être qu'un jour, je t'expliquerai.

– J'y compte bien ! La peine et le tourment que tu nous as causés... Pas surprenant que ton père ait fait un arrêt cardiaque ! Si tu as des conflits avec ta sœur, pas besoin de nous y mêler !

Ah ! ah ! voilà clairement le reproche... Et regardez donc qui ose me dire ça !!! Ma mère incapable d'être discrète dans ses guéguerres avec son mari. Et elle semble éperdument se moquer de nous y avoir mêlées pendant toutes ces années !

Mais, de mon côté, il faudrait que je ménage mes pauvres parents. Je ne sais pas ce qui me retient de grogner tel un ours qu'on vient de titiller. J'ai des petites nouvelles pour vous : ça ne marchera plus selon vos règles !

– On va clarifier quelque chose immédiatement ! dis-je, enragée – *et le mot est loin d'être puissant, croyez-moi.* Je suis comme je suis et si ça ne vous plaît pas, vous pouvez choisir de ne plus me voir.

— En tout cas, ton éloignement ne semble pas avoir adouci ton caractère, dit-elle bêtement. Tu veux la rencontrer, Marguerite, ou ça ne t'intéresse pas ?

La fumée me sort par les oreilles. Un vrai train. Ce qu'elle peut me faire damner parfois. Parfois ? Tout le temps ! Je n'aurais pas dû lui téléphoner. Je ne suis pas prête. Elle arrive encore à me faire réagir. Je tente de me calmer en changeant de sujet et surtout en ne me laissant plus affecter par ses propos.

— Planifie avec Marguerite un moment de rencontre et je m'organiserai pour venir en ville. D'accord ?

Silence.

— Toi, maman, ça va ? Tu ne trouves pas ça trop difficile de vivre seule ?

— Pas du tout. Et puis, je ne suis pas vraiment seule. Depuis que je vis dans mon nouvel appartement (*Quoi ?!*), à deux pas de chez lui (*respire, Catou, respire, tu vas faire une syncope, sinon*), ton père vient me visiter pratiquement toutes les semaines. C'est l'idéal ! Quand on s'énerve, il retourne chez lui. On est même beaucoup plus gentils l'un envers l'autre. Tu sais, je crois qu'on va toujours s'aimer.

— Tu appelles ça de l'amour ! Et vous vivez en covoisinage ? Je n'en reviens pas !

Et elle ricane comme une écervelée. Mon Dieu ! Mes relations peuvent bien être tordues.

— Écoute, maman, je dois te laisser, j'ai du travail à faire, mais je te recontacte bientôt, lui laissé-je croire afin de me défiler.

169

– Tu ne me laisses pas ton numéro de téléphone ?

– Ne le prends pas mal, mais j'aime mieux pas...

– Bon ! je n'ai pas vraiment le choix.

Silence.

– À bientôt, dit-elle en soupirant.

– C'est ça.

Les émotions dans le tapis, j'en profite pour passer un coup de fil à Maude. Elle trouve toujours les mots qu'il faut pour calmer la lave qui jaillit trop souvent de mon volcan intérieur. Fait étrange... elle aussi s'est accroché les pieds avec sa mère. J'apprécie tellement ma copine depuis que... je ne fais plus semblant. Semblant que tout va bien, que rien ne me perturbe, que ma vie est parfaite.

13

Autoroute 40 Est, Montréal.
Avril 2008.

Assise derrière François sur sa moto, j'essaie tant bien que mal de conserver ma valise au creux de mes bras, malgré la pression exercée par le vent. Il tente de bavarder avec moi, mais l'écho de sa voix se confond avec la circulation. Je me sens à la fois excessivement fébrile et anxieuse. Je dois éclaircir mes comportements passés auprès de mon hôte (l'histoire de Mark) et j'ai la hantise de croiser mes frangines : Lucie et l'autre, *la nouvelle*... Marguerite. Fiou ! Un souper prévu à l'horaire en compagnie de Maude me réconforte.

À ma demande expresse, Aline a organisé un souper de retrouvailles le plus tôt possible ! Revirement soudain de ma part, je sais. Vous comprendrez sous peu ! Et du coup, je pourrai voir où vit maintenant ma mère. (Ça me fait tout drôle de penser qu'elle a son propre appart.)

Ma seule condition : que Maurice n'y soit pas. Je peux paraître ingrate et, à la limite, cinglante, mais ce qui risque de se produire est digne d'un scénario d'horreur (je le connais par cœur et je préfère l'éviter). Hitchcock peut aller se rhabiller ! Nous aussi, on frôle la psychose. C'est constamment ce qui se produit lorsqu'un trop-plein d'émotions n'est pas géré... (donc en tout temps dans notre cas).

En débarquant de son Ninja, mon ami m'invite à entrer chez lui. Mon cœur se serre. Mes yeux contemplent la porte de mon ancien logement. *Lucie.* Je me ravise, soupire et emboîte le pas.

Le colocataire de François est installé devant la télé mais se lève d'un bond en m'apercevant. Il me prend la main et y dépose un baiser tout en me saluant. Quel séducteur, ce Martin ! Sa beauté est quasi intimidante. Grand, mince, cheveux blonds, de beaux yeux bleus. Une beauté plastique, quasi parfaite. Comme certains acteurs. Non, encore mieux, un vrai mannequin ! Malheureusement, comme il a hérité de tous ces atouts, on dirait qu'on a oublié de lui en fournir un essentiel : le discernement.

C'est potentiellement un préjugé de ma part, mais il y a quelque chose qui ne tourne pas rond chez lui. Une espèce de bête noire que je n'ai pas encore identifiée. Par respect, j'échange des propos anodins avec lui tandis que François m'invite à passer à la cuisine.

Un bon café au lait embaume la pièce. Est-ce une tactique pour me faire passer aux aveux ?

Visiblement, nous sommes tous les deux mal à l'aise. François me questionne sur le déroulement de mon voyage. Je prends également de ses nouvelles *comme si nous avions soupé ensemble la veille.* Et si j'arrivais à m'en sortir indemne ? Et s'il ne me reparlait jamais de la fin abrupte de son séjour à Vancouver ? J'ai bien voulu la lui expliquer par courriel, mais il m'a devancée.

172

À : Catou

De : François

Objet : Pause nécessaire

Chère Catherine,

Non que je veuille te blesser. Loin de moi cette intention. Toutefois, le besoin de réfléchir s'est manifesté depuis nos retrouvailles. Je pense qu'il serait mieux de s'éloigner jusqu'à ce que tu viennes en ville. Je dois t'avouer que je préférerais que tu m'expliques ton attitude en personne. Pourquoi ne joues-tu pas franc-jeu avec moi ?

J'apprécierais que tu respectes cette décision. Je tiens beaucoup à notre amitié et souhaite que tu rappliques bientôt.

Bisous,

François xx

N.B. Mon invitation à venir habiter chez moi tient toujours. Donne-moi un coup de fil pour m'aviser de ton arrivée. D'ici là, porte-toi bien.

Vous saisissez maintenant le pourquoi de la pression exercée sur Aline ! Ce dernier mois fut assez déroutant. Pour ne pas dire déprimant. Isolée de toutes parts. Plus de nouvelles de François, ni de Mark. Ai-je vraiment réfléchi ou simplement angoissé ? Je ne sais pas trop. Par chance, Maude analysait la situation avec moi. Qu'est-ce que je ferais sans elle ?

Après quelques minutes de bavardage, il m'interrompt :

– On ne fera pas comme si rien n'était arrivé ! On a besoin de clarifier certaines choses, n'est-ce pas ? Où en es-tu avec ta famille ?

– Ça se replace tranquillement. J'ai reparlé à ma mère. Maintenant, je dois essayer de discuter avec Lucie avant de faire ce fameux souper de famille avec Marguerite. Marie viendra du Grand Nord, je l'ai convaincue. Plutôt tordu un bras ! Je me suis abaissée au chantage émotif, *digne d'Aline dans ses jours de grande forme*, afin de la convaincre.

– En fait, il ne me reste que mon père...

– Penses-tu le contacter ?

– Pas en ce moment. Lorsque ma colère se sera apaisée, je ferai un pas dans sa direction.

– Très sage ! Avant qu'on saute dans le vif du sujet, je dois mettre quelque chose au clair avec toi.

Il semble marcher sur des œufs. Ce n'est pas bon signe ! Mon cœur bat à cent mille à l'heure. Deux cents. Trois cents. Ça y est, il en a assez de valser avec mes états d'âme. Il va m'éclipser de sa vie. Je suis trop tordue. Un sourire s'imprègne sur mon visage, mais j'ai plutôt envie d'enfiler un habit de sprinter et de déguerpir avant qu'il me rejette comme un vulgaire déchet !

– Je t'écoute. (Mais je n'en ai pas du tout envie.)

– Combien de jours comptes-tu rester ? me demande-t-il l'air inquiet.

– Comme tu veux. J'ai pris une semaine de congé, mais je peux aller vivre chez Maude si je t'importune.

– Non, non. Surtout pas ! C'est qu'il y a un gros pépin. Hier, j'ai été appelé, car j'ai décroché une publicité pour Lactancia. Malheureusement, le tournage se fait à Toronto et je dois partir dans deux jours pour deux jours. J'en ai discuté avec mon coloc et tu peux rester ici si tu veux. Je suis tellement déçu que ça se produise simultanément.

Ouf ! moi qui me voyais déjà crucifiée. Agonisante, en plein soleil, sur la croix !

– Ça va. Ne t'inquiète pas. J'irai peut-être chez Maude pendant ton absence et j'en profiterai pour voir mon monde, ajouté-je incroyablement soulagée.

– Je suis navré.

– Mais non ! Ça fait partie de la vie.

Si tu savais ce que je m'imaginais !

Afin de le remercier pour son hospitalité, je lui tends un présent. Visiblement mal à l'aise, il le déballe. Puis son visage s'illumine. J'ai droit à une accolade. Fièrement, il les enfile. J'avais remarqué que ses gants de moto étaient très usés et je me suis dit que cette pensée pourrait le réjouir.

– C'est très gentil de ta part, merci ! Et le travail ? Ton contrat achève, penses-tu le renouveler ?

– Je suis encore en réflexion. Il me reste à peine un mois à faire. Si je n'arrive pas à exercer le droit en tant qu'avocate, je crois que je devrai postuler ailleurs. La traduction, ce n'est pas assez stimulant pour moi.

175

– Crois-tu revenir par ici ?

– Disons que ma visite cette semaine est un premier test. Je veux surtout éviter de revenir en arrière et de revivre le même genre de situations familiales. D'un autre côté, je sais que je ne peux pas fuir toute ma vie. Alors, je ne sais pas trop...

– Sans vouloir me mêler de ta vie privée... Si tu meurs d'envie de me raconter qui est ce Mark..., un ami est toujours là pour écouter, lance-t-il d'un ton léger pendant qu'il nous verse un autre café.

Ça y est, je paralyse. Une statue de sel... La femme de Loth, quoi ! J'ai désobéi et je dois maintenant subir mon châtiment !

Je me suis tellement préparée à répondre à cette question (dans mes innombrables nuits d'insomnie) que je ne retrouve plus la bonne excuse choisie. *Pédale, Catherine, pédale ! Improvise ! Transforme-toi en Robert Lepage...*

– Ce que je ne comprends pas, c'est la raison pour laquelle tu m'as caché qu'il y avait quelqu'un dans ta vie ? On ne se doit rien. Si j'ai à fréquenter une fille, je ne le dissimulerai pas, ajoute-t-il plus que sérieux. Alors, pourquoi ?

– Je suis ridicule, j'aurais dû t'en parler. Je ne comprends même pas pourquoi je ne l'ai pas fait. Par peur de ton jugement, peut-être ? Je ne voulais pas que tu me perçoives comme quelqu'un de volage, sans valeur.

– Catherine, je suis ton ami. Si j'ai une relation avec toi, c'est que j'ai décidé de t'accepter comme tu es. Et tu imagines quoi ? Que je suis parfait ? Que je ne butine pas comme n'importe quel célibataire qui répond à ses besoins ?

Silence.

– Alors... Tu es bien avec Mark ? Il semble être un bon gars.

– Il l'est, confirmé-je avec une mine d'enterrement.

– Mon Dieu ! tu as l'air en amour par-dessus la tête ! lance-t-il, ironique.

– J'ai vraiment honte de moi. Lorsque tu es venu me rendre visite et que j'ai négligé Mark, il a réalisé qu'il voulait s'engager davantage. Notre entente était de se dépanner affectivement mais depuis, rien ne va plus. Résultat : j'ai l'impression de ne plus avoir aucun intérêt pour lui.

– C'est normal, tu paniques. Tu as sûrement peur de t'engager.

– J'y ai réfléchi. On ne se connaît pas assez et, de plus, je ne crois pas qu'il soit l'homme de ma vie.

– Une chose à la fois. Tu n'es pas obligée de te précipiter à l'église.

– Et qu'est-ce que je fais avec la bague ?

– Quelle bague ? s'étouffe-t-il en s'allumant une cigarette.

C'est ainsi que je lui déballe mon histoire depuis le commencement. Il m'écoute attentivement. Respectueusement, et ce, sans passer un commentaire. *Commente, commente. J'ai besoin de ton opinion, moi !* Je lui précise que je me suis imposé une réflexion forcée. Pas juste au sujet de Mark. Toutes les relations auxquelles je touche finissent en fiasco. J'en suis presque rendue à avoir peur de mon ombre. Lucky Luke ne serait pas fier de moi ! François me rassure en me faisant réaliser que dans son cas non plus ce n'est pas le nirvana et que l'amour est un phénomène complexe.

Merci ! merci, mon ami, de ton empathie.

Ce n'est pas Lucie qui m'aurait accueillie de la sorte !

Je sais ce que j'aime tant de François : il a le don de me faire sentir humaine. Normale. Bien loin de ce que ma famille me projette comme image. Avec eux, j'ai constamment l'impression d'être la personne la plus compliquée du monde. Tandis qu'avec mon cher copain, tous mes faits et gestes s'expliquent. Humainement. Comme ça devrait être le cas. Non ?

Il est impératif que je revoie Mark afin de lui parler de ma vision des choses : je veux bien le côtoyer, mais je ne suis pas prête à m'engager. Surtout, pas de bague au doigt.

14

Restaurant Café Meï, rue Saint-Laurent.
Avril 2008.

Qu'est-ce que j'ai à gigoter de la sorte ? Cette foutue banquette est vraiment inconfortable. Est-ce réellement l'endroit ou la situation dans laquelle je me trouve ? *Du calme, Catou, tu es beaucoup trop anxieuse.* Lucie revient de la salle de bains et me sourit. Je lui rends la pareille, mais la sincérité n'est pas tout à fait au rendez-vous. Ce restaurant est l'un de nos préférés. Rectification. Un de ses préférés, mais tout ce que ma sœur aimait était parole d'Évangile à mes yeux.

Mon éloignement m'a permis de réaliser que je manquais de personnalité. Lorsque je me suis retrouvée seule, j'ai constaté que je ne savais pas ce que je voulais, ce que j'aimais, ce qui m'horripilait. Au début, j'étais paniquée à l'idée de devoir faire des choix. Mais avec le temps, j'ai pris un peu plus d'assurance.

Trop longtemps j'ai permis aux autres de décider à ma place. Probablement par manque de confiance en moi. Du moins, je crois. Donc, à mon insu, j'ai laissé Caporale Lucie prendre le dessus sur ma vie. Comme bien d'autres l'avaient fait avant elle. Le problème, c'est qu'en plus de subir une certaine influence de sa part, je recevais en prime un paquet de petits commentaires dénigrants et culpabilisants. Avant de rétablir notre lien, il me faut définitivement rectifier certains aspects de notre relation...

Malheureusement, dans la réalité, la situation est bien différente (de celle que j'imagine). Devant ma frangine, je deviens intimidée, paralysée... une moins que rien.

Déjà qu'elle doit digérer mon éloignement. Juste à m'imaginer que je dois lui annoncer ce qui ne me convient pas *ou plus* dans notre relation, j'ai envie de me faire hara-kiri.

– Comment te portes-tu ? dis-je si délicatement qu'elle pourrait marcher sur mes œufs.

– Comme une fille qui s'est fait larguer par son *chum* et sa petite sœur !

Aïe ! n'est-ce pas le même petit ton culpabilisant qu'Aline ?! Comme j'ai des doutes quant à ma perspicacité, je replonge :

– Je te remercie d'avoir accepté de venir dîner en ma compagnie.

– Tu sais, j'ai longuement hésité, car je t'en veux encore. Mais comme je ne voulais pas reproduire tes comportements, j'ai cédé.

Confirmé. C'est du Aline tout craché ! *Lucie, Lucie, tu es tellement mieux que moi... Je suis désolée d'être une sœur aussi imparfaite* (j'ironise, bien sûr).

– D'ailleurs, je ne comprends toujours pas. Par ton attitude, j'ai vite saisi que je t'avais offusquée, mais de là à balancer tout le monde, tu y es allée fort !

Je me racle discrètement la gorge. *Du courage, Catherine, prends ta place !*

– Tu aurais pu essayer de t'expliquer... Mais non, la fuite, encore la fuite. C'est bien toi, ça ! Tu accumules, accumules et ton presto finit par sauter (intérieurement seulement... je vous l'accorde).

Là, je sais que je n'y arriverai pas. Aussi bien quitter les lieux dès maintenant ! Quelqu'un pourrait déclencher le détecteur d'incendie ou carrément mettre le feu afin que je puisse me sortir de cette impasse ?

– Je ne sais pas quoi te dire.

– Un jour ou l'autre, tu vas tomber sur quelqu'un qui ne te permettra pas de rappliquer, dit-elle fermement.

– Je sais.

Pourquoi suis-je atteinte si profondément du syndrome « incapacité à répliquer » ?

– En tout cas, si tu voulais t'assurer de ne pas nous revoir, en déménageant à Vancouver, c'est réussi ! J'y pense, es-tu en train de copier les habitudes de Marie ?

Elle ne veut assurément pas se réconcilier en me lançant des piques pareilles ! Et moi qui lui réponds comme si de rien n'était. Comme si aucun commentaire blessant n'avait été prononcé.

– J'ai accepté un transfert d'une année, dis-je posément, en respirant discrètement par le nez.

– Et après ?

181

– Je ne suis pas fixée.

– Tu es ici pour combien de temps ?

– La semaine.

– Comment se fait-il que tu demeures chez François ? C'est ta prochaine proie ?

– C'est un ami pour qui j'ai beaucoup de respect. Je ne voudrais surtout pas perdre ce lien.

– Bonne idée ! De toute façon, ça ne fera sûrement pas long feu, riposte-t-elle avec une assurance déconcertante.

Cousez-lui les lèvres, à cette langue de vipère !

– Et toi ?

– Ne fais pas l'hypocrite. Maman et sa grande discrétion ont dû t'informer. Me voilà célibataire et pour un bon bout temps !

– Tu vois encore Denis ?

– De temps en temps. Je me venge, ricane-t-elle méchamment.

– Ah ! bon ? dis-je surprise.

– Mais ne nous éloignons pas de notre sujet principal. J'aimerais comprendre ce qui t'a poussée à tout larguer.

Voilà ma chance ! Naturellement, je bafouille :

– Une... une accumulation d'événements mais surtout le déménagement de Denis.

– J'ai cru comprendre ! Mais, dans la vie, il faut se parler et tâcher de régler ses différends au lieu de tourner le dos aux gens.

Sur ce point, elle a sûrement raison. Mais si notre interlocuteur ne veut rien comprendre... doit-on tout de même subir son sarcasme ? *Catherine, c'est loin d'être ton cas, tu n'as même pas réussi à t'exprimer. Allez, un peu de cran !*

– Je suis navrée, je crois que ma peine m'a aveuglée. De plus, je dois t'avouer que j'avais besoin de m'éloigner de la famille au grand complet afin de comprendre où j'en étais.

– Merci ! Aussi bien me dire carrément que tu me trouves aussi insupportable que nos parents !

Ouf ! elle ne facilite pas la conversation. Je serais bien tentée de lui répondre qu'effectivement, parfois, elle est assez enquiquineuse. Pour ne pas déclencher une nouvelle guerre, j'inspire profondément.

– Ce n'est pas ce que j'ai dit. Mais... tu ne crois pas que toutes leurs querelles nuisent à notre relation ? Ils sont affreusement instables et, pour ma part, j'en ai marre d'être impliquée dans leurs drames... Pas toi ?

– Si je comprends bien, tu me laisses ce fardeau en cadeau. Bravo ! De toute façon, tu dis ça, mais je suis convaincue que tu n'y arriveras pas.

Je viens tout de même de passer plusieurs mois à Vancouver sans leur parler !

Suis-je si peu douée pour m'exprimer ? Il me semble que tout ce qui sort de ma bouche la fait réagir. Négativement, bien entendu !

– Je ne te dis pas de t'occuper d'eux seule, mais je considère que ce n'est pas normal qu'à notre âge, on prenne si souvent soin d'eux. Ils sont encore en forme pour des retraités, mais tu imagines ce que ce sera tout à l'heure ! Ils sont pires que des enfants ! Je ne sais pas pour toi, mais moi, je ne veux plus me retrouver coincée entre eux. Je vais continuer de les voir mais avec mes limites et non les leurs.

– Moi, je ne suis pas assez égoïste pour les abandonner. C'est tout de même grâce à eux si nous sommes en vie.

Et voilà, on recommence à tourner en rond. Au moins, j'aurai éclairci un point : mes parents.

– Bon ! crevons l'abcès ! revient à la charge Caporale Lucie. Tu m'as dit au téléphone que tu voulais clarifier certains points de notre relation, eh bien, vas-y !

– Je ne veux pas te blesser, insisté-je.

– C'est déjà fait ! Mon Dieu ! qu'est-ce que tu as tant à me dire !

– Premièrement, je te suis très reconnaissante pour tous les services que tu m'as rendus et pour toutes les fois où tu m'as écoutée. Je l'apprécie sincèrement. J'aurais tellement voulu pouvoir te rendre la pareille...

– Tu aurais pu... lorsque Denis m'a quittée. C'est vrai, tu n'y étais pas ! me nargue-t-elle.

Est-ce qu'elle pourrait cesser de me faire sentir que je suis la pire des nombrilistes ?

– Je suis sincèrement désolée.

– Continue. (Enfin ! Elle semble s'être apaisée.)

– Tu as toujours été une idole à mes yeux. Je ne vivais que par toi. Tout ce que tu faisais me paraissait si parfait que je tentais de suivre ton chemin. Sans grand succès. J'ai réalisé que je n'étais pas toi et que je ne le serais jamais.

– Je ne t'ai jamais rien demandé, se braque-t-elle.

– Probablement. Mais de mon côté, je m'imaginais que si je ne pensais pas comme toi, je devenais lamentable à tes yeux. Alors, je me modelais sur toi. Aujourd'hui, j'aspire à devenir moi-même, mais je ne veux pas te perdre.

– Je ne comprends pas ce que tu essaies de me dire. Ce que tu exprimes t'appartient. Je ne peux rien faire pour toi.

Vive la réceptivité ! Sincèrement, Catherine, à quoi d'autre t'attendais-tu ?

– Je ne peux pas croire que tu aies bousillé, en un instant, une relation aussi parfaite ! réplique-t-elle.

Parfaite ?! Parfaite pour toi, Caporale !

– Qu'est-ce que tu attends de moi au juste ? soupire-t-elle comme si elle s'adressait à une enfant gâtée.

– Que tu m'acceptes comme je suis.

Bravo, tu l'as dit ! Oui, mais ce n'est pas assez clair... Je devrais aussi ajouter qu'on a vécu un moment de crise et qu'on doit se réajuster. Qu'est-ce que j'attends d'elle au juste ? Qu'elle me permette d'être. Je m'explique... J'aime fumer, alors je fume sans aucun commentaire de sa part. Je veux prendre de l'alcool, donc je bois. Si je veux changer de *chum*, je fais ce qui me plaît. Je m'éloigne de nos parents, c'est mon choix. Je fréquente qui je veux... et elle n'a rien à dire.

Je n'ai pas terminé ! Pourquoi ne pas lui spécifier qu'elle a tendance à jouer à la mère avec moi ? Merci bien, une ça suffit ! J'aimerais pouvoir vivre ma vie sans subir constamment son jugement ou ses commentaires, que je considère dénigrants et culpabilisants. Je sais qu'elle le fait probablement parce qu'elle croit que c'est le rôle d'une grande sœur, mais ça me fait plus de mal que de bien. Ça me fait sentir nulle. Je dois également lui faire réaliser que je ne suis pas moins bonne qu'elle, seulement différente. Que dans la vie, il n'y a pas qu'une vérité : la sienne ! Que son style de vie peut la satisfaire, mais qu'il n'est pas celui que je choisis. Que je déteste lorsque qu'elle m'appelle *la p'tite*. Que si notre relation ne change pas, je serai incapable d'être heureuse en sa présence ! Ouf ! aussi bien gravir l'Everest. J'ai plus de chances de survivre à l'ascension ! *Tu es capable, ma Catherine ! Dis-lui ses quatre vérités, une bonne fois pour toutes !*

À ma grande surprise, je m'entends articuler d'une voix calme :

– Je suis prête à t'écouter si, à ton tour, tu as des choses à me dire.

Quoi ?! Faites-moi taire, quelqu'un ! Je n'arrive pas à y croire ! Ce que je peux être lâche. Éviter les conflits à tout prix... encore une fois...

– Je n'embarquerai pas dans ce petit jeu ! Je n'ai rien à clarifier. C'est toi qui es incapable de vivre avec les autres, pas moi ! C'est vraiment dommage... je me connais et je sais que dorénavant, je me sentirai obligée de te prendre avec des pincettes afin de ne pas me faire *encore* rejeter. Et voilà ! Une fois de plus, on sera tous centrés sur toi.

– Arrête, soupiré-je. Ce n'est pas du tout le but. (Elle est volontairement de mauvaise foi.) J'aimerais seulement que tu me respectes sans me juger.

– C'est toi qui te sens jugée. Moi, je te respecte.

– OK, oublie ça, dis-je, complètement démotivée et vidée.

– Mets-toi à ma place ! Tu débarques d'on ne sait où, tu me balances ce qui ne te convient pas et tu espères que je t'ouvre grand les bras et que je te dise : « Tout va changer » ! Ne rêve pas en couleurs !

Hypocrite à l'extrême, je souris.

– Tu as raison. On demande l'addition ? Je suis claquée.

– On ne va pas se quitter comme ça ! Je ne t'ai pas vue depuis des mois.

Ce faux sourire est toujours figé sur mes lèvres. Je meurs d'envie de me lever malgré son interdiction. Bien sûr, je ne le ferai pas, car je suis incapable de l'affronter. Encore moins de me mettre en colère. Je hais cette partie de moi. Elle nous commande un autre verre et me lance sur un ton anodin :

– François t'attend ?

– Non, il est à l'extérieur de la ville. Il revient demain soir.

– Tu as quelque chose de prévu ce soir ? Pour célébrer nos retrouvailles, on pourrait aller danser. Qu'en dis-tu ?

Non, mais, je rêve ou quoi ? Notre rencontre ressemble étrangement à un champ de bataille et elle pense à aller danser !

– Toi, tu veux aller dans un bar ?! Tu as toujours détesté ce genre d'endroit !

– Seuls les fous ne changent pas d'idée.

– Laisse-moi aller faire une sieste et je serai de la partie.

Mais qu'est-ce que je viens de dire !? Bâillonnez-moi, quelqu'un !

– Super ! Tu peux inviter le coloc de François s'il est seul.

– Martin ? Il pourrait t'intéresser ?

– Il est un peu jeune, mais pour un moment de tendresse...

– Là, je ne te reconnais plus !

– Tu ne m'as jamais connue célibataire !

– C'est un fait.

Qu'est-ce que je pourrais ajouter ? Je suis une vraie mauviette...

♦ ♦
♦

Depuis des jours, je ne cesse de penser à Mark. La dernière fois que je lui ai parlé remonte à la visite de François, il y a un mois. Ni lui ni moi n'avons mis notre orgueil de côté afin de faire la paix. Bon, j'avoue que c'est à moi de faire les premiers pas, mais c'est la panique intérieure. Je veux tirer les choses au clair, mais je sais que mes propos le blesseront. Alors je fais la carpe... je ne bouge pas. Malgré que... ne pas donner

188

de mes nouvelles le blesse sûrement tout autant ! C'est décidé. Aujourd'hui, je prends le taureau par les cornes. *En espérant qu'il ne chargera pas !* Prenant mon courage (quel courage ?) à deux mains, je compose son numéro.

Et me voilà les deux pieds dans la corrida ! Au ton de sa voix, je saisis rapidement qu'on ne sera pas loin du combat.

– Quoi ? Tu rappliques trente jours plus tard ! Et tu espères quoi, Catherine Sanschagrin ? Que je vais sauter de joie !

Pour l'instant, la meilleure attitude consiste à me taire. Ce ne sera pas trop dur ! J'obtiens la médaille d'or à cette discipline. Écouter ses réprimandes (je les mérite un peu... beaucoup) et m'excuser. Il ne semble pas déçu mais bien dégoûté par mon attitude. C'est la honte. J'entends ses arguments et réalise que je n'ai tout simplement pas de bon sens.

Pendant que je réfléchissais, Mark se morfondait. Comme le temps filait, il s'est fait à l'idée : pour lui, tout était fini. Son processus de deuil est entamé et me voilà qui rapplique ! *Je regrette.*

Comment réparer mon erreur ? Moi, tout ce que je veux, c'est retrouver notre lien d'avant.

La mine basse, je raccroche. Notre conversation se termine ici. Mark ne m'a pas laissé le temps de m'exprimer. À mon retour, il veut me rencontrer pour en discuter de vive voix. Comme je n'ai guère le choix, je lui promets de lui donner un coup de fil dès que je débarque de l'avion. Malgré mes excuses, sa colère est demeurée au garde-à-vous. Espérons qu'elle retrouvera sa position de repos d'ici mon arrivée !

15

Saint-Donat, région de Lanaudière.
Avril 2008.

Direction : havre de paix. J'avais d'abord dit que je n'avais pas une minute de libre pour accepter l'offre de François. Mais une fille astucieuse reste une fille astucieuse. J'ai donc usé de mon pouvoir de négociation.

– J'irai avec toi dans le Nord seulement si tu m'accompagnes à ce fameux souper chez ma mère, lui ai-je proposé.

– D'accord, a-t-il répondu sans même s'accorder une fraction de seconde de réflexion.

Il n'a aucune espèce d'idée du contrat qu'il a signé ! Je n'ai pas osé le lui dire ! J'ai bien trop peur qu'il change d'idée et de me retrouver seule.

Plus que quatre jours avant mon départ. Il me faut en profiter au maximum. Bonne nouvelle ! Ce matin, j'ai déjeuné avec Maude, et elle repartira avec moi dans l'Ouest. Trop réconfortant ! Ça m'évitera la nostalgie de Montréal.

Bien camouflé dans la forêt, un adorable chalet n'attend que nous. Avant de faire le tour des lieux, je dépose mes bagages dans la chambre que François m'a désignée. Du salon, la vue est tout simplement paradisiaque. Une immense fenestration face au lac nous offre un tableau à couper le souffle. Quelle chance il a eue de pouvoir profiter de ces lieux dès l'enfance !

Ce chalet a appartenu à ses grands-parents qui, à leur décès, l'ont légué à leur fils, le père de François. Celui-ci m'a raconté qu'il venait ici tous les week-ends et que lorsque la saison de ski prenait fin, son père sortait le bateau. Et hop ! le ski recommençait, mais cette fois sur l'eau. Lui et son frère conservent des souvenirs mémorables de cet endroit. Quel bel héritage !

Installée devant le feu qu'il vient d'allumer, je sirote un verre de rouge. François s'affaire à concocter un souper mystère. Je suis donc condamnée à réfléchir, seule au salon.

Comment se fait-il qu'un garçon aussi choyé par la vie s'intéresse à une fille aussi défavorisée par la sienne ? Que peut-il bien retirer de notre relation ? C'est immanquable, il va finir par se désintéresser de son amie rouquine. J'en veux à mes parents de ne pas m'avoir offert ce genre de vie... où les relations sont simples. Où l'atmosphère est harmonieuse. Où il y a de l'amour, de l'humour, de la chaleur et de la joie. Le seul héritage que j'ai l'impression d'avoir reçu, c'est « comment faire la guérilla » ! Être blessée et blesser.

Me retrouver ici me fait un bien immense. Mais, à la fois, je suis torturée. La vie est injuste, trop injuste. Pourquoi n'ai-je pas atterri dans une famille similaire à la sienne ?

François s'installe à mes côtés et me dit en badinant :

– Bonjour, belle dame, vous êtes à votre aise ?

En fait, non, je ne me sens pas bien du tout. Je repartirais en courant comme Forrest Gump ! Courir pour oublier. Courir pour éviter de souffrir. Courir pour disparaître.

Ce milieu n'est pas pour moi, cet ami non plus, d'ailleurs.

— Excuse-moi, François. Tu aurais dû inviter quelqu'un d'autre. Je n'ai pas ma place ici.

Wow ! pour une fois, je dis tout haut ce que je pense tout bas.

— Qu'est-ce que tu racontes ? Je peux connaître la cause de ce revirement soudain ? Il ne faut vraiment pas te laisser réfléchir deux minutes, rigole-t-il. Laisse-toi dorloter ! Toi-même, tu as dit que tu te sentais seule sur ta côte ouest. Profite de ces derniers moments pour te faire cajoler.

Il a sûrement raison. Pourtant, j'ai mal. Un goût amer me traverse la gorge. J'aurais envie de hurler et de lui avouer que me faire dorloter... je ne connais pas ! *Reprends-toi, ma Catou ! Cesse de t'apitoyer sur ton sort. Tu as la chance d'être appréciée par un individu sain, savoure-la !*

◆ ◆
◆

À la suite d'un copieux repas, qui a duré des lustres, voici maintenant l'heure de s'assoupir.

Avant de m'allonger, un arrêt à la salle de bains s'impose. En ouvrant la porte, je tombe nez à nez avec François.

Incapable de m'endormir, je me dirige sur la pointe des pieds vers mon iPod. Tant qu'à ne pas dormir, aussi bien écouter de la musique ! Le plancher craque de partout. Je me fais toute légère mais probablement pas assez, car j'entends François, de son lit, me dire tout bonnement :

– Catherine... tu ne dors pas ?

Je me présente devant sa chambre et je dis tout bas :

– Navrée, je ne voulais pas te déranger.

– Ça va. Viens jaser. J'ai également de la difficulté à m'endormir. Allonge-toi près de moi, peut-être qu'à deux, on trouvera le sommeil.

Après avoir longuement hésité, je finis par m'étendre à ses côtés... après qu'il m'a promis qu'il ne me toucherait pas, qu'il ne se passerait strictement rien et que ça ne deviendrait pas une habitude.

Béatitude... je ne me rappelle pas avoir aussi bien dormi depuis des lunes.

16

Saint-Jérôme, région des Laurentides.
Avril 2008.

C'est déroutant de voir à quel point elle ressemble à maman. Je suis estomaquée. Sous le choc ! François me donne un petit coup de pied. Je suis là, statique, un vrai bibelot. *Dégèle, idiote, salue ta nouvelle sœur.* Elle me tend une main que je serre doucement. Ses grands yeux verts trahissent son vécu. D'après mes calculs, elle doit avoir près de quarante ans. Ses cheveux bruns coupés au carré annoncent un côté plus traditionnel. Elle n'est pas très grande, un mètre cinquante-huit tout au plus. Lucie est en discussion avec elle depuis un moment. Ce qu'elle peut être hypocrite. Elle qui ne voulait rien savoir. Pour sa part, Marie l'observe.

– Marguerite, je te présente ENFIN Catherine, triomphe ma mère.

– C'est un immense plaisir. J'avais bien hâte de te rencontrer.

– Moi aussi. (Que puis-je dire d'autre ?!!!) Voici François, mon meilleur ami, annoncé-je fièrement.

– Enchantée. J'ai laissé le mien à la maison... mon meilleur ami s'occupe des enfants. Je ne voulais pas les amener, car le trajet est vraiment long et ils se chamaillent continuellement dans ces situations.

Rectification. Mon meilleur ami n'est qu'un ami tandis que son meilleur ami est son mari. Essaie-t-elle d'insinuer quelque chose, ou c'est encore moi qui paranoïe ? Lucie la questionne :

– Combien as-tu d'enfants ?

– Trois.

– Quel âge ont-ils ? ajouté-je ayant un véritable intérêt.

– J'ai deux garçons, un de douze, un de dix ainsi qu'une petite fille de sept ans. Et vous ?

– Elles n'ont pas d'enfant. Je te présente ma fille Léa, elle a six ans, intervient calmement Marie.

Marguerite pose sa main sur celle de ma mère. Insolite, cette vision me perturbe... Je finirai par m'y faire, j'imagine. Je sens que ma mère est aux petits oiseaux. Elle a en quelque sorte fait la paix avec une partie de son passé. N'était-ce pas ce que je souhaitais depuis un bon moment ? Le bonheur de ma mère.

Physiquement, je dois davantage ressembler à mon père, car personne ne pourrait s'imaginer que Marguerite est ma sœur. François et ma famille sont en grande conversation.

J'accompagne Aline à la cuisine afin de l'aider dans la préparation du repas. Son appartement est immense. Et elle y semble à l'aise. Mais j'avoue que c'est le moindre de mes soucis...

– Comment vas-tu ? lui demandé-je avec curiosité.

– Un peu nerveuse. J'aimerais que tout soit parfait. Peux-tu me faire une vinaigrette pour la salade ? Il a l'air d'un bon parti, ton Francis.

– François, maman, il se nomme François.

– Il était temps que tu te cases. Le dernier que tu nous as présenté, c'était celui des escaliers... J'espère que celui-là, tu vas l'endurer, dit-elle avec condescendance.

– Premièrement, je t'ai dit que François n'était qu'un copain ! m'impatienté-je. Et peu importe, tu n'as pas trop de leçons à me donner de ce côté-là ! Peut-être que c'est toi qui aurais dû moins en endurer !

– Bon, bon ! là n'est pas le sujet, se défile-t-elle.

Je presse un citron en soupirant. Ce qu'elle peut m'enquiquiner !

– Vous vous entendez bien, toi et Marguerite ?

– On se connaît peu, mais elle m'appelle toutes les semaines pour prendre de mes nouvelles. Tu sais, elle travaille énormément. Il n'y a plus beaucoup de médecins dans les régions. De plus, avec ses trois enfants, elle est bien occupée, mais elle trouve tout de même du temps pour moi.

197

– Peut-être plus que nous, dis-je en la narguant.

Bravo ! Elle est parfaite la nouvelle sœur ! *Enfin, une rivale de taille pour Lucie !* Elle semble avoir tout pour elle. L'aisance matérielle, la stabilité affective et des enfants. De plus, elle trouve le temps d'appeler ma mère toutes les semaines. Wow ! un certificat avec ça ?

– Ce n'est pas ce que j'ai voulu dire, s'empresse-t-elle de clarifier.

– C'est correct. Je ne t'empêcherai tout de même pas de profiter de ta nouvelle fille. Savoure-le, tu y as rêvé toute ta vie !

– Tu n'as pas peur que je l'aime plus que vous ? Tu sais, ça ne vous enlève rien. Je vous aime très fort (tout croche, mais très fort !).

– Ben, voyons donc, maman ! Où es-tu allée chercher une idée pareille ? Je sais que ça ne m'enlève rien, au contraire.

J'aurais envie de lui répondre que de toute façon, on n'a jamais rien eu, elle ne nous enlèvera pas grand-chose...

– Tes sœurs n'en ont pas l'air aussi persuadées que toi.

– Qu'est-ce que tu insinues encore ?

– Non, non, laisse faire.

– Je déteste quand tu fais ça. Parle ou ne dis rien. Ne laisse pas planer des suppositions que je risque de mal interpréter.

– OK, mais ne va surtout pas le répéter (puis-je te rappeler que je ne suis pas comme toi, Aline ?). J'ai demandé à Marie d'appeler Marguerite afin qu'elles aient un premier contact. Elle m'a répondu qu'elle la verrait lorsqu'elle viendrait en ville. Ça démontre tout de même un manque d'intérêt. J'avais invité Lucie lorsque j'ai rencontré Marguerite, mais elle s'est trouvé un tas d'excuses. Je crois qu'elle ne digère pas de perdre sa place d'aînée, chuchote-t-elle.

– Maman, je crois que tu fabules. Lucie est débordée par le boulot. Pour ce qui est de Marie, je la comprends un peu. Moi non plus, je n'aurais pas apprécié de faire la rencontre de Marguerite par l'entremise du téléphone. J'ai l'impression que c'est toi qui as peur de nous imposer quelque chose. Ne t'en fais pas, on vit très bien avec, je te l'assure.

Belle hypocrite ! OK, maman, pour une fois, tu vois juste. Comme je ne veux pas gâcher ton plaisir ainsi que ta soirée... on fera comme si ton imagination débordait à nouveau...

– Tu penses ? Tu as sûrement raison.

– Est-ce que papa l'a rencontrée ?

Au même moment, Marguerite et François nous rejoignent à la cuisine.

– Oui, j'ai eu la chance de le rencontrer. C'est tout un personnage, votre père.

– Je serais curieux de faire sa connaissance, ajoute François.

– Il devrait arriver dans quelques minutes... s'il n'a pas fait un saut à la taverne ! lâche Aline en évitant de me regarder.

Quoi ? Elle l'a invité ! Malgré ma demande expresse de ne pas le faire ! Je vais suffoquer ! Appelez le 911 !!!

Et François qui est curieux de le connaître ! Tu ne resteras pas curieux bien longtemps, je t'assure. S'il vient... c'est ici, ce soir, maintenant, que prendra fin une belle histoire d'amitié. Plus jamais François ne me rappellera. Je le sais.

— Tu mériterais que je parte, sifflé-je entre mes dents. Vous deux et le respect... Des sphères incompatibles !

— Comment le décririez-vous ? demande innocemment François.

Pouvez-vous m'éclairer sur cette curiosité maladive et soudaine ? Si je ne me retenais pas, je le laisserais en plan avec ma famille. Pauvre imbécile ! C'est tout même moi qui l'ai amené jusqu'ici ! Voulez-vous bien me dire où je les déniche toutes, ces idées saugrenues ???

— Il est parfois dynamique, bon vivant, mais aussi un peu aigri par la vie, réplique Lucie en nous rejoignant.

— C'est une façon polie de dire que c'est un vieux grincheux ! précise Marie.

C'est le fou rire général sauf pour moi. J'ai envie d'ajouter que ma mère ne donne pas sa place non plus, mais je ne veux pas la blesser, alors je me contiens. La présence de ma mère et de mon père dans la même pièce m'effraie énormément. Me paralyse. M'impose de ne plus respirer. D'autant plus que c'est la première fois que François les rencontre. Pourvu qu'ils sachent se tenir !

Comme Maurice ne s'est toujours pas pointé le bout du nez, nous nous apprêtons à entamer ce souper sans lui. À mon grand soulagement ! L'atmosphère est tout de même agréable, étant donné que nous sommes toutes réunies. Je crois que chacun des membres de ma famille fait un effort de guerre, moi comprise !

Il ne faudrait surtout pas étaler nos travers en public. Qu'est-ce que nos invités pourraient s'imaginer ?! Étrangement, le regard d'autrui a toujours été bien important dans notre demeure. *Incompréhensible, je sais.* Les portes et fenêtres closes, c'était une autre histoire... Je me souviens que, petite, mes parents se querellaient et nous ordonnaient de fermer les fenêtres. On a dû manquer d'oxygène, d'air pur et de vent frais, car c'était leur seul mode de communication !

Au moment où je me dirige vers la cuisine pour servir le plat principal, un tapage assourdissant me fait sursauter. Promptement, je me retourne vers la salle à manger. Aline est dans tous ses états. Mon père, complètement soûl, vient de faire son entrée. Cependant, il s'est permis d'inviter un de ses nouveaux *chums* de taverne. *Bravo ! Ça me donne une envie folle de renouer avec lui !!!*

Et... il n'avait pas cessé de boire, lui ?!

Il chante à tue-tête *Prendre un verre de bière, mon minou.* Ma mère, qui ne se domine plus, lui lance toutes les injures qui lui passent par la tête. Lui qui ne s'est jamais laissé faire... rétorque violemment à ses attaques. Les insultes fusent de toutes parts. La scène est digne d'eux. Toutefois, elle nous plonge dans un état de honte avancée. Mon regard soutient celui de François comme s'il venait de gagner le gros lot : une première place dans les drames des Sanschagrin ! *Tu voulais y goûter ? Maintenant, délecte-toi !*

— Maurice Sanschagrin, tu as vu l'heure ? s'époumone Aline. Non seulement tu es en retard, mais ton invité est loin d'être le bienvenu.

– Je te l'avais dit, hein, qu'elle me casserait les oreilles, dit-il en regardant son supposé nouvel ami. Je fais ce que je veux !

– J'ai élevé tes trois enfants pendant que tu courais la galipote et que tu buvais comme un trou. J'ai sacrifié ma vie pour toi et regarde comment tu me remercies, beugle-t-elle, rouge de colère, prête à exploser au moment opportun.

Marguerite est presque incrustée dans sa chaise et observe le tableau comme si elle regardait une émission de téléréalité. Lucie a les cheveux dressés sur la tête et, comme toujours, intervient entre les deux. Elle incite mon père à prendre un siège, pendant que je demande poliment mais fermement à son compère de beuverie de quitter les lieux.

Ils m'épuisent.

Pendant ce temps, Marie s'est cachée dans la salle de bains. Probablement pour évacuer en moins de deux le peu de nourriture que nous venons d'ingurgiter. Dès qu'il y a un peu trop d'émotion dans l'air, elle souffre de diarrhées chroniques. Maurice rouspète ; néanmoins, il s'assied. Son acolyte a bien voulu dégager sans faire trop de chichi. Nous rejoignons nos places et tentons de reprendre cette boustifaille comme si rien ne s'était produit. Marguerite salue poliment mon père qui l'ignore pratiquement. Question de rétablir l'équilibre, je lui présente François à qui il dit :

– Bonne chance, mon vieux ! J'espère que tu ne te feras pas larguer comme tous les autres.

Pardon !!!

J'ai bien envie de préciser que ce n'est pas mon amoureux, mais... quelle perte de temps ! Je devrais plutôt l'anéantir ! Me transformer en *Terminator* et l'écrabouiller comme une vulgaire mouche. Je ne peux pas croire qu'il ait eu le culot de dire une chose pareille. François me tapote la cuisse afin de me témoigner sa complicité. *Grrr !*

Marie revient prendre place à la table, les yeux boursouflés. En l'apercevant, Léa se met à pleurer. Carl (son mari) se lève et lui chuchote quelque chose d'inaudible à l'oreille. Elle fait signe que non. Léa se colle sur sa maman. Connaissant ma sœur, je suis persuadée qu'elle meurt d'envie de retourner dans le fin fond de son Grand Nord québécois. Mon père grignote du bout des dents. Il dira comme à son habitude que le houblon le nourrit.

Maurice semble s'être calmé pendant que je fulmine encore intérieurement. Tout comme ma mère, mais elle, elle ne se prive pas pour extérioriser son indignation. Dès qu'il ouvre la bouche, elle le ridiculise à la vitesse du son.

– Est-ce que je vous ai déjà raconté lorsque je travaillais pour la Ville de Montréal ? radote mon père.

– On ne veut pas les entendre, tes histoires. De toute manière, on les connaît déjà. Tu n'as tellement rien à dire que tu ressasses toujours la même rengaine, le crucifie ma mère.

– Et toi ? Ton passe-temps préféré, c'est de parler contre les autres. Tu passes tes journées à potiner sur n'importe quoi et n'importe qui.

– Maurice Sanschagrin, si tu n'arrêtes pas de m'insulter, je devrai te mettre à la porte.

– Essaie pour voir.

Lucie me fait signe. Elle n'en peut plus. Marie et moi non plus, d'ailleurs. Notre seuil de tolérance à leurs conflits est devenu quasi inexistant. Petites, nous n'avions pas le choix. Aujourd'hui, oui ! Lucie se lève et s'excuse devant Marguerite, mais elle ne peut supporter la situation davantage. Mon père lui impose de se rasseoir, en lui rappelant qu'elle est son enfant et qu'elle doit faire preuve de politesse à l'égard de ses parents. Je rêve ! *Cher géniteur, ta masse cérébrale sert-elle à autre chose qu'à occuper de l'espace dans ton vieux crâne ?* Quelle aberration ! Aline s'époumone toujours à injurier Maurice. Cette fois, il se lève en hurlant de ne pas l'attendre pour coucher. *C'est parce que tu ne vis pas ici, papa...* Et vlan ! il claque la porte. Ma mère, qui ne pleure jamais, maugrée contre lui et regrette de l'avoir invité. *Fallait me le demander !*

Quel soulagement, cette soirée ne s'éternisera pas ! Je crois que chacun de nous éprouve le besoin de retrouver un certain calme après la tempête, *que dis-je*, l'ouragan. J'ai une pensée pour ma demi-sœur qui, en ce moment, ne doit pas regretter d'avoir été adoptée ! Je ne sais pas du tout de quoi je parle, mais mon petit doigt me dit que c'était sûrement mieux qu'ici.

Marguerite semble être une fille calme, simple et, ma foi, aimable. Comme premier contact entre nous, c'est réussi. Malgré tout. Elle nous a tous invités au Nouveau-Brunswick afin d'y rencontrer son mari et ses enfants. On ne sait jamais ! Peut-être un jour.

Pour sa part, François est bouleversé de savoir que j'ai vécu dans cette cellule familiale et me dit que je suis trop clémente lorsque je décris mes parents. Merci ! Enfin quelqu'un qui partage mon opinion. Il déclare qu'ils n'ont tout simplement pas de bon sens et que je peux me considérer très équilibrée vu les circonstances. « Mais je ne le suis pas vraiment ! » l'informé-je. « Beaucoup plus qu'eux en tout cas ! » ajoute-t-il. Je suis soulagée de constater qu'il ne me met pas dans le même panier de crabes. En espérant que son opinion ne change pas avec le temps ! Si un chat fait des chats, et un chien, des chiens, comment penser que deux fous à lier donneraient la vie à un être sensé ?...

17

De retour à Vancouver...

À peine sortie de l'aéroport, je m'excuse auprès de Maude... *Urgence*, je dois appeler Mark comme promis. Sa voix est beaucoup plus posée, ce qui me rassure énormément et me donne un peu d'espoir. Déjà qu'en temps normal, j'ai de la difficulté à m'exprimer... Imaginez devant une personne en colère. Silence total. Le rendez-vous fixé à mon agenda m'enlève un lourd poids sur les épaules.

Maude s'installe avec moi dans ma chambre. Je lui explique comment accéder aux attractions touristiques de Vancouver, car malheureusement je dois retourner travailler. Toutefois, nous nous sommes fait un itinéraire pour nos sorties de soirée. Je lui ferai découvrir les meilleurs restos des environs (que Mark m'a permis de dénicher... merci encore) ! Nous irons nous balader au centre-ville, sortirons dans quelques boîtes de nuit et visiterons les plus beaux parcs de la région. Jeudi et vendredi soir, ne nous cherchez pas, nous serons affairées à visiter les boutiques de la rue Kingsway !

Nos discussions n'en finissent plus. J'ai l'impression de rattraper le temps perdu. Maude me décrit une journée type en milieu carcéral. Après son doctorat en psychologie, elle est devenue thérapeute pour les prisonniers. Tout de même, faut vouloir ! Quelle audace ! Il lui en arrive des vertes et des pas mûres. Sans équivoque, elle adore son métier et dit se sentir utile à la société. Elle a toute mon admiration... Pour ce qui est de sa vie sentimentale, elle fréquente *enfin* un garçon qui s'appelle Thomas et elle a des papillons qui virevoltent dans les yeux lorsqu'elle en parle. Lors de mon séjour, je n'ai pas pu le rencontrer, faute de temps. Elle parle même d'emménager avec lui. *Chanceuse !* Elle le mérite.

Elle me demande comment va ma situation familiale, ce qui nous amène à parler de sa propre famille. Au chapitre des relations avec sa mère, elle me raconte des anecdotes que je n'aurais jamais pu imaginer. Elle dit avoir failli étouffer tellement elles étaient proches. Il était difficile pour Maude de faire ce qu'elle voulait, car elle avait (et a parfois encore) constamment l'impression de la décevoir. Par exemple, lorsqu'elle a déménagé (il y a à peine quatre ans), sa mère lui a fait toute une scène. « Comment peux-tu me faire ça ! Qu'est-ce que je deviendrai sans ma fille ? C'est certain, je vais m'ennuyer à mourir. » Imaginez ! Pour ne pas perdre son unique enfant, elle lui avait offert d'aménager un appartement au sous-sol !

– Et ton père dans tout ça ? m'étonné-je.

– Comme d'habitude... Il ne se mêle jamais de rien. Il fait l'autruche pour éviter les conflits. Moi, j'aurais bien aimé qu'il s'oppose parfois et qu'il joue son rôle de père. C'est un mou. Je l'adore, mais il n'a pas de colonne.

– Et pourquoi ne m'as-tu jamais parlé de tout ça ?

– Je ne sais trop. J'étais tellement absorbée par mes études... Mes émotions avaient peu de place. Toi-même, tu ne parlais de rien.

J'établis un certain parallèle avec la relation qui m'unit à ma sœur. Mon indépendance ne semble pas lui plaire. Maude et moi échangeons longuement sur le sujet pour réaliser, après toutes ces années, que nous avons des points communs insoupçonnés.

◆ ◆
◆

Cette semaine passée avec Maude a confirmé nos affinités. Ma famille est également passée dans le tordeur. Je m'aperçois que mon amitié avec François m'a permis de débloquer quelque chose. Qu'elle me permet maintenant de me confier. À petites doses. Et à ma façon. Fidèle à mes habitudes, j'ai dédramatisé. Les fous rires qu'on a pu avoir !

— Imite-les encore, tu es trop tordante, me supplie-t-elle sans arrêt.

Malheureusement, elle me quitte ce soir. Son vol est à dix-neuf heures. Thomas l'a appelée pour lui dire qu'il l'attendrait à l'aéroport de Montréal. Trop *sweet* !

— Je suis vraiment heureuse que tu sois amoureuse. J'ai bien hâte de rencontrer Thomas, dis-je sincèrement.

— Lui aussi. Je lui ai si souvent parlé de toi. Je suis vraiment impatiente de te voir rentrer en ville, lance-t-elle avec enthousiasme.

— Maude, je ne crois pas que je vais revenir, avoué-je, la mine basse.

— Ah ! bon ? J'étais persuadée que ton éloignement était dû à tes conflits !

– En majeure partie. Il se trouve qu'ici, je n'ai pas de conflits (ou presque). J'ai surtout la paix.

– D'accord, mais tu dois t'isoler complètement pour l'avoir ! me fait-elle remarquer.

– Je sais, mais après ce souper de retrouvailles... je dois avouer que je suis terrorisée.

– Tu n'es pas obligée de te laisser happer par leurs histoires. Au contraire, tu dois tenir ton bout et apprendre à leur dire non. Comme je dois pouvoir affronter la déception de ma mère. D'ailleurs, si tu revenais pour de bon à Montréal, je crois que tu ferais la joie de ton ancien voisin ! me taquine-t-elle.

– La mienne aussi, car c'est vraiment un bon copain.

– Pourquoi n'essaies-tu pas de le fréquenter ? Il est à l'opposé de tous les autres mecs que tu as connus. Ça pourrait être le bon !

– Tu rêves ? Tu oublies qu'il est également mon opposé ! On ne vient pas du même milieu et nos valeurs sont complètement différentes. Et... peu importe, je suis avec Mark.

– Si peu... Moi je pense que tu ne veux pas penser à François parce que tu as la trouille !

– Maude, arrête ! la rabroué-je.

– Parfois, les vrais amis doivent être francs, surtout si c'est pour le bonheur de l'autre.

– Sérieusement, tu me vois avec un motard ? dis-je, sidérée.

– D'abord, ce n'est pas un vrai motard ! Et pourquoi pas, s'il te fait du bien ? L'harmonie devrait être l'emblème de l'amour. Si tes parents se querellaient constamment, insconciemment tu cherches à te quereller ; or, François n'est sûrement pas très bon là-dedans, alors il est sans intérêt, ajoute-t-elle comme si c'était une évidence.

– Tu m'analyses, là, ou quoi ?

– Désolée, déformation professionnelle. Penses-y tout de même...

– Non merci ! J'ai déjà un chat à fouetter, je n'en veux pas deux !

◆ ◆
◆

Le fard à paupières bien appliqué, le rouge à lèvres estompé, je suis prête à te recevoir, Mark ! Plus la trotteuse de l'horloge trotte, plus la nervosité s'empare de moi. Vais-je trouver les mots ? Vais-je avoir le courage d'exprimer mon opinion ? Et si je me dégonflais encore une fois comme avec Lucie ?...

Enfin, ça sonne ! Souriante, j'ouvre la porte à Mark et l'invite à s'asseoir. Comme il est séduisant ! La bouteille de vin à la main, je lui propose un verre. Pour ma part, je boirais bien son contenu en entier, question d'assurer mon courage ! Je me retiens. La conversation s'amorce sur un ton léger. On se donne des nouvelles mutuelles, parle de la pluie et du beau temps. Mark se lance le premier et m'interroge sur mon mois de réflexion *beaucoup trop long à son goût*. Je tente de lui expliquer... l'inexplicable :

— Écoute, Mark, il y a beaucoup de choses que tu ne sais pas à propos de moi et que je suis incapable d'approfondir. Je suis navrée, si tu savais... Je sais que tu as raison d'être amer. Les émotions et moi, on ne fait pas bon ménage. Donc, à défaut de blesser les gens par des propos maladroits, j'ai tendance à m'éclipser. C'est ce que j'ai encore fait avec toi.

— Je ne comprends pas ce qui pourrait me blesser à ce point ? À moins que tu ne penses à me quitter ! Ou bien... c'est la bague ? C'est ça qui t'effraie ?

Silence.

— Voyons, Catherine, je suis capable de comprendre que tu aies besoin de plus temps pour t'engager.

— Il est un peu là, le problème. Je ne veux pas m'engager, réponds-je presque en chuchotant.

— Ça va, j'ai compris. Tu n'es pas prête et tu as peur. Tu as besoin de temps.

Moi et mes éternels gants blancs... *Au diable, la délicatesse ! Cette fois, exprime ce que tu ressens vraiment...*

— Ce que je voudrais réellement, c'est retrouver notre relation là où nous l'avons laissée.

— Amant et maîtresse ?

— Exactement, lui souris-je trop heureuse d'avoir pu dire ce que je pensais sans faire trop de grabuge.

— Je comprends que c'est ce que tu souhaites, mais ça va à l'encontre de mes désirs. Notre aventure m'a fait réaliser que je ne veux pas d'un lien uniquement basé sur le sexe et vide de sens. J'ai besoin de plus, Catherine. Si tu n'as pas envie d'expérimenter ce genre de lien avec moi, je ne pourrai plus continuer à te voir. Je me connais, je serai frustré.

Au bout de quelques heures, la discussion ne cesse de tourner en rond. Mark se lève, prend son manteau et me regarde calmement :

– Si jamais tu changes d'idée, appelle-moi. Sinon, je comprendrai.

Et vlan ! Fin de l'histoire.

18

5088, rue Kwantlen, Vancouver.
Mai 2008.

Assise devant mon portable, je passe en revue tous les messages que François m'a envoyés depuis mon arrivée ici (je les ai tous conservés). Il y a même des photos de nous au chalet. Je suis émue.

Vient maintenant le tour de Mark. Je contemple les menus objets ou accessoires qui lui appartiennent et qui marquent son passage dans ma vie. Malgré la solitude et la nostalgie, j'ai tenu le coup, je ne l'ai pas appelé. Je serais malhonnête d'entamer une vraie relation avec lui lorsque mon cœur n'y est pas. Je ne peux pas faire un essai de quelques semaines... et lui balancer par la suite que ça ne fonctionne pas. Lucie, Maude et François ont raison. Une trouillarde, c'est tout ce que je suis.

Encore une fois... Je me suis défilée. Au lieu d'annoncer de vive voix à François que j'allais renouveler mon contrat lundi matin, je l'en ai informé par courriel. Je crois qu'il sera aussi déçu que moi. Après avoir fait le tour de la question à maintes reprises et comme on m'offrait un vrai poste en tant qu'avocate, j'ai finalement décidé de demeurer dans cette ville qui m'apporte tant d'apaisement.

Question de combler certains moments de solitude, je peins, je peins, je peins. Une forme de libération se fait sentir lorsque je crée. Mon meilleur ami a reçu ma deuxième œuvre par la poste, j'ai conservé la première. Je lui ai peint un lac sublime entouré d'arbres avec une embarcation contenant deux personnages assis à l'intérieur. Je voulais le remercier de notre escapade à la campagne et lui rappeler notre grande amitié. Sa présence me manque, sa gentillesse, son empathie...

Il pleut. C'est un samedi triste et terne. J'en profiterai pour faire une sieste. Je me demande ce que fait Maude. La dernière fois que je lui ai parlé, elle emménageait avec son homme. Elle était débordée, mais je sais que dès qu'elle sera plus disponible, elle me fera signe.

Je parle à Lucie pratiquement toutes les semaines. Elle a décidé de ne plus attendre après les autres et d'acheter sa première maison. Bonne idée ! Ça la réconfortera.

Pour ce qui est de mes parents... je reparle à Maurice même si je ne lui pardonnerai jamais la façon dont il m'a dévoilé le secret de ma mère. *Malgré qu'elle semble soulagée d'avoir pu me faire partager ce lourd passé et faire enfin la connaissance de sa propre chair.* À vrai dire, c'est dommage qu'elle ait invité Maurice à ce souper. Que s'imaginera Marguerite ? Aline arrive à être intéressante lorsqu'il n'y est pas. C'est désolant que ma mère change complètement d'attitude lorsqu'elle est en présence de mon père. On dirait qu'elle a tellement peur de ce qu'il va dire d'elle, qu'elle est centrée uniquement sur ses propos (on pourrait dire ses attaques) afin de pouvoir se justifier. L'inverse est aussi vrai.

La sonnerie du téléphone retentit. Quelle stupéfaction que d'entendre Mark au bout du fil ! Il est tout près et aimerait récupérer ses objets personnels. Il m'informe qu'il retourne en Allemagne pour l'été. Étrangement, les larmes me montent aux yeux. Même si on ne se voit plus, je réalise qu'il me manque et me manquera encore un bon moment. Au même instant, on cogne à la porte. J'indique à Mark qu'il peut passer pendant la journée et je cours répondre.

J'ouvre, mais sans apercevoir le visage de mon visiteur. Un immense bouquet le masque. Je prends les superbes oiseaux du paradis et constate que ce n'est qu'un livreur. Déception. Aucune carte n'indique la provenance de ce présent. Je me précipite et du haut des escaliers, je crie au livreur :

– De qui viennent ces fleurs ?

– Regardez sur la carte ! me balance-t-il.

– Il n'y en a pas ! *Abruti !*

– Ah ! bon ?

Il revient avec un bout de carton mouillé qu'il me tend en s'excusant. J'arrive tout de même à déchiffrer son contenu.

Ce soir, dix-neuf heures,
Je vous attends au West Restaurant & Bar,
2881 Granville St.

Soyez chic !

217

Pas de signature. Étrange... Une chance que le livreur a retrouvé la carte ! Dire que j'aurais pu louper ce rendez-vous ! Est-ce de la part de Mark ? Pourquoi m'offrirait-il des fleurs ? Il veut récupérer ses effets personnels, ça n'a donc pas de sens ! Et si c'était Maude ? Ou encore Lucie qui tient à me convaincre de revenir en ville. Ce doit être François. Il a reçu mon message et ne le digère pas. *Catherine, reviens sur terre. Il habite Montréal, pas la porte à côté.*

J'appelle chez François. Me voilà mystifiée. Martin m'informe que son coloc est parti tourner une pub à Toronto et qu'il me lâchera un coup de fil probablement ce soir.

Mais ce soir, je n'y serai pas ! Je serai au restaurant avec mon admirateur secret !

De plus en plus intriguée par ce rendez-vous mystère, je m'efforce de peindre depuis plus de deux heures. Ma nouvelle création : un volcan qui déverse sa lave. Elle sera pour ma chambre. Un rouge cramoisi, un vert océan et beaucoup de terre de Sienne viendront égayer mon intimité. À nouveau, on frappe à la porte. Je dépose mon pinceau.

J'ouvre la porte et m'avance pour embrasser Mark, mais il recule. J'ai sûrement ce que je mérite : rien ! Je sais, je peux sembler confuse, mais sa présence me réjouit vraiment. Ouf ! je m'essouffle moi-même ! Moi et la contradiction...

En l'observant, je comprends pourquoi je l'avais choisi comme amant. Il a un charme indéfinissable même lorsqu'il est bougon. Moi qui n'ai pas fait l'amour depuis notre rupture, je prendrais bien un peu d'affection... Ce serait égoïste, je sais.

— Où sont mes affaires ? m'aborde-t-il sèchement.

– Ici sur le sofa. Tu as le temps de prendre un café ? lui proposé-je, mal à l'aise.

– Pas vraiment.

– Quelqu'un t'attend ?

– Non, mais j'ai des courses à faire, précise-t-il sans grande conviction.

– Je suis heureuse de te revoir. Comment vas-tu ?

– Correct. Mes études sont terminées et je pars en vacances, je ne peux rien demander de plus.

– Tu reviendras à Vancouver ?

– Probablement. Toi, as-tu terminé ton contrat ?

– Oui, mais je reste ici pour une autre année.

– Bien content pour toi.

– Tu crois qu'on pourrait souper ensemble un de ces quatre ?

– Je ne sais pas. Tu veux quelque chose que je ne veux plus. Je crois qu'il est préférable de ne pas tourner le fer dans la plaie.

Il me fait une longue accolade et me chuchote à l'oreille :

– Merci pour tous les beaux moments. Je te souhaite d'être heureuse. Tu es une bonne fille ! Tu me manqueras. J'y vais.

En fermant la porte derrière lui, mon cerveau se met à bouillonner. Avec Mark, j'étais bien. Ce n'était pas compliqué et surtout pas très engageant (jusqu'à la bague). Qu'est-ce j'attends, au juste ? Ce fameux prince sur son cheval blanc ? Et si c'était lui ? Et s'il y en avait tout plein autour de moi mais que je suis trop dupe pour les distinguer ?! Je vais probablement l'attendre toute ma vie, *mon* prince charmant.

La poignée de porte encore dans la main, je n'ai qu'un désir : aller le rejoindre, m'excuser et tenter l'impensable.

Je me raisonne. Mon heure n'a pas sonné. Je suis persuadée qu'il n'est pas le bon. *Et comment penses-tu t'y prendre pour reconnaître ton preux chevalier ?* Je vais sûrement ressentir des papillons ou avoir une révélation lorsque je le rencontrerai... *Comment se fait-il que je me sente nostalgique, alors ? C'est pourtant moi qui ne voulais pas m'engager !*

◆ ◆
◆

J'enfile ma jupe tout en me brossant les dents. Franchement, j'avais toute la journée pour me préparer et, encore une fois, je m'y suis prise à la dernière minute.

Une imprudente, voilà ce que je suis ! Il serait plus sage que je ne me présente pas à ce rendez-vous. Et si ce mystérieux prétendant était un détraqué sexuel ? *Il ne serait pas aussi galant !* Vite, mon taxi doit être déjà arrivé. Je me précipite à la fenêtre. Il est là ! Je descends l'escalier en trombe.

Une demi-heure plus tard, le chauffeur me dépose devant un charmant restaurant. J'ai enfilé un joli chemisier rouge avec une jupe blanche en lin. Cet ensemble moule mes formes et me fait paraître un peu plus grande. En tout cas, c'est cette image que le miroir me renvoie ! Pour m'en assurer, j'ai mis de délicats escarpins comme dans *Sex in the city*. Ce soir, je m'imagine être Carrie Bradshaw. Avec une poitrine un peu moins volumineuse et les cheveux roux, mais il y a tout de même un semblant de ressemblance... dans le style !

Je me présente au maître d'hôtel, qui m'accompagne jusqu'à ma table. Personne ne m'y attend. C'est une blague ou quoi ? Je commande une consommation et interroge le serveur, qui ne sait rien. La réservation a été faite à mon nom. J'attendrai quinze minutes, pas une de plus. Ma montre indique dix-neuf heures cinq. Le garçon revient avec mon verre.

– Je vous ai demandé un verre de vin, pas un Bloody Caesar ! dis-je, surprise.

– C'est le monsieur au bar qui vous l'offre.

– Quel monsieur ? Quel bar ?

– Droit devant vous. Oh ! il n'y est plus. Désolé.

Premier indice. C'est un homme. Je renifle ma boisson afin de m'assurer qu'elle ne contient rien de suspect. J'imagine quoi ? Que je vais être en mesure de reconnaître l'odeur d'une drogue quelconque ? Je me risque et y trempe tout de même les lèvres en parcourant la salle des yeux. Idiote ! Je n'aurais jamais dû goûter à ce cocktail. N'importe qui a pu y déposer n'importe quoi ! Et si j'avais affaire à un maniaque qui me suit depuis des semaines, qui m'a donné rendez-vous, qui me drogue et qui n'a qu'un seul but : me kidnapper et me violer jusqu'à ce que mort s'ensuive. *Méchante proie facile, la belle Catherine !* Mon agresseur doit se tordre de rire.

Des doigts me couvrent les yeux. Un baiser se dépose sur ma joue. Attention ! Je ne suis pas encore assez droguée et je peux encore me défendre ! J'arrache littéralement ces deux mains qui m'obstruent la vue... pour apercevoir ni plus ni moins que François !

– Salut, poupée ! rigole-t-il.

Vêtu d'un complet-cravate, il dépose un oiseau de para-dis dans mon assiette. Identique à ceux qui embaument ma demeure. Très délicat de sa part, mais si je me souviens bien... ce n'est pas mon anniversaire et je serais surprise qu'il vienne célébrer ma promotion. Et si c'était pour m'annoncer un autre drame !?

Allez, va directement au but, j'ai l'habitude.

Je me goure, là ! Il est beaucoup trop souriant pour m'annoncer une mauvaise nouvelle. Je sais ! Il a un premier rôle dans une télésérie et voulait m'en faire part. Voilà qui a beaucoup plus de sens !

– Que fais-tu à Vancouver ? Martin m'a dit que tu étais en tournage à Toronto.

– Surprise !!!

– Tu as lu mon courriel ? dis-je inquiète.

– Ouais. Comme je ne suis pas d'accord avec ta décision...

– Te voilà !

– Tu as pigé !

– As-tu perdu la tête ?!

– Une soirée en ma compagnie et tu seras convaincue que Montréal est la plus belle ville qui soit.

Bonne chance ! Je ne sais pas ce qu'il a prévu comme arguments, mais... la montagne sera longue à escalader. Voire... insurmontable. Moi, retourner près de ma cellule familiale ? Aussi bien me tatouer le mot masochiste sur le front ! La seule et unique chose qui me ferait rentrer au bercail, c'est la maladie ou le décès d'un de mes proches. Pour le reste, j'ai assez donné.

♦ ♦
♦

Sept heures trente. Chez moi.

Un taxi se pointera le bout du capot d'une seconde à l'autre. Je ne pouvais pas *encore* m'absenter du travail. De plus, ça me déchire d'aller reconduire mes proches à l'aéroport. Moi et les séparations. Pas très douée.

François a finalement lâché prise. Il n'était pas trop tôt. C'est bien la première fois que j'argumentais avec lui... avec quelqu'un tout court. Je deviens forte. Dorénavant, je sais ce que je veux (presque tout le temps) et je tiens mon bout. Wow ! quelle amélioration !

Si je veux être cohérente, je sais qu'il est préférable que je reste dans l'Ouest. L'harmonie a enfin cogné à ma porte. Et comme j'approche la trentaine et que je considère qu'il n'y a pas eu grand monde pour se soucier de mon bonheur, j'ai décidé de prendre la chose en main !

Certes, François est déçu. Mais il ne perdait rien à essayer. Son geste me touche profondément. Je sens que malgré la distance, il fera longtemps partie de ma vie.

223

Et s'il rencontrait quelqu'un ? Il aurait moins de temps à me consacrer... Et s'il s'éloignait de moi à la suite de ce week-end ? La patience a des limites...

– Ça y est, ton taxi est là ! l'informé-je tristement.

Il ramasse son sac à dos, m'embrasse sur les joues et se dirige vers la porte. J'ai la gorge nouée. Il jette un dernier regard dans ma direction. Sa main se faufile dans la poche de son veston et il en sort un sac qu'il me remet en disant qu'il l'avait complètement oublié.

À son tour, il m'a fait un présent pour me remercier de mon hospitalité. Et il file. Je me précipite dans la cage d'escalier et lui crie :

– Je suis désolée.

Désolée de te décevoir, de ne pas être une amie parfaite, d'être incapable de vivre à Montréal, d'être trop discrète... d'être moi.

De la fenêtre, je le regarde disparaître. Simultanément, j'ouvre le sac. J'y découvre une boîte et un mot. De nature trop curieuse, je commence par le cadeau. J'attache la chaîne autour de mon cou. J'admire le pendentif qu'il a choisi spécialement pour moi, puis mes yeux ne cherchent qu'à lire son message.

Belle Catherine si mystérieuse
Comme j'aimerais te sentir près de moi
Ensorceler ton cœur
Et pouvoir te ramener avec moi
Hélas, je ne suis point un chevalier
Je n'ai donc pas de princesse

C'est pourquoi, en souvenir de moi
Si tu le veux bien
Tu pourras observer cette moto
Elle au moins... aura peut-être la chance
D'être constamment collée à ta peau.

Avec amitié,

François xx

Éberluée, je m'effondre sur le divan. Il savait. Que je refuserais. N'empêche, il est venu !

Signe d'amitié ? Ou d'amour ?

19

5088, rue Kwantlen, Vancouver.
Début juin 2008.

D'un dernier regard, je parcours mon logement. De nombreux souvenirs se bousculent dans mon esprit, mais, étrangement, les plus beaux sont avec François. J'observe la vue si magnifique de ma fenêtre. Vancouver me manquera. J'espère ne pas commettre une bêtise ! Cette année passée sur la côte ouest demeurera inoubliable. Je ferme la porte, descends l'escalier et dépose la clé dans la boîte aux lettres de mon proprio.

Une fois à l'extérieur, je prends une très grande respiration. Le soleil m'éblouit. En vitesse, j'attrape mes verres fumés et me dirige vers mon taxi.

Mes battements cardiaques sont trop rapides. J'ignore pour quelle raison, mais chaque fois que je prends l'avion, je deviens réellement anxieuse. *Peut-être parce que tu es une éternelle angoissée !* Maude sera à l'aéroport Pierre-Elliott-Trudeau pour mon arrivée. Elle m'a invitée à vivre chez elle le temps que je me déniche un appartement. Lucie aussi, d'ailleurs, mais il était plus sage de refuser ! J'ai bien hâte de voir l'air de François lorsque je lui annoncerai la bonne nouvelle. C'est tout de même lui qui a influencé ma décision à mettre un terme à mon ermitage.

Lors de sa visite improvisée, je lui ai dit que je ne pouvais renoncer à mon nouveau contrat... Je m'imposais de faire au moins une dernière année. Il avait l'air réellement déçu. Étrangement, moi aussi. Je souffrais de ma propre décision. Son présent et son mot ont été le déclencheur. D'ailleurs, je ne suis toujours pas certaine de les avoir bien interprétés. Serait-il possible que mon ami m'apprécie plus qu'en amie ? *Encore cette imagination débordante.* Mais non. Il a mis le paquet pour me convaincre et il a réussi. François m'a fait réaliser une chose essentielle : une huître ne souffre pas, tant qu'elle reste dans sa coquille. Quelle vie tumultueuse ! Terminée la fuite. Dorénavant, je tenterai de vivre mes émotions et, surtout, de les verbaliser. *Un miracle avec ça ?*

Léger détail... En bonne masochiste qui se respecte, je n'ai pas encore annoncé la bonne nouvelle à François. À mon tour, je veux le surprendre !

◆ ◆
◆

Qu'il fait bon de revenir au bercail ! Je ne réalisais pas à quel point ma ville me manquait, mais surtout mes congénères. Comme mon vol a atterri à treize heures, Maude m'offre d'aller dîner sur une terrasse. Elle a beau me raconter ses aventures à la prison ou son concubinage avec Thomas, je ne cesse de m'agiter. Rapidement, elle s'aperçoit de mon manque d'écoute et devine que je meurs d'envie d'aller surprendre mon comédien favori.

Au diable ce dîner ! Maude offre d'aller me reconduire chez François. Elle rapportera mes bagages chez elle en attendant mon retour. Je me confonds en excuses. Elle se bidonne sur mon cas.

Arrivée près de mon ancienne demeure, ma copine vérifie si elle doit m'attendre au cas où François n'y serait pas. Je la remercie, mais je pourrai toujours prendre le bus, s'il n'y est pas. Elle me laisse au coin de la rue. J'ai besoin de marcher un peu afin de me détendre. Je ne suis pas émotive mais bien hystérique. La tête qu'il fera lorsqu'il me verra... et lorsqu'il apprendra que je suis bel et bien de retour. J'inspire, j'expire. Où sont mes cigarettes ? J'ai beau fouiller dans mon sac à main... tant pis ! Au loin, j'aperçois deux personnes assises sur son balcon. Mon cœur va tout simplement exploser. Il sera tellement heureux et surpris. Quelle aventure excitante !

François semble être une des deux personnes. Avec Martin ?... Non. On dirait plutôt une fille ! Plus j'avance, plus j'ai la confirmation qu'il est assis tout près d'une fille *qui pose sa main sur la cuisse de mon ami*. Une flèche me perfore la poitrine et atteint directement mon orgueil. Comment se fait-il qu'il ne m'ait pas avisée qu'il avait rencontré quelqu'un ? Il se venge probablement de mon histoire avec Mark... Et comment se fait-il que cette vision me dérange de la sorte ? Après tout, il n'est qu'un ami ! Suis-je possessive au point de vouloir l'enfermer dans une cage et de le laisser sortir seulement lorsque bon me semble ? *Laisse faire l'analyse et passe à l'action.* Qu'est-ce que je fais ?

Demi-tour !

Je n'irai sûrement pas m'humilier devant les tourtereaux. Et dire que je reviens en partie pour mon ami ! Et si je m'apercevais que des amis comme moi, il en a des tas... Je ne suis probablement pas si unique que ça. Ça m'apprendra...

C'est bien moi, ça ! *Comment se foutre dans le pétrin, écrit par Catherine Sanschagrin*. Si je lui avais annoncé mon arrivée officielle en ville, rien de tout ça ne se serait produit. Non... mais je n'aurais pas découvert la face cachée de la lune ! Rencontre intime avec *Jack in the box* !

Je prends tout de même deux petites minutes pour les observer et me faire encore plus de mal. Quand, tout à coup, j'entends crier mon nom. Zut ! Lucie est sur son balcon et m'a aperçue. François la regarde sans trop saisir la situation et il me voit à son tour. Là, c'est vrai, je déguerpis ! D'un pas hyperrapide, je m'évade. Surtout sans me retourner. Que je peux être naïve ! Comment ai-je pu m'imaginer que François pouvait être différent des autres ?

Quand je pense que je me suis laissée convaincre par ce charlatan ! Je me hais. J'entends Lucie au loin continuer de crier mon prénom. *Tu ne vois donc pas que je suis dans l'embarras ?* Complètement essoufflée, je diminue ma cadence. Une main s'agrippe littéralement à mon épaule et me retourne brusquement. Le visage crispé, les poings serrés, je n'ose soutenir son regard... pourtant implorant.

— Catherine ! Comment se fait-il que tu sois en ville ? demande-t-il, éberlué.

— Je viens pour un congrès. (C'est la seule excuse que j'ai trouvée.)

— Mais pourquoi ne m'as-tu pas prévenu ? Et pourquoi as-tu fait demi-tour ? Tu venais me voir ou voir Lucie ?

— Peu importe. Je suis pressée. Je dois y aller, je vais manquer mon bus.

– Tu n'iras nulle part. Je t'ai, je te garde ! Viens prendre un café, je vais te présenter mon amie Claudine. On a étudié ensemble à l'école de théâtre.

– Peut-être une autre fois, dis-je froidement.

– Tu es en ville pour combien temps ?

– Quelques jours.

– On pourrait se voir demain ?

– Mon horaire est vraiment chargé. Je ne sais pas.

– Je ne comprends plus rien. Chez qui habites-tu ? Ai-je fait quelque chose pour te décevoir ? Ça m'aurait fait tellement plaisir de t'héberger, avoue-t-il quasi sincère (ne vous laissez pas berner. Je vous rappelle qu'il est comédien !).

– Je dois y aller !

◆ ◆
◆

Camouflée dans l'abribus, je vis une descente aux enfers. Et si cette fille était seulement une amie comme il le prétend. Et si mon imagination était intarissable ? Une belle dinde ! Voilà de quoi j'ai l'air, maintenant. En plus, je viens de lui raconter un tas de bobards. Comment vais-je faire pour me sortir de là ? Je suffoque. Ma seule envie serait de retourner dans l'Ouest en me téléportant. *Capitaine Kirk, comment dois-je m'y prendre ?* Je dois parler à Lucie au plus vite avant qu'elle ne l'avise que je suis ici pour rester. Et l'autobus qui n'arrive toujours pas. Je me dirige vers la cabine téléphonique, je prends le téléphone d'une main tremblante.

— Catherine ? m'interroge Maude surprise, ne comprenant pas le but de mon appel.

— J'ai besoin de toi, dis-je en tentant de contenir mon désarroi.

— Ça va ? Il n'était pas là ? s'inquiète-t-elle.

— Pire, ajouté-je en m'effondrant en larmes.

— Ne bouge pas, je viens te chercher. Où es-tu ?

— Assise à la droite du diable.

♦ ♦
♦

Anéantie sur son canapé, je ne cesse de larmoyer depuis que je lui ai relaté ma mésaventure. Impuissante, elle me conseille de lui dire tout simplement la vérité. Que c'est ce qu'il y a de mieux à faire ! Quelle vérité ? Que je suis une amie possessive, jalouse et paranoïaque ! Que je le veux comme ami mais juste pour moi ! Impossible. De toutes les situations vécues jusqu'ici, celle-ci m'apparaît la plus honteuse. Par chance, Maude a pris soin d'informer Lucie avant que François découvre le pot aux roses.

— Tu crois vraiment qu'il me garderait comme amie si je lui avouais à quel point je suis hystérique, inquiète et jalouse ?

— Tout le monde a ses moments de folie... Lui aussi, sûrement. Tu l'idéalises un peu trop ton François. Attends de le connaître davantage, tu découvriras qu'il ne te fait pas la charité en s'intéressant à toi. Tu es une personne aimable,

Catherine. Ton sens de l'humour, ta sensibilité et ton honnêteté font que tu es la personne avec qui je me sens le plus à l'aise sur cette fichue planète ! Ouvre les yeux, ma belle ! me dit-elle en m'adressant un sourire désarmant. François est amoureux de toi.

20

Café Les Entretiens, rue Laurier, Montréal.
Mi-juin 2008.

Le cellulaire à la main, je tente de répondre à mon interlocuteur sans lui raccrocher au nez. La technologie et moi, on ne fait pas trop bon ménage. *Moi et n'importe qui, d'ailleurs !*

— Catherine ? m'interroge une voix d'homme que je ne reconnais pas.

— C'est moi.

— Comment vas-tu ?

— Guillaume ?! dis-je hésitante.

— J'avais envie de prendre de tes nouvelles. J'ai souvent pensé à toi cette dernière année.

— Comment as-tu eu mon numéro de téléphone ?

— En appelant chez toi. Tu n'habites plus avec ta sœur ?

– Non, je suis allée travailler dans l'Ouest pour un an.

– Je sais. Lucie m'a dit que tu arrivais de Vancouver.

– Nouvel arrivage. Je suis revenue depuis deux semaines.

– Est-ce que ça te dirait qu'on se revoie ? me demande-t-il amicalement.

– En ce moment, j'attends Lucie au café Les Entretiens. Viens me rejoindre dans une heure si tu es libre.

C'est un endroit qu'il connaît très bien, car nous allions y déjeuner du temps où nous étions amoureux.

Guillaume ! Qu'est-ce qu'il fait bon d'entendre sa voix ! Ai-je bien fait d'accepter ? Depuis notre séparation, je ne l'ai jamais revu. J'y pense ! Il n'y a eu personne de sérieux depuis lui. Et si c'était lui, l'homme de ma vie, et que le destin nous laissait une seconde chance ?... *N'importe quoi !*

Premièrement, je vais m'excuser de la façon dont je l'ai quitté. Lui expliquer que ma déception avait pris le dessus et que, malheureusement, lorsque je souffre, je ne suis plus rationnelle. Comment se fait-il que je sois si exigeante avec mes amoureux ? *Quels amoureux ? Tu peux les compter sur une main !*

Lucie fait son entrée. Elle m'informe qu'elle a donné mon numéro de cellulaire à Guillaume. Caporale Lucie considère que ça me changera les idées de le voir. De quoi je me mêle ? Ma grande sœur me fait subir un interrogatoire en règle. Elle cherche à me soutirer des informations afin de savoir ce qui se passe entre François et moi. La conversation est déviée lorsque je lui demande avec un brin d'impatience :

– Que voulais-tu me proposer ?

– Tant qu'à acheter un duplex seule, je me suis dit qu'on devrait allier nos forces. De toute façon, on pourrait se tenir compagnie durant notre célibat !

– L'offre est alléchante, mais je n'ai pas le budget nécessaire pour l'instant.

– J'ai pensé à tout ! Je suis même prête à te passer les sous, et ce, sans intérêt.

– Tentant !

Non, non et non ! Il ne faut pas que j'embarque dans ce stratagème. Lucie s'approche de moi et me fait une accolade en me disant : « Tu m'as tellement manqué, j'aimerais que les choses redeviennent comme avant. » Moi aussi, elle m'a manqué. Mais... je ne veux pas que les choses redeviennent comme avant !

Je lui demande que nous respirions chacune notre propre air, elle me répond qu'on est bien à respirer ensemble et moi, la nouille, je vais encore céder. Une fois de plus, je n'ose pas dire la vérité par peur de blesser. C'est comme si, toutes petites, nous nous étions juré (sans même nous le dire) que nous nous aimerions toute notre vie, que nous serions toujours là l'une pour l'autre, que nous ne nous quitterions jamais et surtout que nous n'aurions besoin de personne d'autre. *Illusion.*

Aujourd'hui, je ne veux plus de cette proximité. Je veux être en relation avec ma frangine sans fusionner. Est-ce possible ?

Je vais lui dire que ce projet est impossible, et ce, dès maintenant. Elle se lève, me salue et me dit d'y réfléchir. C'est déjà tout pensé ! Trop tard. Elle a un cours à donner à treize heures. Je soupire.

◆ ◆
◆

Je le vois entrer et lui souris. Que de bons souvenirs jaillissent à ma mémoire ! Il est toujours aussi séduisant. Est-ce moi qui rêve ou si ses yeux brillent encore lorsqu'il m'observe ? Peut-être qu'ils brillent constamment ?!...

– Tu es encore plus belle que dans le temps, avoue-t-il en me contemplant.

– Avec quelques rides en plus, ajouté-je en m'excitant telle une gamine.

– À peine.

Il n'a pas changé. Toujours aussi svelte. Guillaume était un hypersportif. Toutefois, il m'informe qu'il n'a plus autant de temps à consacrer à ses loisirs depuis qu'il a une famille.

Une quoi ? Ma face se retrouve nez à nez avec le plancher !

La vie ne nous donnera pas de deuxième chance.

Non seulement monsieur est déjà réengagé... mais, en plus, il a un enfant ! Mathias. Fièrement, il sort une photo de son poupon de six mois. Naturellement, *pour me faire suer*, il est adorable. *Veux-tu me montrer une photo de ta blonde, tant qu'à y être ? Non, mais tant qu'à tourner le fer dans la plaie...* Essaie-t-il de me faire sentir que si j'étais demeurée avec lui, je l'aurais mon « *Et ils vécurent heureux et eurent plusieurs enfants* » ? Je ne sais pas ce qui me retient de lui écraser mon dessert en pleine figure. *Voyons, Catherine, du calme !* Et il a le culot d'ajouter :

– Et toi ?

– Moi, quoi ?

– Tu as des enfants ?

– Oui... mes parents.

Qu'il est bon de faire de l'autodérision. En nouvelle adulte qui se respecte, je finis par lui avouer que je suis toujours célibataire et que je ne crois pas enfanter un jour. Ma curiosité m'incite tout de même à l'interroger :

– C'est comment ?

– Le petit, comme tel, c'est une source de bonheur constante. Sur le couple, c'est une autre histoire... J'aimerais bien en avoir un autre, mais Julie, ma copine, n'est pas intéressée, précise-t-il, débiné.

– Dommage.

– Ouais, mais au moins, j'en ai un, se réconforte-t-il.

– Tu es heureux ?

– En général et toi ?

– Ça peut aller, dis-je peu convaincue.

– Tu sais, je pense souvent à toi, Catherine. Je regrette de n'avoir pas été là le soir où tes parents ont eu cet accident dans les escaliers, ajoute-t-il avec sincérité.

Quoi ! Est-ce le but de sa visite ? Se sentait-il coupable au point d'avoir besoin de s'excuser ? Voilà ton absolution et la mienne :

– Ne t'inquiète pas, c'est tout pardonné. Pour ma part, je suis également désolée de t'avoir plaqué de la sorte. J'étais tellement vexée, spécifié-je avec humilité.

– Je comprends et tu avais raison.

– Non, j'aurais pu essayer de te faire confiance, insisté-je, repentante.

– J'ai eu ce que je méritais.

– Que veux-tu dire ? demandé-je tout à coup très intéressée.

– Je t'ai toujours considérée comme une femme intelligente, mais ce soir-là, tu m'as prouvé que tu étais loin d'être naïve. C'est vrai qu'à ma soirée j'avais trop bu, mais j'avais surtout fait la connaissance d'une autre fille, avoue-t-il honteux.

– Alors, tu m'as trompée !? vérifié-je horripilée.

– Non, je l'ai juste embrassée.

– J'espère qu'elle en valait le coup !

Ma main éprouve une attraction démesurée pour ce morceau de gâteau. Je lutte pour éviter qu'elle ne cède et le lui écrase en pleine gueule.

– Pas du tout. Je regrette tant. Si je n'avais pas été aussi adolescent, je ne t'aurais probablement jamais perdue et ce serait peut-être toi la mère de mon enfant !

Non, merci ! En tout cas, si j'ai eu un instant de nostalgie, je vous jure qu'il s'est volatilisé. Dire que je me suis sentie tellement coupable et même hystérique de l'avoir si bêtement abandonné...

Merci, Guillaume, de m'avoir confirmé que mon instinct est plus que fiable.

Mon cellulaire se met à vibrer.

– Allô ! dis-je sèchement.

– Catou, c'est Lucie. Je suis en pause. Je viens de recevoir un appel pour visiter un super beau triplex ce soir à dix-neuf heures. Viens avec moi, ça te donnera une bonne idée.

C'est le moment ou jamais ! *Dis-le simplement, elle comprendra.*

– D'accord, soupiré-je complètement soumise.

– Rejoins-moi à l'appartement.

J'ai rendez-vous pour souper chez elle vers dix-sept heures. Comment vais-je faire pour m'en sortir ? Je jure que ce n'est pas trop long avant que je remette les pieds dans le plat.

◆ ◆
◆

Zut ! c'est l'affolement. La nervosité s'empare de moi. Sur le coup, lorsque Lucie m'a invitée à souper, je n'ai pas pensé à François ! J'ai beau essayer de la joindre sur son cellulaire, je n'y arrive pas. Espérons que je ne le croiserai pas ! Je pourrais me cacher dans la cour arrière jusqu'à l'arrivée de ma sœur !

Ça va faire ! Je dois m'assumer.

Assise sur le balcon, je regarde la trotteuse de ma montre avancer. Qu'est-ce qu'elle fait, au juste ? Elle s'arrange pour que je me fasse pincer ! *Arrête de paranoïer, Catherine !* Au même instant... qui j'aperçois ? Martin qui me dit :

– Catherine, tu es encore en ville ?

Je le salue hypocritement. Il ne manquait plus que ça !
Malgré tout, j'aurais préféré tomber nez à nez avec François.
Même si je me sens extrêmement mal à l'aise à la suite de mon
escapade de l'autre jour, j'aimerais bien lui revoir la binette.
Toutefois, je n'ai aucune idée de la façon dont il réagirait.

Fiou ! Martin n'a pas insisté et a seulement pris son
courrier. Les minutes s'écoulent. Je lui laisse encore cinq
minutes et je fiche le camp.

Une moto arrive en trombe !

Oh ! mince ! je n'ai aucune issue pour me défiler ! Il se
gare pratiquement sur mes pieds. Je crois que je ferais mieux
d'avoir encore la clé de chez Lucie, car à voir l'expression
dans ses yeux... je vais passer un mauvais quart d'heure !
Brusquement, il enlève son casque ainsi que ses gants qu'il
envoie paître sur la galerie tout près de moi. J'arrive à peine
à soutenir son regard. L'humiliation totale.

– J'aimerais comprendre ce qui se passe ! Qu'est-ce que
j'ai bien pu te faire pour que tu m'ignores de la sorte ? vocifère-
t-il, furieux.

– Je...

– Comment se fait-il que tu débarques en ville sans
m'aviser, que tu te sauves de moi, que ton numéro de téléphone ne fonctionne plus et que, par-dessus le marché, tu
sois encore là depuis tout ce temps quand je me morfonds
comme un crétin à me demander ce que j'ai bien pu faire !
lance-t-il visiblement hors de lui.

– Je suis désolée. Si tu savais...

À ma grande honte, j'éclate en sanglots.

– Là, Catherine, parle-moi... tu vas me rendre dingue !

Sur l'entrefaite, Lucie arrive avec des sushis. Je lui fais signe d'entrer, ce qu'elle fait en silence. Il s'assoit à mes côtés et je m'allume une cigarette en tremblant de tous mes membres. Peu à peu, François semble maîtriser sa colère.

– Je vais te dire la vérité, mais tu ne voudras probablement plus m'adresser la parole (tant qu'à être mouillée... je plonge). Mon numéro de téléphone a changé parce que je suis revenue vivre en ville. Je ne t'ai pas avisé, car à mon tour je voulais te surprendre. C'est plutôt moi qui ai été surprise en t'apercevant avec ta copine. J'étais tellement estomaquée que je me suis imaginé un paquet de scénarios dignes d'une fille troublée. Honteuse de mes émotions, je t'ai menti. C'est aussi ridicule que ça !

Ouf ! j'ai réussi ! C'est un peu bombardé, j'en conviens, mais pour l'instant, c'est le mieux que je puisse faire. *Une bonne salve d'applaudissements pour Catherine Sanschagrin.*

– Attends... Tu vis ici maintenant ? me dit-il abasourdi.

– Je vis chez Maude, mais je me cherche un appartement, lui dis-je souriante, en me pinçant les lèvres avec les dents.

– Pourquoi as-tu changé d'idée ? Pourquoi as-tu quitté Vancouver ?

– Pour me rapprocher des gens que j'aime.

– Sérieusement !

– Oui. Peut-être aussi parce qu'un ami comme toi, il n'en existe qu'un. Et les interurbains, ça manque un peu de chaleur humaine.

– Laisse-moi réfléchir... Tu as eu peur de Claudine ! Tu as cru que mon amie était une flamme... Catherine, serais-tu jalouse ?

– En tout cas, sûrement possessive... J'ai déjà tellement honte de moi, s'il te plaît, n'en rajoute pas ! murmuré-je, embarrassée.

– Sache que si j'avais une copine, tu en serais la première avisée. Je suis flatté. Je sais que pour toi cette aventure s'avère négative, mais mon *ego* est touché. Non seulement tu es de retour, mais en plus tu tiens à moi !

Lucie ouvre la porte et dit :

– Tu viens manger ? On va être en retard pour notre visite.

– Je viens de la retrouver, laisse-la-moi encore deux minutes, rigole François. Quelle visite ?

– Lucie veut s'acheter une maison. Je l'accompagne.

– Je te laisse filer, mais rappelle-moi dès que tu seras libérée des griffes de ma voisine.

◆ ◆
◆

Dévorant mes sushis, j'ose à peine croiser le regard de Lucie. Il est essentiel que je clarifie le fait que je ne veux pas acheter quelque chose pour l'instant. La tête toujours penchée vers mon assiette, je prends mon courage à deux mains et balbutie ma prise de position :

– Après maintes réflexions, je sais, je crois, je pense que... ce n'est pas le moment pour moi d'acquérir, enfin d'acheter... ce n'est pas contre toi... Y a mon retour, tu vois, l'adaptation...

– Ne prends pas quatre cent mille détours. Pourquoi ne l'as-tu pas dit plus tôt ? répond-elle, offusquée. Je n'ai pas de temps à perdre !

– J'ai essayé de te le dire... Mais je peux toujours t'accompagner pour cette visite. Seras-tu capable d'acheter seule une maison en ville ?

– Je trouverai bien quelqu'un d'autre. Tu me connais, quand j'ai une idée en tête, je m'organise pour qu'elle se réalise, conclut-elle sèchement.

– Ça, je le sais !

♦ ♦
♦

Sur le chemin du retour, elle me questionne encore sur le lien que j'entretiens avec son voisin. Qu'est-ce qui l'importune tant à la fin ? Je lui confie que c'est un bon ami mais rien de plus. Je ne lui parle surtout pas du commentaire de Maude (de toute façon, elle fabule... François amoureux de moi !). Un sourire radieux se dessine sur ses lèvres. Je me demande ce qui la réjouit autant. Comme à mon habitude, j'insiste pour qu'elle exprime le fond de sa pensée. Ce que je devrais éviter de faire, mais je suis trop curieuse. Avec sa grande délicatesse, elle me dit être soulagée et qu'Aline le sera également ! Qu'est-ce qu'Aline vient faire dans cette conversation !?

– Si tu savais comme on s'inquiétait pour toi. Ce n'est pas simple de vivre avec un acteur. (Qu'est-ce qu'elle en sait ?) Tu n'aurais jamais été bien riche.

Et puis ?! Je ne peux pas croire que ma famille croit à la maxime *L'argent fait le bonheur*. Malheureusement, c'est le cas. Et peut-on savoir pourquoi personne ne semble croire au sentiment d'amitié qui nous lie, François et moi ?

21

6278, rue des Érables, Montréal.
1er juillet 2008.

Courage, c'est le dernier camion. Heureusement, Maude, Thomas, Lucie et François se sont ralliés afin de m'épauler. Je déteste déménager. Pouvez-vous bien me dire pourquoi au Québec tout le monde déménage en même temps ? Les rues sont bordéliques. Des tas d'objets hétéroclites gisent sur les trottoirs afin que les camions de déménagement aient de la place pour stationner. Ils doivent se garer de travers, en bordure des rues pour être plus fonctionnels. Dire que les citoyens se permettent de jeter leurs vieux objets sur ces mêmes trottoirs. Anciens divans, réfrigérateurs, cuisinières, bureaux, vêtements... la liste est longue. Le 1er juillet de chaque année, Montréal devient un dépotoir géant. Drôle de tradition...

◆ ◆
◆

En poussant un soupir à fendre l'âme, je grimpe sur un tabouret, question d'aseptiser les lieux. François m'observe et me fait signe de venir m'asseoir. Rien de mieux qu'un ami (surtout un homme) pour vous inciter à relaxer. Je vous jure que, naturellement, j'ai plutôt tendance à être une machine : active, efficace, toujours opérante.

Mon ami débouche deux bières et m'en tend une. Je n'apprécie pas vraiment cette boisson, mais aujourd'hui elle est bigrement rafraîchissante.

– Ça va ? s'enquiert-il.

– Je suis claquée et un peu déprimée.

– Claquée, je comprends, mais déprimée ?

– As-tu vu l'état de ce logement ?

– Avec un peu de peinture et quelques décorations, tu verras, tu te sentiras chez toi. Regarde ce que tu avais réussi à faire avec ton petit trois et demi de Vancouver.

– Tu as sûrement raison. Pour l'instant, ça me décourage.

– Alors sortons ! Tu dois être exténuée. On va au resto ? s' enthousiasme-t-il.

– Je ne sais pas... M'as-tu vue ? Je suis complètement délabrée. Mon linge gît encore au fond de mes boîtes, je ne suis même pas maquillée, répliqué-je démotivée.

– Je ne t'ai pas dit que je t'amenais dans un gala. Allez, amène-toi.

Je m'arrête quelques instants afin d'observer mon reflet dans la glace. Je me repoudre, applique un peu de rouge à lèvres, ça ira ! J'observe ma nouvelle demeure et souhaite y être heureuse. Je trouverai bien une façon d'embellir ces lieux. Je verrouille la porte avant.

Le casque bien ajusté, je m'installe derrière François et m'agrippe à sa taille. J'ai vraiment de la chance d'avoir un ami aussi sympa ! Est-ce qu'en amitié il y a des *Jack in the box* ? Bon ! me voilà qui recommence à douter. Incapable de m'abandonner dans mes relations, j'ai toujours peur d'être trahie. Qu'est-ce qui m'effraie, au juste ? Que François se fasse une amie plus formidable que moi et qu'il me jette aux poubelles ? Il faudrait bien que je questionne ma sœur à ce sujet. Après tout, c'est son expression !

Pauvre Lucie ! Elle a vécu le pire des cauchemars. Elle ne l'avait sûrement pas vu venir. Le comble, c'est que Denis vit maintenant avec sa petite étudiante, mais il fréquente toujours ma sœur. Bel idiot ! Comme Lucie est célibataire et en manque d'affection, il lui arrive de retourner dans son lit. Je ne la reconnais pas. J'aimerais comprendre pourquoi elle le côtoie malgré sa trahison. Séquelle des comportements d'Aline ???

J'imagine qu'elle se venge de cette petite étudiante qui l'a rendue cocue. La situation est maintenant inversée ! En fait, je ne peux pas la juger, je n'ai aucune idée de ce que serait ma réaction si j'étais à sa place. D'ailleurs, je préfère ne pas y être. J'espère qu'il existe encore en ce bas monde des êtres sains qui croient en la fidélité. Un peu partout dans les émissions de télé, on déblatère qu'il est bien naïf d'y croire encore... Pour ma part, je préfère m'imaginer qu'il y a une espèce dans mon genre qui survit. Et qu'elle n'est pas en voie de disparition...

◆ ◆
◆

Bien installée dans un resto indien de la rue Saint-Laurent (cette rue pullule d'excellents restos), ma curiosité ne se possède plus. Je dois m'infiltrer dans l'intimité de François afin de savoir qui il est réellement.

– Dis-moi, cher ami, il y a quelque chose qui me chicote. Je ne connais rien de tes anciennes relations. Je ne sais toujours pas ce que tu recherches chez une fille.

– Quoi ?! Ça intéresse Catherine Sanschagrin ?

– Disons que je pourrais t'aider à magasiner si je savais ce qui te plaît ?

– C'est une option. Par où commencer ? Lorsque je t'ai rencontrée la toute première fois, j'étais en fin de relation avec une fille que je fréquentais depuis un an et c'était tout un record ! Ma théorie sur « les bons gars qui rencontrent des filles qui ne s'intéressent pas à eux » est véridique dans mon cas. Je ne sais pas trop pourquoi, mais j'ai tendance à me faire constamment larguer. Je n'ai jamais quitté une de mes blondes. Désolant, n'est-ce pas ? La plus longue relation que j'avais eue jusque-là avait duré trois mois. Avec Isabelle, c'était différent. Pour la première fois de ma vie, je croyais vivre une vraie relation avec quelqu'un qui m'appréciait réellement. Nous étions inséparables et je ne m'inquiétais aucunement. Jusqu'au jour où elle m'a avoué être intéressée par un homme avec qui elle travaillait. J'ai eu le cœur brisé, je me suis senti trahi. D'un commun accord, nous nous sommes séparés peu de temps après son aveu. Deux mois après, elle a rappliqué. Elle disait s'être trompée, avoir réalisé que j'étais l'homme de sa vie. J'ai essayé de rapiécer les morceaux, sans grand succès. Mon cœur n'y était plus, ma tête non plus... Et puis, j'étais mystifié, voire même maladivement intrigué par un autre spécimen de la gent féminine. Je venais de faire la connaissance d'une créature fantastique !

– Et que s'est-il passé ? Pourquoi n'es-tu plus avec elle ?

– C'était malheureusement une personne inaccessible.

– Dommage.

– Tu veux savoir maintenant... ce qui me charme le plus chez toi ? Hmmm !... laisse-moi réfléchir, plaisante-t-il.

– Non, non, ça va.

– Laisse-moi te le dire, d'accord ? C'est ton authenticité. J'ai rarement rencontré une fille aussi vraie. Tu as souffert, j'en conviens. Tu es blessée par ton passé et encore par ton présent, toutefois tu as une sensibilité hors du commun. Tu es beaucoup plus vivante que bien des humains que j'ai côtoyés jusqu'ici. Je sens en toi une soif, une volonté d'être heureuse, et ce, à n'importe quel prix. Une guerrière, c'est ce que tu es devenue, Catherine Sanschagrin !

J'ai soudainement une envie folle de pleurer. Quelqu'un a-t-il déjà prononcé des mots aussi éloquents à mon égard ? Je ne crois pas. C'est surprenant, mais... François arrive à me faire sentir indispensable. Quelle sensation étrange !... À la fois flatteuse et touchante...

Qu'est-ce que j'attends pour le demander en mariage ? *Allons, calmez-vous, je plaisantais..*

22

6278, rue des Érables.
Septembre 2008.

On sonne à la porte. Je devrais dire « on cogne », car ma sonnette n'a jamais fonctionné depuis mon arrivée. Deux mois se sont écoulés depuis mon emménagement. La vie a rapidement repris son cours. Nouvel emploi, nouvel appart, même célibat, même rengaine avec la famille. Seule différence : cette fois, je tente de m'affirmer (j'ai bien dit « je tente »). Ce soir, nous célébrons mon anniversaire. J'ai la nette impression que François tente de me surprendre. Il a emprunté mon logis pour organiser un souper, prétextant que c'était plus grand... ce qui s'avère exact. Comme je ne veux pas le décevoir, je joue le jeu.

– Catherine, tu peux répondre. Ça fait deux fois qu'on sonne et je ne peux pas y aller, je suis occupé.

– Qu'on frappe, ça fait deux fois qu'on frappe. J'y vais, le reprends-je avec un clin d'œil.

J'ouvre la porte et vois Lucie accompagnée d'Éric (nouveau compagnon de baise rencontré à la faculté). Elle me tend une bouteille de vin ainsi qu'un cadeau. Je les embrasse. Je suis épatée de réaliser qu'encore une fois, mon instinct a vu juste. Cette soirée est orchestrée en mon honneur ! Je ne suis pas très surprise, car à force de côtoyer François, je commence à le connaître et à le deviner. Il est à la fois délicat mais pas ultra-organisé... Par exemple, je sais qu'il m'offrira un présent. Cependant, je ne serais pas surprise qu'il ne soit pas emballé. Toutefois, ces détails importent si peu.

– Bonne fête ! s'écrie ma sœur en m'embrassant. Je te présente Éric.

– Merci. Enchanté, Éric. Entrez donc.

– Mon Dieu ! Mais qu'est-ce que ça sent ici ? s'exclame Lucie.

– Oh ! c'est François qui popote.

– Non, non, tu ne sens pas l'odeur d'humidité ? précise-t-elle avec un air de dégoût.

– Euh !... je n'avais pas remarqué. Attends, je vais faire brûler de l'encens, proposé-je profondément troublée.

– Pas d'encens. Je déteste l'odeur. Tu n'as pas des huiles essentielles ou un parfum d'ambiance ?

– J'ai peut-être des huiles essentielles, laisse-moi fouiller.

Ma frangine est déjà partie rejoindre François pour lui présenter son amant. Je ne sais pas ce qu'elle a de travers ! Dernièrement, chaque fois que je la vois, elle me froisse par ses propos. Qu'est-ce que j'ai fait au ciel pour mériter ses perpétuelles phrases assassines ? La seule réaction que ça provoque, c'est que je m'éloigne encore plus d'elle. Je refuse ses invitations à souper, je lui téléphone de moins en moins... Je ne suis pas dupe ! Je ne vais pas me laisser flageller de la sorte. Pourtant, je croyais que notre relation allait sensiblement mieux depuis mon retour de Vancouver.

Peut-être... mais ça s'est remis à dégringoler depuis... Depuis quand, au juste ? Depuis que j'ai pris ma vie en main ? A-t-elle peur que mon bonheur dépasse le sien ? *T'inquiète pas, grande sœur, j'ai encore plusieurs démons intérieurs qui se chargent de le troubler !* Se sent-elle abandonnée en raison de mon changement de cap, de ma quête d'indépendance ? À contrecœur, j'allume une bougie afin de dissiper le parfum des huiles un peu partout dans l'appartement.

On frappe de nouveau à la porte.

– Maude ! je suis si heureuse de te voir. Thomas n'est pas là ? (Ils sont inséparables.)

– Il est en train de garer la voiture. Mais que ça sent bon chez toi !

Lucie s'approche et embrasse Maude en précisant :

– C'est grâce à moi. Je lui ai demandé de faire brûler des huiles essentielles, ça sentait le renfermé !

– En tout cas, plus maintenant. Ça sent très bon, Catherine, insiste-t-elle, rassurante.

– Merci.

C'est un merci bien peu ressenti. Ce qui bouillonne en moi, c'est plutôt de la colère. La soupe est chaude ! Elle bouillonne, et à gros bouillons ! Ce qu'elle peut être désagréable, Miss Parfaite, *pour ne pas dire autre chose !* Elle pourrait se forcer un peu, c'est tout de même mon anniversaire qu'on souligne.

Vingt-huit ans. Et toujours rien devant. Plutôt désolant. D'ici quarante ans, conjoint ou pas, je ferai l'acquisition d'une maison ! Ce n'est pas vrai qu'à mes quarante ans, je me retrouverai dans le même bourbier. J'implore le ciel de rencontrer l'homme de ma vie d'ici là ! Toutefois, s'il ne m'exauce pas, je ferai face au destin.

La porte résonne encore. Je m'empresse de dire :

– Allez rejoindre les gars à la cuisine, François vous servira à boire.

Ça évitera que Lucie coure informer les nouveaux arrivants que ma maison dégage des odeurs nauséabondes... et que maintenant, grâce à madame, elle embaume.

Assis autour de la table, François nous fait rigoler comme toujours. Cher bouffon ! Ma main est posée sur celle de ma tendre amie, Maude. Qu'il est bon d'être de retour au bercail ! Et si bien entourée. Comme c'est mon anniversaire, je n'ai pas le droit de lever le petit doigt. Éric et Lucie ont pris les choses en main et Thomas leur donne un coup de pouce. François s'affaire à faire boire les gens et veille à ce que la soirée se déroule bien. Maude et moi sommes nostalgiques de nos vingt-quatre ans. Que de souvenirs !

C'est étonnant, comment l'être humain se délecte de ses souvenirs de jeunesse. Ce temps où le corps suivait telle une machine. Et je n'ai que vingt-sept ans (oups ! vingt-huit aujourd'hui) et suis si nostalgique. Les personnes âgées peuvent bien radoter comme un vieux quarante-cinq tours qu'on repasse en boucle. On commence tôt à avoir ce genre de comportement.

Malgré le bruit ambiant, je parviens à entendre Lucie émettre un commentaire négatif à Thomas sur l'état intérieur de mes armoires. C'est bordélique, j'en conviens. Mais n'est-ce pas de mes affaires !? Je refuse d'accorder de précieuses minutes de ma vie à l'emplacement des boîtes de conserve, de céréales ou de mes sacs de pâtes. Je préfère consacrer ce temps à la construction de ma vie intérieure. Ce que Lucie devrait faire davantage ! Cette soirée serait parfaite si madame la caporale cessait de répandre son venin.

C'est décidé, la prochaine fois, elle ne sera pas de la partie ! J'en ai assez de la subir. Comme j'aimerais lui dire ma façon de penser ! Ici même. Maintenant. Malheureusement, aucune repartie ne me vient à l'esprit.

La problématique s'avère de plus en plus claire. Par son attitude, elle affiche de l'envie. De la jalousie pure et simple. Elle serait envieuse de quoi, au juste ? Je ne peux tout de même pas lui poser la question. Elle nierait tout. Ah ! la complexité des relations humaines... Je suis blessée. Profondément. Elle a réussi à lancer sa fléchette au centre de la cible. Me voilà atteinte. Je regarde François et me console. La différence, maintenant, c'est que je peux partager mes états d'âme avec quelqu'un d'autre. Il vient justement vers moi, pose sa main sur mon épaule et me chuchote à l'oreille :

– Tu passes une belle soirée ?

– Dans l'ensemble, oui.

– Qu'est-ce qu'il y a ? s'étonne-t-il.

– Je t'en parlerai plus tard.

Les cafés et le dessert sont sur la table. C'est maintenant l'heure d'ouvrir les cadeaux. Je suis un peu gênée, toutefois je m'exécute. François m'offre un certificat-cadeau échangeable dans un magasin de matériel d'artiste. Quelle belle pensée ! Vient le tour de ma frangine de me tendre son cadeau. Des pendentifs en diamant. Elle insiste pour préciser qu'ils sont vrais ! Je ne comprends plus rien. On dirait qu'elle veut prouver à tous nos invités que c'est elle qui m'aime le plus. *Il faudrait que tu changes d'attitude, championne !* Je la remercie en demeurant bouche bée. Je ne suis pas certaine d'apprécier. En échange de ce présent, je prendrais plutôt sa gentillesse.

À son tour, Maude, maintenant embarrassée, m'offre son cadeau.

– Ce n'est pas grand-chose, mais ça vient du fond du cœur.

– Je n'en doute pas un instant, la rassuré-je, compatissante.

Je le déballe et me retrouve émue. Elle sait à quel point j'adore le parfum à la vanille. Elle m'a offert cette fragrance, agrémentée d'un soupçon d'agrumes et de baies. Le mélange est vraiment invitant et intéressant. Bien entendu, Lucie ajoute son grain de sel et déclare que la vanille... elle ne supporte pas !

Tous les convives restent muets. Et moi donc ?! Je suis assommée. Quelqu'un pourrait lui dire de la boucler ?! Je n'arrive pas à le croire ! Je porte cette fragrance depuis des années et elle m'annonce aujourd'hui, devant public, qu'elle est incapable de la supporter. C'est le point culminant, je n'en peux plus.

Mon presto va exploser d'une seconde à l'autre. Paf ! en pleine face de Lucie ! *Quel fantasme !*

Un immense malaise se fait sentir. Je devrais réagir, mais j'en suis incapable. Encore une fois, je me retrouve paralysée devant ses répliques. Comme avec Maurice ! Mais elle m'offre des diamants !? Trouvez l'erreur !

Le téléphone sonne. J'en profite pour prendre la fuite. Le comble ! J'ai Aline au bout du fil. Comme si j'avais besoin de ça ! Elle me dit comment elle va, sans que je l'aie demandé, bien sûr, et sans s'informer de ma personne... comme d'habitude. Je soupire et l'avise que je devrai la rappeler, car j'ai des invités. Elle insiste, voudrait me parler de mon père.

– Demain, maman, demain. Je te téléphone dès que je me lève.

Pendant ce temps, François a activé sa fonction clown et nos invités se sont transformés en public. Quelques verres se consomment encore, mais je sens que la soirée achève. Présentement, je ne suis qu'une boule d'émotions *négatives*. J'ai trop bu, mais c'était nécessaire. Il me faut oublier. Ne pas me rappeler que j'ai une sœur qui dit m'aimer... et qui me charcute constamment par ses propos. Je ne suis pas déçue mais bien a-né-an-tie.

La porte se referme sur nos derniers invités. François semble exténué. Il débarrasse tout de même la table. Je le rejoins et mets la main à la pâte.

– As-tu passé une belle soirée ? demande-t-il, un brin anxieux.

– Je te remercie de m'avoir organisé une si belle fête. Tu es trop bon envers moi.

– Dis-moi, qu'est-ce qui t'a importunée ? C'est encore Lucie ?

– As-tu entendu ses commentaires odieux ? finis-je par exploser. Ma maison sent l'humidité, mes armoires sont bordéliques et le parfum que je porte depuis des lustres ne lui plaît pas !

– J'ai seulement eu connaissance de l'épisode du parfum, m'avoue-t-il.

– Tu étais où ? l'interrogé-je agressivement.

– Ne te fâche pas, Catherine, ce n'est pas moi qui ai été désagréable, tu te souviens ?

– Je sais. Mais comment ça se fait qu'on dirait qu'il n'y a que moi qui les entends, ses commentaires ? m'indigné-je les yeux remplis d'eau.

– Peut-être parce que c'est ta sœur et que tu es particulièrement sensible à ce qu'elle dit. Laisse-la faire et moque-toi de ce qu'elle raconte. La seule personne qui a l'air stupide là-dedans, c'est elle et non toi.

– Je suis incapable de faire comme s'il n'y avait rien eu. Toute ma vie, j'ai dû faire semblant qu'il n'y avait pas de problèmes dans ma famille... quand, au contraire, nous en étions bourrés. Ce n'est pas vrai que je vais me taire encore et endurer la situation. Je suis une adulte, maintenant, je n'ai plus à supporter ce qui me rend malheureuse.

– Eh bien, parle-lui une fois pour toutes. Mets-toi en colère et balance-lui ses quatre vérités ! dit-il afin de m'encourager.

– Tu sais que j'en suis incapable. J'ai peur de la blesser, dis-je ironique.

– Je ne comprendrai jamais rien aux femmes. Comment se fait-il que tu sois incapable d'être furieuse contre ton aînée lorsqu'elle ne se gêne pas pour déblatérer n'importe quoi ?

– Aucune idée. Je suis mal faite. Tu imagines ? Je reste prisonnière de toute cette rage.

– Ça semble bien compliqué, un cerveau féminin, dit-il impuissant.

– Ne m'en parle pas... Ils n'ont pas encore inventé le mot qui décrirait ce que je ressens. Si j'étais un homme, je lui flanquerais un bon coup de poing sur la gueule, elle comprendrait et on passerait à autre chose. Mais non... je dois négocier avec de la jalousie, de la compétition et, dans son cas, de la toute-puissance. Si elle n'était pas un membre de mon clan, jamais je ne la fréquenterais !

– Tu n'es pas obligée de la côtoyer. Est-ce que tu crois que Lucie se sent minable ?

– Consciemment, non. Les individus qui éprouvent le besoin de se sentir supérieurs, ou qui ont un besoin d'écraser les autres, le font pour sentir qu'ils existent. D'après Maude, ils ont une bien pauvre estime d'eux dans leur for intérieur. Ah ! avant que j'oublie, merci de ne pas avoir invité mes parents !

– Je ne t'aurais jamais fait ça. L'appel, pendant la soirée, c'était ta mère ?

– Visé juste ! Elle voulait me parler de mon père.

– Qu'est-ce qu'il a ?

– Aucune idée, je ne lui ai pas laissé le temps de placer un mot. J'avais assez de Lucie qui me gâchait mon anniversaire, pas besoin qu'Aline en rajoute avec le plus récent chapitre des frasques de Maurice. Moi qui croyais en avoir fini avec ma famille. Depuis ma fugue dans l'Ouest canadien, j'ai eu un semblant de paix. Je m'étais imaginé que c'était fini, que je pourrais enfin vivre ma vie libre. Quelle idiote !

– Catou, je ne veux pas te faire de peine, mais, avec la famille que tu as, tu n'auras jamais la paix ! À moins que...

– Que quoi ? Si tu connais un moyen pour que je puisse mener une vie tranquille, dis-le-moi ! ajouté-je dépassée par les événements.

– Couper les ponts ? T'éloigner d'eux ? dit-il avec précaution.

– Encore !

– Oui. Cette fois, je ne crois pas que tu aies à déménager pour y arriver.

J'ai soudainement la nausée. Vite, je dois m'étendre. François me borde, m'embrasse sur le front et s'éloigne à pas feutrés en me souhaitant de beaux rêves. J'ai plutôt l'impression que je ferai des cauchemars !!!

23

6278, rue des Érables, Montréal.
Le lendemain.

Blottie dans mon lit, je n'ose même pas remuer ne serait-ce que le petit doigt. Une fois de plus, je devrai prendre mon courage à deux mains et vérifier ce qui se passe du côté de mon très cher père. J'aimerais tellement rester neutre et ne rien ressentir. Pourquoi les émotions existent-elles ? Lorsqu'il ne se sent pas bien, il me contamine. *Syndrome du stress de la compassion ?* Il est malade et il me rend malade. Je sais que ce n'est pas normal, mais je suis ainsi faite ! *Et s'il prenait ses médicaments, aussi ! On ne le ramasserait pas constamment à la petite cuillère.*

Maurice est un genre de Docteur Jekyll – lorsqu'il gère sa maladie par l'alcool. Et il se transforme en Mister Hyde – lorsque la bipolarité le rattrape. Par chance, il est plus souvent Docteur Jekyll. *Si on peut appeler cela de la chance !!! Lorsqu'il boit, il est plus autonome... si on peut appeler ça de l'autonomie !*

La folie de mes parents m'envahit. Trop sensible, trop fragile pour m'en moquer. Transformez-moi en tortue et installez-moi une carapace au plus vite !

S'il y a une force supérieure quelque part, faites-moi signe ! Surtout... venez me sortir de ce foutoir !

Ça peut sembler tordu, je sais. Malgré tout, je les aime. Est-ce de l'amour, du masochisme ou, pire, de la pitié ? La plupart du temps, ils ternissent ma vie. Lucie, papa, maman. Marie, on n'en parle pas, elle s'est éclipsée. C'est probablement elle, la plus intelligente. Elle n'a jamais à subir ce fléau de responsabilités. Est-ce réellement obligatoire de s'occuper de nos parents ? Et si eux n'ont pas su s'occuper de nous, peut-on leur réserver le même sort ?

La sonnerie du téléphone retentit, interrompant le cours déprimant de mes pensées.

Cauchemar ! Mon caporal est à l'autre bout du fil. Elle n'en a pas eu assez en empoisonnant ma soirée d'anniversaire ?!!! Qu'est-ce qu'elle peut bien me vouloir encore ? Peut-être vient-elle vérifier si je l'aime toujours malgré ses indélicatesses...

– Allô ? dis-je résolue à lui faire sentir ma frustration.

– Salut, la p'tite. Tu fais la grasse matinée ? demande-t-elle, mielleuse.

– J'essaie, rétorqué-je sèchement.

– Ça va ?

– Oui.

– Tu as passé une belle soirée ?

– Correct.

– Pas trop bavarde ce matin ! En tout cas, une chance que je me suis occupée du souper, parce qu'avec ton comédien qui parle tout le temps, on serait encore chez toi à l'heure qu'il est !

Quel culot !

– Tu as parlé à papa ? lâche-t-elle enfin, me dévoilant sa véritable intention.

– Non, et toi ?

– Bien sûr. Il faut faire quelque chose. Ça ne va vraiment pas.

– C'est Mister Hyde qui rapplique ?

– Quoi ?!

– Laisse tomber.

Je soupire d'exaspération. Contre elle. Contre eux. Et ce matin, je pourrais dire... contre la terre entière et tous les humains qui y résident !

– Bon. Il est chez lui ?

– Non. Maman l'a accueilli chez elle. Je me disais qu'on pourrait aller le voir aujourd'hui.

Oublie ça ! Tu es la dernière personne que j'ai envie de voir ce matin !

– Je te rappelle, dis-je en soupirant.

Attaquons papa, maintenant ! Comme de raison, je dois passer par Aline qui m'informe que Maurice ne veut parler à personne. *Voulez-vous qu'on vous aide ou pas ?* Je m'impatiente et lui ordonne d'insister.

– Allô ? me répond-il avec un filet de voix.

– Ça va, papa ?

– Pas fort, souffle-t-il comme s'il agonisait.

Son côté victime qui resurgit encore !

– Que se passe-t-il ?

– Je dépéris à vue d'œil, se lamente-t-il.

– Tu es triste ?

– Non.

– Tu te sens déprimé ?

– Pas cette fois.

– OK, raconte-moi ce qui est différent.

– Je n'arrive même plus à me souvenir comment cuisi-ner. Pire encore, quand je prends ma voiture, je ne sais plus quoi faire.

– Est-ce que tu as vu ton médecin ? dis-je excédée.

– Oui. Tu ne sais pas ce qu'il a fait, cet ignorant-là ? Imagine-toi donc qu'il m'a encore prescrit des antidépresseurs.

Je ne suis pas déprimé, je ne suis plus capable de fonctionner. Maudits docteurs, une vraie bande d'incapables !

– Il te connaît, il doit bien savoir ce que tu as !

– Il devrait chercher plus loin ! s'époumone-t-il.

– Calme-toi, papa. Ce n'est pas en hurlant que tu vas améliorer ton état. Lui as-tu demandé de passer des tests ?

– Ne m'en parle pas ! Parce que j'ai rouspété, il a décidé de *tous* me les faire passer. Jusqu'au scanner. Il est viré fou !

– Tu n'as pas le choix, papa, mieux vaut passer une multitude de tests afin de réellement cibler ce que tu as.

– Je sais ce que j'ai... Je vieillis et je suis en train de devenir sénile, pleurniche-t-il.

– Arrête ça ! Le mois dernier, tu faisais encore deux heures de vélo par jour. Tu es loin d'être vieux. Tu as tout juste soixante-cinq ans.

– Faut croire qu'il y en a qui vieillissent plus vite que d'autres.

Je lève les yeux au ciel.

– Tu restes chez maman pour quelques jours ?

– Non, je dois retourner chez moi. S'il pleut, je dois être là. L'eau peut s'infiltrer par la porte du garage.

– Papa, je crois que tu t'en fais trop !

– C'est une satanée ruine. J'aurais dû vendre cette maison quand j'étais encore en forme. J'aurais dû l'entretenir au lieu de... (*boire comme un trou*, dis-le, papa !) Voilà le résultat. Maintenant, je dépéris à cause d'une bicoque.

– On a juste à la vendre, dis-je en tentant de l'apaiser.

– Es-tu malade ? Il n'y a personne d'assez fou pour acheter ça. Et puis, je vais faire quoi, moi ? Vous allez me garer dans un centre de petits vieux pour avoir l'esprit tranquille ? Là-bas, il y a des infirmières et des préposés... donc la grosse paix pour vous. Vous ne vous sentirez plus coupables de me négliger, s'indigne-t-il.

– Ne t'inquiète pas, ils ne t'accepteraient pas. Tu n'es pas assez âgé pour vivre là, rétorqué-je quasi désappointée.

– Je ne sais plus quoi faire, Catherine. Il faudrait que quelqu'un vienne vivre avec moi pour l'hiver ! ajoute-t-il pratiquement à quatre pattes. *Bon, j'avoue que je ne le vois pas, mais je le connais assez pour visualiser la scène !*

– Tu as peur de l'hiver aussi ?!

– Tu ne m'écoutes pas ? crie-t-il. Ma maison est mal isolée. L'été, on crève. L'hiver, on gèle. Je dois me rendre au sous-sol plusieurs fois par nuit pour mettre du bois dans le poêle. Avec ma santé qui s'enfuit, je n'ai plus la force. Je ne peux plus vivre seul.

Il pourrait allumer le chauffage électrique au lieu de chauffer sa maison au bois ! Comme si on était encore dans les années 1950. Mais non, il préfère se plaindre et faire pitié.

– Tu veux vivre avec qui papa ? m'impatienté-je.

– Je ne peux pas demander ça à Aline, hein ?

– Vois avec elle, vous savez à quel point c'est l'harmonie entre vous deux.

– On pourrait faire des efforts.

– Faites ce que vous voulez. Vous êtes des adultes.

– Et toi ?

– Quoi, moi ?

– Tu ne pourrais pas venir vivre avec moi ? me supplie-t-il.

– Papa, tu n'y penses pas ! Je travaille dans le centre-ville, je dois vivre à Montréal. Tu imagines le temps que ça me prendrait pour me rendre au boulot et revenir le soir ?

– Je sais, je sais, ajoute-t-il en se mettant à pleurnicher.

– Tu voudrais venir passer quelques jours à la maison ? déclaré-je totalement impuissante et finalement dévastée par sa tristesse.

Miss culpabilité vient d'apparaître ! Je m'efforçais de la tenir à l'écart, mais trop, c'est trop.

– Tu n'as pas vraiment de place pour me garder. De plus, je dois rester aux aguets. Ma maison pourrait s'écrouler.

– Mais tu m'appelles si ça ne va pas, d'accord ?

Une ex-petite fille tente tout ce qu'elle peut pour rassurer son *supposé vieux* père malade !

– Tu vas m'enterrer avant... Tu veux parler à ta mère ?

– Passe-la-moi.

– Et puis ? s'enquiert-elle, curieuse d'avoir mon opinion.

– Du pareil au même. As-tu remarqué que chaque fois qu'il dépérit, il angoisse sur sa maison ?

– Je sais. Tout de même, il est peut-être rendu trop vieux pour l'entretenir ? Il fait de l'anxiété avec l'hiver qui approche et ça se transforme encore en dépression.

– Est-ce qu'il se soigne ? Prend-il ses antidépresseurs ? dis-je sceptique.

– Tu le connais. Il dit que ça ne sert à rien, qu'on lui a fait un mauvais diagnostic...

– Il n'a jamais voulu se guérir, de toute façon, et tout le monde paie pour lui. Ce serait si simple s'il y mettait du sien. Informe son médecin qu'il ne veut pas avaler ses cachets, lui suggéré-je fortement.

– Tu crois ? Il m'en voudra.

– Maman, il a tout de même été diagnostiqué comme étant bipolaire !

– Je te l'accorde. C'est comme avec la boisson, il ne le reconnaîtra jamais.

– Qu'est-ce qu'on fait, alors ? dis-je en évacuant de mes poumons tout l'air vital qu'ils renfermaient. S'il se soignait, d'ici deux semaines, tout irait sur des roulettes et on aurait la sainte paix.

– Je n'en peux plus, Catherine. Il m'appelle deux, trois fois par jour pour que je lui explique comment faire cuire son poulet...

– Moi qui croyais m'en être sortie ! J'oublie toujours que notre vie est un vrai boomerang.

– N'exagère pas ! Aussi bien dire qu'on a gâché ta vie, tant qu'à y être ! réplique-t-elle, froissée.

– Pas loin ! Bon ! oublie ça, maman. Crois-tu que tu pourrais aller vivre quelques jours chez papa ?

– Si je n'ai pas le choix, je le ferai, soupire-t-elle à son tour. Je ne suis vraiment pas persuadée que je serai d'une grande utilité avec mes jambes que je n'endure plus.

– Arrives-tu à cuisiner ?

– Un peu. À quoi bon ? Tu sais comme il est grincheux ! Ce n'est jamais à son goût.

– Je sais. Bon ! j'essayerai de lui préparer des petits plats, pour ce que ça vaut. Je vais me reposer, car j'ai une grosse semaine qui m'attend. Appelle-moi si jamais ça ne va pas.

– D'accord, Catherine.

– C'est la dernière fois que je l'aide. Dorénavant, s'il ne se soigne pas, il appellera quelqu'un d'autre !

– Tu as raison.

J'AI RAISON. En attendant, c'est encore moi qui joue aux parents ! Simplement leur parler au téléphone me met le moral à plat. Ce serait beau si mon père venait vivre ici !

Il faut que je trouve une solution pour éviter ça à tout prix !

♦ ♦
♦

5516, rue Cartier.

Démoralisée, j'ai rejoint François qui m'a invitée à déjeuner. Comme il est la seule personne (avec Maude) qui me comprend en ce bas monde, j'ai cru bon d'aller lui faire part de mes états d'âme.

– Comment va ton père ? s'empresse-t-il de vérifier.

– Ce n'est pas le Pérou. En bonne fille obéissante, je devrais aller le voir... Avec ma superbe soirée d'hier, j'ai besoin d'une pause famille. J'aimerais réellement l'aider. Je ne peux tout de même pas prendre ses médicaments à sa place !

– Il ne veut toujours pas se soigner, dit-il avec compassion.

– La routine, quoi ! Je t'ai raconté que lors de sa dernière période creuse, il y a environ deux ans, Lucie et moi, on s'est démenées pour lui apporter tout le soutien nécessaire, ainsi qu'à Aline, qui en avait plein les bras. Lucie l'amenait faire ses courses, l'accompagnait chez le coiffeur... Je le conduisais à ses rendez-vous chez le docteur, lui préparais des petits plats (jamais à son goût). On a fini par le faire hospitaliser afin de lui imposer de prendre ses médicaments. Imagine-toi donc qu'il les jetait dans les toilettes, car à ses yeux, ce n'était que de la cochonnerie !

– Quoi ! En plus de vous siphonner constamment, il ne s'aide pas !

– Je ne te l'avais pas dit ? Attends, il y a pire ! Ma mère m'a avoué dernièrement qu'il avait donné certains petits plats à ses voisins. Il prétendait que mes repas étaient trop salés, trop fades, pas assez frais, trop cuits...

– J'espère que tu vas le laisser sécher ! dit-il fermement.

– J'en suis incapable. La dernière fois, le médecin de l'hôpital l'a convaincu d'avaler ses pilules. Il n'a pas eu vraiment le choix... il a guéri en quelques semaines. Il est reparti en peur, a recommencé à boire, s'est fichu de tout le monde et voilà où nous en sommes. À la case départ !

– Son médecin ne peut pas vous aider ?

– Il fait ce qu'il peut. Comme nous, il ne peut pas le forcer à se soigner sans son approbation.

– Il va demeurer chez ta mère ?

– Oui, le temps qu'un des deux tue l'autre, blagué-je. Non, il veut retourner chez lui.

– Voudrais-tu qu'on fasse quelque chose de spécial pour te changer les idées ?

– Absolument !

– On va faire un tour de moto ?

– Pour aller où ?

– On dîne à Sainte-Agathe et après on passe la journée au chalet de mes parents ?

– Et si on faisait un tout petit tour pour se rendre... tiens... au cinéma ?

273

– Comme tu veux.

J'ai besoin de baigner dans une autre histoire que la mienne. Qu'est-ce que je ferais sans lui ??? François est un don du ciel...

24

6278, rue des Érables.
Octobre 2008.

Dix-huit heures. Croulant sous les sacs d'épicerie, j'arrive exténuée du bureau. Le week-end dernier, je n'ai pas vu d'amis ni fait les corvées : épicerie, lavage, ménage. Rien de tout ça. Par contre, j'ai trempé dans mon univers familial... c'est le cas de le dire ! Comme un cornet de crème glacée molle qu'on trempe dans la sauce au chocolat. Et qui en ressort tout figé ! Je m'empresse de ranger mes courses, de me mettre un plat surgelé au micro-ondes, car je dois prendre du temps pour mes amis. Tellement occupée, plus de temps pour appeler ! Une semaine sans donner de nouvelles... Mon travail m'absorbe, ma famille me monopolise !

Confortablement installée, me voilà prête. En souhaitant que François y soit !

Après quinze minutes de conversation, mon grand ami s'informe de ma dernière fin de semaine. Précision : j'étais en compagnie de Lucie !

– Hou là là ! C'était comment ?

– Correct. Avec toute l'histoire de mon père, je n'ai pas trop le choix de faire une trêve. Ce qui m'enrage, c'est que je ne lui ai jamais reparlé de ma soirée d'anniversaire. Elle va s'imaginer qu'elle peut me dire n'importe quoi et que je vais tout accepter.

– Tu finiras bien par exploser un jour ou l'autre. Avez-vous trouvé une solution ?

– Pas encore. On cherche l'idée de génie qui pourrait racheter notre paix. On regarde même pour un condo. Tu vois le niveau qu'atteint notre découragement ?

– Vous pensez réellement que c'est une bonne idée de les réunir ? Tu n'arrêtes pas de dire qu'ils vont finir par s'assassiner.

– C'est une image. Ils sont incapables de se blairer. Le paradoxe... ils sont inséparables ! Que veux-tu ? Avec sa santé, ma mère a de moins en moins d'énergie pour entretenir seule son appartement. Un condo pour les deux, c'est peut-être l'idéal.

– Tu crois que ton père voudra vendre ? ajoute-t-il sceptique.

– Il n'aura pas le choix. Mes sœurs et moi, nous le convaincrons.

– Bonne chance !

– Tu n'aurais pas envie de me soutenir au lieu de me démotiver !? riposté-je, contrariée par son pessimisme.

– Désolé, mais je suis outré de voir toute l'énergie que tu déploies pour ta famille. Si au moins ils étaient reconnaissants !

Je sais à quel point ils t'exaspèrent, toutefois tu ne lâches pas prise. Tu es toujours là pour eux. J'ai l'impression que tu pédales dans le vide.

— Tu penses que j'ai le choix ? Si c'était ton père, tu ne bougerais pas ? Tu resterais là à faire ta vie sans même trouver de solution ?

— Mon père m'a tout de même donné plus que le tien.

— Et puis ?! Comme mon père n'avait pas les outils pour être un bon père, je devrais le laisser mourir seul ?

— À ce que je sache, il n'est pas à l'article de la mort.

— Il faut que j'attende qu'il le soit pour trouver une solution ? C'est quoi, ton problème ? Tu ne réalises pas que je suis complètement anéantie ?

— Peut-être que mon problème, c'est *ta* famille... Catherine, tu vois bien que tes parents t'affectent. Ils te contaminent par leur folie. En plus, tu as hérité d'une sœur qui se défoule sur toi à sa guise. Qu'est-ce que tu espères, au juste ? Qu'ils changent ? Je te donne mon avis parce que je souhaite ton bien.

Dans un élan de colère, je raccroche brutalement. Je ne vais pas me laisser insulter de la sorte. S'il ne peut pas blairer ma famille, qu'il aille voir ailleurs s'il a des amis... Ce n'est quand même pas de ma faute si je suis née dans ce milieu.

Le téléphone sonne. Je ne bronche pas. Je ne voudrais surtout pas qu'il ait l'illusion de m'avoir atteinte. En ce moment, je crois qu'un camion pourrait me passer sur le corps et je ne ressentirais rien. Est-ce que je rêve ou si on vient de se quereller ? C'est une scène presque digne de mes parents, ça ! Moi qui m'étais juré de ne jamais les imiter. Ce n'est pas de la peine que je ressens, mais plutôt un poignard que j'ai d'enfoncé dans le cœur. Comment se fait-il que j'aie si mal ? Est-ce François, Lucie ou mes parents qui provoquent cette souffrance ?

Suis-je vraiment furieuse après lui ? *Réveille ! Il ne cherche qu'à t'aider.* Trop tard ! Qu'est-ce que j'attends pour le rappeler ? Il a raison, c'est malsain, voire même masochiste, d'endurer l'attitude de Lucie et de combler toutes les exigences d'Aline et de Maurice. Bon, ça y est ! Me voilà qui pleure en plus !

Je tourne en rond dans l'appart depuis deux heures. Complètement déboussolée ! Comment se fait-il qu'il ne me rappelle pas ? Le silence me pèse. Je devrais faire les premiers pas et m'excuser. Il faut que j'en discute avec Maude. Plus rien n'est clair. Je ne peux tout de même pas la déranger au travail. La connaissant, elle me déballera le même discours que François. « Fixe tes limites, car ils vont t'aspirer dans leur malheur. »

Bon, c'est assez ! C'est ici et maintenant que la nouvelle Catherine entre en scène. Je vais agir en adulte et mettre mes culottes ! *Je n'ai pas déjà dit ça ?*

Tout d'abord, un courriel d'excuses à François. Ensuite, je vais écrire à Lucie. Dans une lettre, elle ne pourra pas me couper la parole. Déterminer mes limites avec tous ! Mes parents... Eh bien, je verrai plus tard. Mince ! j'oubliais : mon ordinateur est bousillé.

Mon cellulaire sonne. L'afficheur indique Lucie. Je vais commencer par reprendre mes esprits.

Je fais mon entrée à la Brûlerie Saint-Denis. François voit juste lorsqu'il dit que ma famille m'envahit. Ce qu'il n'a pas saisi, c'est que lorsque j'aurai trouvé la solution pour eux, je serai enfin paisible ! Débarrassée.

Voilà ! Je crois qu'il saisira.

> *Cher ami, meilleur ami... enfin le seul et unique de sexe masculin,*
>
> *Tu me vois sincèrement désolée par mon attitude. J'ai transféré mon désarroi sur toi. Mille excuses. Tu m'as fait réaliser que j'avais besoin de prendre du recul et de penser à moi. Tu m'as connue joyeuse dans mon petit cocon de l'Ouest et je suis revenue à la case départ : piégée. Il y a sûrement un moyen pour que je puisse accéder à l'harmonie sans m'éloigner de tous. Sache que je t'apprécie énormément et que j'éviterai désormais de te marteler lorsque je suis sous le coup de mes déboires familiaux. Laisse-moi simplement régler l'histoire de mes parents et, tu verras, je serai une fille nouvelle !*
>
> *P.S. Tu ne peux pas me répondre, car, comme tu sais, je n'ai pas d'ordinateur pour l'instant.*
>
> *Je te donnerai signe de vie très bientôt.*
>
> *Catou XX*

Au tour de Lucie maintenant.

Lucie, Lucie, Lucie,

Comment te dire sans te blesser, sans t'offusquer que je t'aime sincèrement mais que je ne suis pas prête à tout ! J'ai essayé de te parler (sans grand succès) de ce dénigrement dont tu fais parfois preuve à mon endroit. Mon message ne semble pas avoir été compris, car je subis encore ces mots qui blessent. Plus souvent qu'à mon tour, j'ai fait de l'insomnie, car je me répétais certains commentaires désobligeants que tu m'avais lancés et, dans ces nuits, j'arrivais à te répondre. Malheureusement, tu n'y étais pas. Dans mes rêves, j'aurais voulu une sœur qui m'aime vraiment et qui veut mon bien. Pas une qui tente de m'écraser, de me blesser.

Ma belle Lucie, à une certaine époque, tu avais plus de tendresse à mon égard. Sache que ces souvenirs resteront gravés en moi pour toujours. Toutefois, je ne sais maintenant pour quelle raison, le vent a tourné et l'amour que tu avais pour moi semble s'être transformé. Serait-ce parce que je suis plus autonome ? Peut-être que tu t'es sentie délaissée... Peu importe, j'ai décidé d'arrêter de t'excuser et de vouloir à tout prix comprendre. Ce que je sais aujourd'hui, c'est que je ne veux plus subir tes attaques spontanées. Si tu es incapable de verbaliser les vraies raisons de ces coups de poignard, c'est vraiment désolant...

J'en suis venue à me dire qu'il serait peut-être préférable pour nous de nous séparer. Sache que je n'essaie pas de te changer, tu es toi avec ta grande générosité et tes phrases cinglantes. Je suis moi avec ma spontanéité et ma grande susceptibilité. Je sais une chose, par contre : nos tempéraments s'avèrent incompatibles en ce moment. Mon but n'est surtout pas de t'abandonner mais d'apprendre à me faire respecter. Si tu avais idée de la peine qui m'afflige de devoir t'écrire des propos de la sorte. Pourquoi la vie n'est-elle pas plus simple ? Pourquoi deux sœurs ne pourraient-elles tout simplement pas se soutenir et avoir de la tendresse l'une pour l'autre ? Dans notre relation, tu m'as toujours fait sentir qu'il n'y avait que toi qui donnais et ça aussi, ça me blessait. Mon amour pour toi, mon admiration, mon écoute, mon empathie et mon amitié étaient aussi importants que n'importe quel cadeau matériel. Ça, je crois que tu ne l'as jamais vu.

Nous devons absolument nous sortir de ce carcan dans lequel nous nous sommes égarées. Ce concept d'être lié à la vie, à la mort est utopique et risque malheureusement de nous séparer au lieu de nous rapprocher. Il est clair qu'on est loin d'être des siamoises. On doit devenir plus respectueuses et clémentes l'une envers l'autre. On a probablement fusionné pour s'assurer de ne jamais être seules au monde. L'idée était bonne, car pour traverser tous les drames qu'on a vécus, cette défense était essentielle. Maintenant, il serait nécessaire de reprendre chacune notre propre vie. Par contre, j'ai l'étrange impression qu'on ne voit pas les choses de la même façon. Mon cœur souhaite que tu entendes ce message et que notre relation se modifie pour le mieux. Si ce n'est pas le cas, je devrai couper les ponts, une fois pour toutes.

N.B. Si ce n'est pas trop te demander, j'apprécierais également que tu cesses de m'appeler la p'tite !

Avec tendresse,

Catou xx

Malgré les derniers appels de Lucie, je suis demeurée imperméable. D'ici quelques jours, *le temps que ma lettre lui parvienne*, je pourrai décrocher... si toutefois elle veut encore me parler.

◆ ◆
◆

Onze heures trente.
En route vers la demeure de François.

En principe, il devrait être encore au lit. Comme il a travaillé jusqu'à trois heures, il devrait se lever sous peu. Ces quelques jours sans sa présence m'ont considérablement attristée. L'angoisse me ronge encore les os. Je souhaite ardemment que François m'ait pardonné. Mais j'ai encore plus la trouille face à la réaction de Lucie. J'éprouve des peurs démesurées ; qu'elle s'attaque à moi physiquement, qu'elle mette le feu à mon appartement... Je sais, c'est totalement sordide mais malheureusement bien présent. Je dois être au bout du rouleau. C'est pourquoi j'en suis venue à la conclusion qu'il me faut de vraies vacances. N'importe quoi. Paris, l'Égypte, le Sud ou même Tombouctou me conviendrait !

Ce n'est pas le moment, j'en suis consciente. Tout le monde (ma famille surtout et peut-être mes collègues de travail) voudra m'égorger, mais j'ai décidé de penser à moi. Faire le point, c'est ce qu'il me faut. Je n'ai pas encore vérifié avec mes nouveaux patrons... Sept jours de plus ou de moins !

Si Lucie habitait encore à côté de chez François, je pourrais aller espionner dans sa cour au lieu de me recroqueviller derrière ce buisson. Je sais, je suis ridicule et pathétique !

Je dois m'assurer qu'il est seul. Bien trop peur qu'il soit encore avec une copine de théâtre ! En souhaitant que Mme Nixon (la nouvelle voisine) ne m'aperçoive pas ; elle se ferait bien trop plaisir de lui annoncer, avec son air d'innocente, que je suis cachée là ! Si dans dix minutes il n'est pas sorti, je frappe à sa porte.

Le voilà qui sort, justement ! La voie est libre. Rapidement, je me place derrière lui et touche délicatement son épaule. Il se retourne, les sourcils froncés. Son sourire n'est pas des plus accueillants, je comprends. Il faut être ultra-patient pour se lier d'amitié avec moi. Malheureusement, je ne suis pas toujours évidente.

Je m'assure qu'il a reçu mon message et qu'il me pardonne. Il acquiesce en précisant qu'il n'a pas du tout apprécié que je lui raccroche au nez. Je promets d'essayer de ne plus le faire. Juré, craché...

Emballée de voir que notre amitié tient toujours, je lui propose de venir en vacances avec moi. Présentement, il ne peut s'absenter du travail. De plus, il a un tournage d'une semaine pour une prochaine télésérie. Il attend les dates. Je suis déçue, mais je partirai sans lui.

— Tu crois que « Lambert, Faulkner, Levasseur » te donneront *déjà* une semaine de vacances ?

— Je m'y essaierai. Tu veux aller déjeuner ? lui demandé-je en souriant.

— C'est un peu plus réaliste.

Ce moment de retrouvailles nous permet de tirer certaines choses au clair. Notre bref éloignement m'a forcée à remettre mes pendules à l'heure (encore une fois) et à trouver des solutions pour tenter de les conserver ainsi. J'explique à François mes intentions, il m'encourage à persévérer.

◆ ◆
◆

Bien calée devant mon petit écran, je déguste une lasagne en buvant un verre de minervois. Au club vidéo, j'ai loué la deuxième saison de *Beautés désespérées*. François ne comprend pas ce qui peut m'intéresser dans cette série. Moi, j'adore ! Elles sont toutes un peu folles sur les bords et, ma foi... c'est très réconfortant ! Sur mon balcon, un immense vacarme se fait entendre. Je pourrais imaginer que quelqu'un tente de me cambrioler, mais en tirant le rideau, j'aperçois Lucie qui, enragée, défonce ma porte (c'est une image). Oh non ! Je n'ai pas envie de subir ça...

J'ouvre.

Elle entre *sans même me demander si elle dérange*, en tenant ma lettre bien serrée entre son pouce et son index. Elle la secoue sous mon nez en hurlant :

— C'est quoi, ce torchon ?

Médusée, *une fois de plus*, je n'ose affronter sa colère. Mon corps semble englouti par le plancher. Aspiré par des sables mouvants. Mais non ! Me voilà encore en position verticale. Plantée là à me laisser flageller par ses propos. Ses remontrances font flèche de tout bois. Elle me fait une scène digne d'Aline et Maurice. Son discours n'est pas toujours cohérent, mais rapidement je réalise qu'elle ne se contient plus du tout.

— Encore une fois, tu menaces de m'abandonner. Mais cette fois, ce sera la dernière ! s'époumone-t-elle.

Elle me rappelle avoir perdu sa jeunesse, car elle devait constamment prendre soin de nous. Nos parents étaient si occupés à se quereller qu'elle avait pitié de ses petites sœurs et tentait de leur donner un semblant de vie normale. Qui devait faire les boîtes à lunch parce que maman avait encore quitté la maison ? Qui devait appeler l'ambulance parce que Maurice était tellement soûl qu'il s'était fracturé le crâne en bas des escaliers (quoi ? une autre fois ?).

À pas feutrés, je m'approche d'une armoire afin d'y prendre une coupe de vin. Par politesse, je lui tends un verre (que j'ai rempli, bien sûr !). Aussitôt, elle le cale. Surprise, je lui en verse un autre qu'elle dépose cette fois sur la table. Ouf !

Ses histoires, j'en connais quelques-unes, mais certaines autres m'aident à la comprendre davantage. Je me surprends à éprouver envers elle une grande empathie. Ma caporale, si forte, si parfaite, m'avoue pour la première fois de notre vie qu'elle a souffert autant que moi dans cette histoire. Notre histoire.

Après avoir terminé sa crise, elle se calme, boit son deuxième verre et se propulse vers mon divan en s'effondrant. En pleurs, elle maugrée :

– Tu crois que j'éprouve du plaisir à blesser les gens ? Ce n'est pas sorcier, j'ai été conçue ainsi... je n'arrive pas à me contrôler. Je croyais que tu étais assez intelligente pour réaliser ça !

Bon ! c'est encore moi qui ne suis pas assez futée !!! Toutefois, ce qui me réconforte, c'est de me rendre compte que je ne suis pas seule à subir ce traitement ! Elle renchérit :

– Dans la vie, on développe ses propres mécanismes de défense. Toi, tu gardes tout à l'intérieur et tu finis par étouffer, exploser et t'éloigner des gens. Moi, j'endure les autres, mais lorsqu'il y a un trop-plein, je déborde et deviens désagréable. Je ne veux pas te blesser, mais plus souvent qu'à ton tour, tu m'enrages. Toujours en train de rigoler, de tout prendre à la légère. Tu as une créativité et un sens de l'humour qui te permettent de ventiler. Je t'envie... si tu savais. Ta liberté d'esprit me fait suer. De plus, même tes amis sont vraiment présents pour toi. Pour ne pas parler des gars que tu rencontres... pliés en quatre pour leur petite princesse (mais de quels gars parle-t-elle ?). Pendant ce temps, qu'est-ce que je reçois ? Des miettes d'amour. Et ce, de la part de tout le monde, même de toi. Depuis ton départ et ton retour de Vancouver, j'ai l'impression que tout ce que tu veux, c'est me tasser de ta vie. Tu as pris ce que tu voulais, maintenant je ne sers plus à rien.

– Ce n'est pas vrai ! que je tente de la rassurer.

– Laisse-moi finir ! m'ordonne-t-elle comme... comme un caporal. Regarde comment Marie est indifférente à mon égard, après tout ce que j'ai fait pour elle. Tu sais, Catherine, j'ai bien des raisons de vouloir te remettre à ta place. Tu n'as pas à être plus heureuse que moi. C'est moi qui devrais être récompensée pour vous avoir protégées. J'ai joué le rôle d'une mère trop jeune. Résultat : aujourd'hui, je me sens obligée de materner tout le monde.

Je lui tends une boîte de papiers-mouchoirs. Évidemment, je pleure avec elle. Voir ma grande sœur anéantie par nos différends... et nos parents ! Si je comprends bien, elle n'arrive pas plus que moi à exprimer ses émotions, toutefois son parcours est complètement différent du mien. Plus aucun mot ne sort de sa bouche. Doucement, je formule :

– Lucie, tout ce que tu as fait pour moi, je l'apprécie sincèrement, mais je te l'ai déjà dit, je ne peux plus endurer tes sarcasmes. Tout comme toi, j'ai souffert de notre enfance et je ne suis pas heureuse malgré ce que tu peux t'imaginer. Depuis mon année d'exil, il est vrai que je me suis éloignée de toi, car je ne peux plus supporter que tu te défoules sur moi, dis-je le plus délicatement... et honnêtement du monde.

Hé ! ho ! Ne soyez pas si timide ! Je mérite une salve d'applaudissements. Faites rugir les canons ! J'ai réussi. J'ai enfin établi mes limites !

— Je sais, soupire-t-elle. Mais si tu savais à quel point je t'en ai voulu de me rejeter comme tu l'as fait !

— Tu vois, toi aussi, tu n'exprimes pas toujours tes émotions. Ce n'est pas toujours évident de verbaliser ce que l'on ressent.

— Je n'osais plus m'exprimer, j'avais peur que tu me rejettes à nouveau.

— Pas si tu m'en fais part gentiment. Si tu te sens obligée d'entretenir un rôle de mère avec moi... peut-être aimerais-tu mieux ne pas me fréquenter ?

— Ça ferait bien ton affaire ! riposte-t-elle en pleurant de plus belle.

— Qu'est-ce que tu vas t'imaginer ? J'aime énormément ta compagnie, surtout lorsque nous sommes complices. Je t'apprécie beaucoup et je veux que tu fasses partie de ma vie. Comme une bonne copine, pas en m'accablant... et je n'accepterai pas l'excuse du « je n'arrive pas à me contrôler » ! Tout le monde peut gérer ses émotions (plus facile à dire qu'à faire) !

Elle me prend dans ses bras et nous pleurons à chaudes larmes. Je lui rappelle à quel point je l'aime et tiens à elle. Elle s'excuse pour tous les commentaires qui ont pu me blesser. Mon pardon est quasi instantané.

Cette discussion est des plus ardues, mais elle me donne beaucoup d'espoir. Une fois nos larmes séchées, comme bien des frères et sœurs, nous en venons à discuter de nos parents... en particulier du cas de notre père. Après maintes tentatives de solution, une d'entre elles sort gagnante. Si toutefois nos parents l'acceptent... On vend la maison et on lui déniche un habitat avec services : infirmières, épicerie, restaurants, pharmacie et quelques divertissements. Pas tout à fait un centre de personnes âgées, plutôt un complexe pour personnes autonomes. Ça doit bien exister ?! Et on en profite pour déménager Aline !

Mais dans un premier temps, il faut convaincre Maurice !

Dans le feu de l'action, Lucie est allée chercher son portable dans la voiture. Tant qu'à y être, nous décidons d'aller fouiner sur le Web, question de voir si notre idée est réaliste.

◆ ◆
◆

Bien blottie sous ma couette, je me pince. Je n'arrive pas à croire que j'ai enfin réussi à exprimer ce qui m'embêtait. Qui m'empoisonnait l'existence. Cette soirée si riche en émotions nous apportera, espérons-le, un certain équilibre. Est-ce que je rêve encore en couleurs ?

25

Nouveau-Brunswick, Caraquet.
Décembre 2008.

Nous parcourons une route qui n'en finit plus, motivées par le désir d'égayer notre mère. Et de voir une seconde fois notre nouvelle frangine Marguerite. Mon cabinet est fermé pour les vacances de Noël et je n'ai pas pris de vacances en novembre (comme je l'aurais souhaité). Pour sa part, Lucie est en vacances, comme tous les profs à cette période-ci de l'année.

Nous avons donc décidé de joindre l'utile (faire plaisir à Aline) à l'agréable (visiter un nouveau coin de pays). Et puis, il était temps de soustraire notre mère aux honneurs de notre père ! Advienne que pourra !

Certes, nous aurions préféré voyager seules. Cependant, nous savons à quel point Aline serait déçue (que dis-je atterrée, consternée, enragée seraient plus à propos dans son cas) de ne pas être de l'aventure avec nous. Pour sa part, Maurice est chez une de ses sœurs (à Laval) qui a bien voulu l'héberger pendant notre escapade. Notre bonté a tout de même des limites !

Sept jours à ne rien faire s'offrent à nous. Nous passerons quatre jours chez notre demi-sœur. Déjà que le trajet est long ! Je vous jure qu'avec Aline dans la voiture, il est impossible de rouler plus de trois heures sans s'arrêter. (Pire qu'avec un enfant. Du moins, j'imagine...) De toute façon, personne ne voudrait passer plus de temps dans un véhicule en sa compagnie. Les plaintes fusent de tout bord, tout côté :

– Pourriez-vous mettre le chauffage ! Je grelotte.

– Voilà, maman, ça va mieux ? soupire Lucie.

Un peu plus tard...

– J'ai un petit creux, se lamente notre Aline nationale. Avez-vous quelque chose à grignoter ?

Je fouille dans notre réserve et lui offre tout ce que nous avons. Comme de raison, rien ne l'intéresse. Probablement tenaillée par son estomac, elle finit par accepter une de nos infâmes collations (comme elle le dit si bien).

– Ne me dites pas que vous ingurgitez ce genre de cochonneries ! Cette barre contient plus de sucre que d'ingrédients nutritifs. Vous ne me ferez pas avaler ça ! Lorsque vous étiez petites, je les cuisinais moi-même, vos collations, et je vous jure que vous mangiez santé.

Bien oui, maman ! Mais lorsqu'on était petites, tu restais à la maison et tu avais du temps. Pas nous. Toujours la course folle. *Et j'imagine les femmes ayant des enfants en plus de leur boulot !*

Lucie, exaspérée et voulant éviter qu'Aline n'entame sa ritournelle « dans mon temps... », prend la première sortie sur la route et arrête dans le premier snack bar. Tout compte fait, on aurait peut-être dû se montrer égoïstes et venir seules !

290

À peine deux heures se sont écoulées depuis notre arrêt au resto... Je m'imagine déjà faisant du pouce pour retourner vers mon petit nid douillet... Ou encore, ouvrir la portière et pousser Aline en bordure de la route. Vous me trouvez ignoble ? Je vous mets au défi de l'endurer plus de vingt-quatre heures !

Une tempérament bilieux m'envahit ce matin. Après avoir passé la nuit dans une chambre d'hôtel en compagnie de notre mère qui râlait sur l'état des matelas, la propreté des lieux... Le comble: elle a ronflé toute la nuit. J'ai donc à peine dormi !

Et c'est reparti ! Une autre journée à respirer par le nez afin de ne pas m'enrager après notre super-passagère.

Cette fois, *je* conduis. Lucie scrute les cartes routières. Ma concentration est axée sur la route et j'écoute les directives de ma copilote. Pratiquement arrivée au but, Aline se mêle du trajet. Elle m'indique de tourner à droite lorsque Lucie me dit le contraire... vous voyez le portrait ? Une superbe prise de bec s'ensuit :

– Maman, te serait-il possible de t'occuper de ce qui te regarde ? Pour autant que je me souvienne, tu n'as jamais mis les pieds au Nouveau-Brunswick ! note Lucie.

– Toi non plus, je te ferai remarquer ! Et je vous rappelle que c'est à moi que Marguerite a donné le chemin ! (Pourquoi emploie-t-elle le *vous* ? Je n'ai pas dit un seul mot !)

Mon aînée prend une profonde respiration et répond comme si notre mère était quasi sourde, en prononçant sa première réplique avec une lenteur démesurée :

– C'est-par-ce-que-tu-le-lui-as-de-man-dé ! Je n'avais pas besoin des directives. Avec *Google Map*, on arrive à se rendre n'importe où de nos jours.

Épuisée par leur altercation qui s'éternise, j'agrippe la carte et tente de me débrouiller seule. Si ça continue, je prends le train pour revenir à Montréal !

Miracle ! Je roule déjà sur la rue de Marguerite.

Une superbe maison canadienne en pierre des champs nous attend. Aline est en état de panique. Ses cheveux sont-ils bien placés ? Elle n'aurait pas dû s'habiller de la sorte ! « Tu es super, maman », la réconforté-je. *Super... superfatigante !* Je gare la voiture dans l'entrée. Aussitôt, Marguerite apparaît et nous salue. Derrière elle se camouflent deux grands gaillards et une minipoulette. J'avais oublié qu'elle avait des petits loups. Moi qui aime tant les enfants ! *Et cette fois, je ne suis pas ironique.*

Ils avancent vers nous et nous donnent un coup de main pour le transport de nos bagages.

Je suis exténuée, il n'y a pas d'autres mots. Dire qu'au départ, je déteste parcourir de longues distances en voiture. Imaginez en compagnie de ma mère en plus !

Mon regard parcourt la demeure de Marguerite. Toutes ses lumières de Noël et ses décorations me rendent totalement nostalgique. J'adore le temps des fêtes. À la fois, il me séduit et il me rend mélancolique. La maison de Marguerite est digne d'un film hollywoodien. Méchante cabane ! J'ai manqué ma profession. *Arrête, Catherine, tu as une peur bleue du sang.* J'y pense... Non seulement la nouvelle frangine est fortunée, mais en plus... elle n'a pas eu à endurer toutes les querelles d'Aline et Maurice. Veinarde ! Résultat : elle a la maison parfaite, la famille parfaite et ma mère la considère comme parfaite ! Beau tableau.

Se laissant choir sur le canapé de notre hôtesse, ma mère se frictionne les pieds. En gémissant, bien entendu. Marguerite accourt pour lui offrir son aide. Voyons le bon côté des choses : Lucie et moi avons ainsi une pause !

Question de détendre l'atmosphère, je résume notre trajet en blaguant et en dédramatisant le cauchemar que nous venons de traverser. Tout le monde rit. Je respire à nouveau.

Il y a quelque chose qui ne passe pas avec ma demi-sœur... Toutefois, je suis incapable de mettre le doigt dessus.

J'observe son sapin de Noël digne d'un centre commercial. Le mien peut aller se rhabiller plus d'une fois ! Plusieurs bas sont accrochés à la cheminée. Comme j'aurais souhaité grandir dans une si belle demeure ! Ils ont de la chance, ses petits.

Ça y est ! Je sais ce qui ne tourne pas rond avec ma demi-sœur. Ma jalousie ! Comment se fait-il que Marguerite ait réussi à fonder une famille alors que Lucie et moi en sommes incapables ? OK, Picasso a réussi, mais en se tenant très, très loin de nous.

Je dois admettre que j'aimerais bien avoir des enfants. Toutefois, je ne serais pas très stable !!! Imaginez que je me querelle avec mon enfant... Je ne pourrais pas le quitter ou partir en voyage. Assurément, ce n'est pas une bonne idée !

À moins que je me fasse « thérapiser ». Les conflits de mes propres parents m'ont empoisonné l'existence, il faut à tout prix que j'offre un autre style de vie à ma descendance !!! Si descendance il y a un jour.

Et si ces fameuses thérapies ne fonctionnaient pas ? Je songe à certaines personnes et le tableau n'est pas très réjouissant. Malgré que je ne sois pas à l'intérieur d'eux... Non, non, il y a sûrement des résultats. Maude, elle est bien psychologue ! Elle n'exercerait jamais ce métier-là si ça ne donnait rien.

Quelque chose me dit que je ne suis pas devenue aussi méfiante, extrémiste, orgueilleuse et susceptible sans raison... Et qu'il serait libérateur de comprendre ce qui m'amène aujourd'hui à réagir de la sorte (à ne pas m'assumer et, par le fait même, à m'effacer).

Les garçons proposent qu'on aille glisser. Je suis la première partante. Allez, un petit effort, groupe ! Aline se désiste, car son pied la fait souffrir. Marguerite l'installe sur le balcon afin qu'elle nous observe. De belles pentes font face à sa cour. Lucie, les enfants, notre demi-sœur et moi courons vivement vers celles-ci. Je serais tentée de dire : « Vive le plein air ! » *J'ai dit tenté.*

Alain, le conjoint de Marguerite, vient d'arriver du boulot. Il est passé par la porte d'entrée et n'a même pas cherché à nous saluer, et ce, malgré la requête de sa conjointe. Quel accueil ! On peut repartir tout de suite si tu veux. Il a baragouiné je ne sais trop quelle excuse et s'est volatilisé (à l'étage). Marguerite s'est excusée pour son attitude et a spécifié qu'il est souvent marabout au retour du travail. Son emploi lui cause énormément de stress et il doit forcément décanter. *C'est ça, protège-le !*

Finalement, elle n'est pas si parfaite, la vie de Marguerite ! *Je sais, je suis mesquine. Désolée, ça me réconforte.* Elle tend une bière à Jacob (le plus vieux de ses fils) et insiste pour qu'il aille l'offrir à son père. Celui-ci quitte la cuisine en soupirant. Je comprends, il ne veut sûrement pas affronter le grizzly qui séjourne au deuxième. Aline s'informe du métier qu'exerce Alain. Il est chef d'opération sur un chantier de construction. *Il pourrait se défouler sur ses hommes au lieu de faire payer sa famille !*

Tout le monde met la main à la pâte pour préparer le souper. Chacun a sa tâche, sauf monsieur bougon.

La situation dégénère. Les petits démons ont eu l'idée de se lancer des morceaux de tomate par la tête. Leur mère leur ordonne d'arrêter, ils feignent de ne pas l'entendre. C'est à ce moment précis qu'on fait la rencontre de leur paternel. Enfin ! De là-haut (probablement leur chambre à coucher), il a entendu le vacarme et est rapidement descendu afin d'intervenir. Au moins, il joue son rôle de père !

– Tous les deux dans votre chambre, dix minutes de réflexion et que ça saute ! dit-il d'une voix assez ferme pour que personne n'ose répliquer... *surtout pas moi* !

Il n'est pas grand, il est gigantesque ! Dans la quarantaine avancée, ses cheveux commencent à le déserter. Probablement qu'ils n'en pouvaient plus de vivre sur un crâne aussi rébarbatif. Son sourire est inexistant, ses yeux intimidants. L'apercevoir sur la rue, je changerais de trottoir ! Marguerite nous présente. Si ce n'était que de moi, je m'en passerais. Il nous salue sans trop de cérémonie. Lucie me lance un regard du genre « pas trop réjoui de notre visite, le beau-frère ». Qu'à cela ne tienne, il finira bien par nous apprécier ! Hum !... c'est loin d'être gagné ! Nous sommes tout de même uniques en notre genre !

Aline, qui en a vu bien d'autres (avec mon tendre père), se met à discuter avec lui comme si elle l'avait toujours côtoyé. *Attention, maman, peut-être qu'il mord !* Étrangement, il commence à prendre vie lorsqu'il se met à parler de son travail. Je suis décontenancée par l'attitude de ma mère. En temps normal, elle se serait dit qu'il est un être misérable, point à la ligne. Mais... depuis son arrivée, elle ne cesse de faire des efforts incommensurables. Lui a-t-on jeté un sort ? Quelqu'un aurait-il mis une poudre quelconque dans son rafraîchissement ? J'avoue que dans ce cas-ci, c'est positif. Mais lorsqu'elle joue à la grand-mère idéale, ça m'enrage ! Jamais elle ne s'est forcée de la sorte avec nous ! Quelqu'un pourrait-il m'expliquer pourquoi notre sorcière de mère s'est transformée en fée des étoiles devant sa nouvelle progéniture ??? Aline joue un jeu. Le grand jeu de la séduction ! Tout compte fait, je ne lui en veux pas réellement. Avec ce souper désastreux (en compagnie de mon père), il y a de quoi vouloir se racheter !

♦ ♦
♦

Ce séjour chez ma frangine s'est déroulé à la vitesse de l'éclair. Certes, ses enfants sont épuisants, jusqu'à la petite Dali qui ne donne pas sa place... Ils ont même réussi à ralentir en moi ce désir de procréer. *Bravo !* Alain est particulier mais finit par être attachant. C'est le type de personnalité qui a besoin d'avoir constamment le dernier mot. C'était beau à voir avec Lucie !

Nous voilà sur notre départ. Alain sourit tellement que sa face va finir par craquer. Ça va ! On le sait que tu es content de nous voir partir. Ma mère n'en finit plus de remercier Marguerite. *OK, maman, je pense qu'elle a compris ! On aimerait bien y aller, nous !*

— Si tu savais le plaisir que tu m'as fait Marguerite en me recevant dans ta maison. Jamais je n'aurais imaginé un jour te retrouver et encore moins que tu me donnes la chance de te visiter et de rencontrer ta famille. Ta présence parmi nous est un atout. Mes filles sont choyées de t'avoir comme aînée.

Bon, ça va faire, Aline ! Pousse mais pousse égal. Ma mère a vraiment tendance à exagérer, mais en ce moment, elle beurre un peu trop épais ! Au moins, si elle parlait pour elle. Ce n'est pas que je n'apprécie pas ma demi-sœur... Au contraire, je la trouve bien gentille... trop gentille ! C'est ce qui m'énerve, à la fin.

Par chance... elle fume ! Oui, oui, un docteur qui s'emboucane. Elle a un défaut ! Youpi ! Et c'est le côté que j'estime le plus chez elle ! *C'est une blague.*

— Tu sais, Aline, lorsque je t'écoutais parler de tes rêves hier, j'ai eu une idée saugrenue, l'informe notre hôte.

— Je t'écoute, s'excite ma mère.

Lucie s'impatiente et me jette un coup d'œil à la dérobée avant de lever les yeux au ciel, après quoi elle dépose sa valise dans le portique.

— Je sais que mon idée est farfelue et probablement peu réaliste... Comme tu nous as confié que le rêve de ta vie était d'aller voir la mer, j'ai pensé que nous pourrions planifier un voyage dans le Sud pour la semaine de relâche... tous ensemble. De un, ton vœu serait exaucé et, de deux, nous pourrions faire encore plus ample connaissance. Qui sait ? Maurice pourrait reprendre des forces et retrouver son moral. Ce serait d'autant plus formidable si toute la famille se joignait à nous. Dieu sait combien d'années nous devons rattraper ! fait observer Marguerite avec une énergie débordante.

Elle est tombée sur la tête ou quoi ? En tout cas, oubliez-moi ! Il pleuvra des grenouilles avant que je me pointe. Marguerite ne sait pas de quoi elle parle. Ce sont probablement des paroles en l'air.

Mais non, elle est bel et bien sérieuse !

Il ne faut pas faire ça, Marguerite ! À moins que tu ne souhaites provoquer une catastrophe naturelle...

Lucie me dévisage et devient rouge écarlate. Imaginez les louanges qu'Aline aura pour Marguerite... Ce n'est pas

Lucie ni moi et encore moins Marie qui aurions eu cette idée de génie ! Non, car nous... on sait que c'est suicidaire. J'observe Lucie et chuchote :

– Ce sera sans moi !

◆ ◆
◆

Janvier 2009.

Mes parents ont enfin une demeure un peu plus adaptée à leurs besoins. Ils vivent toujours à Saint-Jérôme, mais dans un appartement pour personnes quasi autonomes. Délivrance ! Enfin une fin à nos maux. Surtout une conscience tranquille pour Lucie et moi. Chaque résidant a son appartement ainsi qu'un paquet de commodités à proximité. Malgré nos judicieux conseils, ils ont décidé de reprendre vie commune. Sur le coup, j'étais complètement paniquée ! Comme Aline le dit si bien, il y a plusieurs endroits pour aller ventiler : la cafétéria, les corridors, les salles communautaires, la salle de lavage...

Ce qui nous rassure, c'est de savoir que mon père est supervisé pour prendre ses médicaments quotidiennement. Une infirmière les lui apporte et s'assure qu'il les avale. Tranquillement, il retrouve le moral et soulage notre conscience. Pour combien de temps ? Je préfère ne pas me poser la question. Aline s'est fait des copines dans son nouvel environnement, ce qui lui permet de moins nous téléphoner. *Yes !*

Depuis notre prise de bec, ma relation avec Lucie va bon train. Elle fait de gros efforts même si parfois elle s'échappe encore. (Pour l'instant, il n'a pas eu de *p'tites*, tout un exploit !) De mon côté, je m'applique à l'en informer lorsque ses remarques ne me plaisent pas. Délicatement, bien entendu ! Elle semble réellement vouloir s'améliorer. Moi aussi. Je lui téléphone plus fréquemment et l'intègre davantage dans ma vie. Éric est officiellement son ami de cœur. C'est un chic type ! Je suis très heureuse pour elle. Mon aînée mérite un gars ayant de belles valeurs et il en a !

Mon nouveau cabinet exige énormément d'implication. C'est une période d'adaptation dont je me passerais volontiers. Même une fois sortie du bureau, je continue à peaufiner mes dossiers afin de m'assurer une certaine réussite professionnelle. Encore une fois, je suis peut-être extrémiste. Je ne pourrai pas tenir ce rythme bien longtemps. Après deux mois, je me sens déjà au bout du rouleau. Je vais me faire un nom, une réputation et, par la suite, je pourrai relaxer.

Afin de conserver un certain équilibre, j'ai décidé de voir Maude et François au moins une fois par semaine. C'est un règlement, sinon je finis par les négliger *et me négliger par le fait même.*

Pourtant, j'angoisse. Encore. Je sais. Je me décompose peu à peu à cause du stress. Pas celui du bureau, il est tolérable... c'est plutôt celui du voyage. Vous me voyez venir !!! Incapable de gâcher le rêve de ma mère, je serai de la partie. Aline a acheté tous nos billets d'avion (qu'on remboursera, bien entendu) et tout le monde y sera : Lucie et Éric, Marguerite et sa famille, Maurice et Aline (dommage qu'ils n'aient pas eu un empêchement...), jusqu'à ma sœur Marie (qu'on ne voit pratiquement plus), Carl et Léa. C'est trop pour moi ! Je n'y arriverai pas.

26

Cayo Largo, Cuba.
Fin février 2009.

C'est le paradis, il n'y a pas d'autre mot. Je suis là, étendue sur la plage à siroter un immense daïquiri, un peu morte de rire... J'ai fait tellement d'anxiété à l'idée de ce moment, pour finalement réaliser que tout baigne... ou presque. Finalement, la fuite n'est pas la meilleure solution. Depuis que j'assume un peu plus mes émotions, ma vie se porte relativement mieux. Notre vol s'est en partie bien déroulé... même si Aline s'est plainte pratiquement tout le long et que Maurice trouvait le service trop lent (surtout pour lui apporter ses bières) ! Par chance, nous avions eu l'ingénieuse idée de les séparer. Exaspérants comme ils le sont, ils ont trouvé le moyen d'avoir des conflits, et ce, par-dessus la tête de Lucie et d'Éric. Je voyais ma sœur, horripilée, serrer la main de son *chum* afin de ne pas perdre les pédales à son tour. François et moi étions morts de rire à l'arrière. Notre sourire sera beaucoup moins grand durant le retour, car Lucie nous a informés que ce serait à notre tour d'être coincés entre eux.

Ah oui ! j'ai oublié de vous dire que j'ai fini par accepter ce voyage *grâce à François*. Il ne comprenait pas que je sois la seule de ma famille à ne pas y participer. Sournoise comme je le suis, je lui ai dit que s'il m'accompagnait... j'aurais peut-être plus de courage ! Dévoué comme il est...

Pour l'instant, aucun drame majeur n'a été signalé. Le Sud est tout simplement magique ! On dirait que le temps s'arrête et que nos soucis se volatilisent l'espace d'un moment. J'ai bien dit *l'espace d'un moment* : je demeure réaliste. Je suis vraiment heureuse d'être à l'autre bout du monde et de pouvoir décrocher ainsi. Certes, je connais l'ampleur du travail qui m'attend à mon retour (au boulot), mais j'essayerai tout de même d'accumuler des forces avant de relever ce défi. Rien ne me manque en ce moment, c'est bien la première fois de ma vie ! L'apogée serait que Maude soit là...

Quel plaisir que celui de marcher en longeant la mer ! Un jour, j'espère avoir la chance d'observer ce même paysage en contemplant mes enfants courant dans les vagues. Et si la vie pouvait être autrement ? Si le dicton « né pour un petit pain » se révélait faux ?

Je m'explique. Parfois, j'ai la nette impression que parce que je suis issue d'une famille dysfonctionnelle, je n'ai pas droit au bonheur. Toutefois, les individus ayant eu la chance d'avoir de bons parents partent *déjà* avec une longueur d'avance. Nous, *les traumatisés*, en plus d'avoir hérité d'une pierre au lieu d'un cœur, nous devons nous battre sans cesse pour éviter de souffrir à nouveau, ou nous nous autodétruisons afin de survivre. J'en sais quelque chose. Comme j'aimerais qu'il en soit autrement ! À moins d'être tout un guerrier, ou très résilient, nos carences finissent toujours par nous rattraper. La preuve : Aline et Maurice.

Ma mère aurait tant aimé donner naissance à une famille unie ! Son souhait est loin d'être exaucé. Elle a même fait le choix de laisser son enfant en adoption pour améliorer sa vie. Petites, elle nous répétait vouloir éviter les erreurs de sa mère... Elle n'a pourtant pas été plus heureuse. Mes parents rêvaient d'une vie beaucoup plus aimante pour leur progéniture et auront échoué. *Mille excuses, chers géniteurs, pour ce constat !* Je suis bien peinée de réaliser que l'être humain est aussi complexe.

Et moi ? Suis-je condamnée à répéter leurs erreurs ? *Sauve qui peut !* Mes réflexions sont vraiment désespérantes, mais il me faut demeurer alerte afin, à mon tour, d'éviter de bousiller... mon existence.

Mon problème, c'est que les deux individus qui m'ont élevée ont gâché leur propre vie. Comment pourrais-je réussir la mienne ? J'espère que Boris Cyrulnik dit vrai lorsqu'il parle de résilience. Selon lui, certains individus seraient capables de passer à travers les pires drames parce qu'ils se sont accrochés éperdument à un rêve ou à un être signifiant. Je me croise les doigts pour que ce soit mon cas et que, malgré tout, je réussisse à trouver un semblant de bonheur !

François interrompt ma réflexion en pointant du doigt un groupe de Cubains qui démarrent en trombe sur leur motomarine. Un incident grave semble s'être produit près de la barrière de corail. Spontanément, je me tourne vers notre *palapa* (faux palmier qui nous procure un peu d'ombre) afin de m'assurer que nos parents y sont. Les sauveteurs sont de retour avec un touriste qui s'est aventuré un peu trop loin et qui a sûrement eu une vilaine frousse.

Cet incident fait rejaillir à ma mémoire... l'époque où Marie et moi avions neuf et sept ans... Notre père nous avait amenées en chaloupe avec un de ses camarades. Les hommes dégustaient leur boisson de malt favorite à bord de l'embarcation. Je dois préciser qu'à l'époque, pratiquement tout le monde consommait de l'alcool, et ce, un peu partout. En voiture, j'étais assise sur une caisse de bière... qui faisait office de siège d'auto. Lorsque mon père avait soif, je me levais une fesse et lui en passais une.

Bref, ma sœur et moi étions placées à l'avant du bateau et nous amusions à mettre tout notre poids sur le devant afin de faire entrer l'eau à l'intérieur. Je me souviens du visage de Maurice qui souriait en nous observant et qui disait à son copain : « Regarde les petites, comme elles ont du plaisir ! » Ce qu'il ne réalisait pas, c'était l'ampleur du danger. Résultat ? L'embarcation a chaviré. Comme l'ami de mon père ne savait pas nager et n'avait pas de veste de flottaison (nous non plus, d'ailleurs), il s'est accroché à moi. Par chance, de bons Samaritains nous ont vus depuis la rive et sont venus à notre rescousse. Ce jour-là, j'ai vraiment eu une peur indescriptible. À la suite de cet événement, mes parents m'ont inscrite à un cours de natation. Trouvez l'erreur... ce n'est pas moi qui ne savais pas nager !!!

Bien que notre famille ne soit pas du tout impliquée dans cet incident, tous se plaisent à le commenter. Tout le monde, sauf François et moi. Ma mère y va de son grain de sel pour dire que les moyens de navigation du Sud sont désuets (et comment elle le saurait ?). Mon père rétorque qu'elle parle à tort et à travers, qu'ils ne laisseraient pas les touristes les utiliser s'ils n'étaient pas inspectés. Éric acquiesce dans le même ordre d'idées que papa. Marguerite défend maman en ajoutant que son point de vue est plausible. J'observe François. La honte. Comme toujours. Vous voyez, même en l'absence de drame, ma famille trouve le moyen d'en provoquer un. Pour ma part, je préfère construire des châteaux de sable avec les gamins.

François s'approche de moi et me souffle à l'oreille une idée qui, ma foi, me redonne goût à la vie ! Une escapade. Sans enfant, sans parent, rien que nous deux. Une oasis de paix. *Oui, oui, bonne idée !* J'informe la marmaille que je vais aller marcher, question de me dégourdir un peu. Évidemment, ils veulent tous suivre ! C'était à prévoir. J'invente une excuse pour me ménager une certaine tranquillité. Rien à faire. François se penche et informe les petits que nous aimerions simplement nous retrouver seuls un moment.

– Fallait le dire, tante Catherine, réplique Léa.

Assurément ! Pourquoi n'y ai-je pas pensé plus tôt ? J'ai de l'expérience à acquérir, côté gosses ! Par contre, François a un talent inouï. Je refile à Picasso le plaisir de venir explorer sa créativité (en s'occupant des petits), ce qu'elle accepte sans broncher. Cette proposition vient à coup sûr lui donner une bonne excuse pour s'éloigner du clan. Devoir parental oblige !

Nos soupirs quasi simultanés confirment qu'il était grand temps de s'évader. Mon regard s'imprègne de la beauté du paysage afin de l'immortaliser. Mes pieds nus se laissent caresser par le sable étincelant. La beauté de Cayo Largo réside sans aucun doute dans ses plages interminables.

Nous marchons depuis plus d'une heure. Devant et derrière nous, plus aucun signe de civilisation. Le désert ! François est déjà dans l'eau et m'invite à venir m'y tremper. Mon corps s'imbibe pas à pas. Je savoure cette eau salée qui glisse si naturellement sur ma peau. Une immense vague déferle sur nous. Nous tentons de la déjouer en nous plongeant la tête sous l'eau. Sur la pointe des pieds *afin de ne pas être enseveli*, François me prend dans ses bras et me propulse au loin. Je me venge en l'aspergeant. On rigole comme des gamins. Je l'agrippe par le cou et serre les jambes dans le bas de son dos. En moins de deux, me voilà sous l'eau. Exténuée, je cours maladroitement parmi les vagues afin de m'extirper de la mer.

Incapable de secouer ce sable qui colle à ma peau, mon ami pose délicatement sa main sur mon dos afin de me venir en aide. Ce contact me fait tout simplement frissonner. Dois-je avoir un mouvement de recul ou devrais-je en profiter ? Me voilà consternée. Est-ce normal que deux amis s'apprécient autant ?

François me pointe du doigt de jolis poissons qui nagent allégrement. Ils se tiennent en banc et semblent si harmonieux. L'apogée. Je soupire et déclare :

— Qu'elle doit être simple, la vie d'un poisson !

— Pas tant que ça ! Les poissons, comme plusieurs animaux, ne vivent pas, mais survivent. Ils gaspillent leur existence à chercher de la nourriture et à éviter de se faire dévorer par des prédateurs.

Je n'attendais pas de réponse ! Mais j'oubliais que François est un passionné de la vie animale. Tout compte fait, je préfère mon état d'humain. Je peux parler, m'accoupler, festoyer, fumer, avoir des enfants, les observer grandir et, surtout, chercher le grand amour... (*Mes recherches demeurent quasi inexistantes, comment pourrais-je espérer un résultat ?*)

Je m'étends sur le sable tout près de François et laisse le soin au soleil d'assécher les gouttes d'eau qui ruissellent sur ma peau. Quel bonheur que de pouvoir profiter de la mer et de la chaleur malgré notre hiver québécois ! L'inventeur de l'avion a eu une idée géniale ! Je dirais même salvatrice ! Les yeux clos, je savoure ce moment de répit et me laisse bercer par le temps. Trop fréquemment, je me retrouve dans l'action, dans l'agir. Je veux apprendre à me laisser *être*, tout simplement. Ne rien faire, divaguer. Comme cette semaine. Me laisser guider par la vie.

Toutefois, c'est beaucoup plus simple ici, car je n'ai vraiment pas de responsabilités !

Le contact de la main de François se posant sur la mienne me fait disjoncter. Bizarrement, je ne bouge plus. Spontanément, je devrais avoir un mouvement de recul ! Des amis, ça ne se touche pas ! Rien ne se produit. Figée là ! Par contre, mon cerveau s'agite. Rectification, il s'affole. Des feux d'artifice explosent de partout. Est-ce que l'amitié permet certains touchers ?

Et pourquoi pas ? Avec Maude, il est fréquent qu'on se tienne par la main. Pourquoi pas avec un ami gars ?! *Parce qu'il est muni d'un engin reproducteur ?!* Franchement, ce que je peux être arriérée, des fois.

Et si ce geste était plus qu'amical ? Et si ce très bon ami était plus qu'un ami ? Si je côtoyais l'homme de ma vie depuis maintenant plusieurs mois sans même l'apercevoir... Mes palpitations accélèrent. *Allons donc ! Cesse de t'inventer des histoires à l'eau de rose, ma Catou.* Mais alors, comment expliquer ce genre d'électrochoc à ce simple contact ? Suis-je encore en train de dérailler ?

Profite du moment présent. Ne te pose pas de questions. Je suis bien. Heureuse et... Ça ne va pas du tout. Me voilà complètement déstabilisée. Perdue. *Et malheureusement pas sur une île déserte !*

Et toi, Catherine Sanschagrin, est-ce que tu t'es déjà demandé ce que tu ressentais pour François ?

C'est un excellent copain. C'est la personne avec qui je me sens le plus à l'aise. Totalement libre. Mais ça ne reste que de l'amitié. *On s'ouvre un peu les yeux ici !* OK, j'avoue... Jusqu'ici, personne n'a été aussi gentil, empathique, compréhensif à mon égard. Mais nos univers sont si contradictoires. *Et puis ?* Qu'est-ce que je pourrais bien lui apporter ? À part un cœur balafré. Brisé en miettes, que je m'efforce de recoller *bien maladroitement* depuis tant d'années.

Et si François était si aimable parce qu'en fait, il m'aime tout court ? Si Maude avait vu juste ! *En connais-tu beaucoup, des hommes qui passeraient leur vendredi soir sur un balcon avec une fille désespérée, seraient curieux de rencontrer ta famille et cette nouvelle sœur qui surgit d'on ne sait où, iraient jusqu'à Vancouver afin de te convaincre que ton bonheur est près des tiens, t'aideraient à déménager, supporteraient tes rejets à répétition, t'accompagneraient dans le Sud en sachant que ça risque d'être rock'n'roll ?*

Me voilà atterrée. Mais où étais-je pendant tout ce temps ? Comment ai-je pu ne rien voir ? *Blanche-Neige, sors de ce corps !!!* Je vous jure que ce simple geste vient de me faire sortir de mon état semi-comateux. Mes yeux s'ouvrent, ma tête se tourne vers lui. Je le regarde comme si c'était la toute première fois. Ses yeux sont fermés, il relaxe et sourit. Il est beau comme un cœur. Comment-ai-je-pu-*et-voulu*-considérer-cet-apollon-com-me-un-a-mi !!! Il est temps que je cesse de faire l'autruche...

Comment se fait-il que nous n'ayons jamais eu de rapprochement ? Un gars amoureux ne peut pas tenir le coup aussi longtemps. Et s'il avait aussi peur du rejet que moi ?

Et si ce sentiment n'était pas réciproque et que mon imaginaire de carencée me jouait encore un vilain tour ?

◆ ◆
◆

Lassée de nous attendre, notre bande de joyeux lurons a fini par souper sans nous. Je suis loin d'en être peinée. Ça me permettra de prendre un repas en tête-à-tête avec François et ainsi de tenter de mettre nos pendules à l'heure.

Notre troupe nous a donné rendez-vous près de la scène. Évidemment, Aline m'a rappelé que ces vacances étaient familiales. Lucie considère que j'ai fui et qu'elle est restée, une fois de plus, seule avec les problèmes (nos parents). Marie m'en veut de lui avoir laissé les mômes si longtemps. *Pardon ?!* Ce ne sont pas mes enfants et je ne suis pas votre gardienne privée, à ce que je sache ! Marguerite et Alain semblent surpris par ces reproches. Pour ma part, leurs propos glissent sur moi comme de l'eau sur le dos d'un canard. À leurs yeux, je ne serai jamais à la hauteur. Mon deuil est fait. Leurs blessures sont si profondes qu'aucun être sur cette terre n'arriverait à les satisfaire. J'espère ne pas souffrir de la même maladie... Si oui, je ferai tout ce que je peux pour en guérir ! Ce n'est pas parce qu'on voyage ensemble qu'on devient automatiquement inséparables ! Quelle mouche a bien pu les piquer !

Après un souper bien arrosé, nous rejoignons le clan des frustrés. Notre souper a été agréable, rigolo, comme tous les moments que je partage avec François, mais sans plus. La poltronne que je suis n'a même pas osé faire ne serait-ce qu'une petite blague sur notre tripotage de mains. Lui non plus, d'ailleurs. Mon attirance ne doit pas être réciproque, sinon il aurait fait une tentative de rapprochement bien avant ce jour. Mon Dieu que j'ai le don de m'inventer des histoires ! Et de me compliquer la vie !

Éric se dirige vers le bar et je lui demande de m'apporter un verre. Ma mère en profite pour me passer un petit commentaire sur ma consommation. Du tac au tac, je lui réponds :

– Maman, tu as bien subi Maurice qui buvait comme un trou... Je gérerai bien ma vie comme je l'entends !

Avant que je lui arrive à la cheville, les poules auront des dents ! Mon père me dévisage et m'ordonne de rester polie envers ma mère. Eh bien ! regardez donc qui parle ! Ils peuvent se balancer les pires mesquineries, les pires insultes, mais *nous* devons rester en tout temps d'une politesse inouïe. Vous ne savez pas ce que signifie « montrer l'exemple » ?!

François m'entraîne près du bar, car un cours de danse va bientôt débuter. Merci de m'éloigner de leur présence !

Mal à l'aise, j'esquisse un sourire forcé. C'est que je ne sais pas vraiment danser et que j'aurai l'air d'une cruche. On se place en ligne parmi les autres touristes. Je tente tant bien que mal de suivre le guide, mais les pas sont tellement rapides que j'ai un mal fou à m'exercer. Toutefois, je rigole à m'époumoner. Et puis zut ! Vive le ridicule ! Ma seule consolation : François n'est pas meilleur que moi.

La musique ralentit. Je peux enfin retrouver mon souffle. On nous tend à chacun un verre afin de nous remercier d'avoir eu le courage de nous prêter au jeu. Nous devons boire *subito presto*, c'est la tradition. Mon superbe comédien me fixe droit dans les yeux et sourit. Je craque.

Finalement, le Sud, ça rend malade. Je veux dire chaud. Oh ! merde, je n'arrive même plus à réfléchir comme du monde. Je veux simplement dire que je comprends pourquoi on dit que les Latinos ont le sang chaud. Tout est propice à l'amour. La nostalgie s'est emparée de moi et me voilà envoûtée par la magie du Sud. *Du calme, princesse !*

Bien installés devant la scène, on observe les petits faire leur numéro d'entrée. Ils exécutent des danses et des chants espagnols dirigés par un GO qui leur indique comment livrer la marchandise. Environ quinze enfants sont fiers d'être sur scène, dont ceux de notre cellule.

Ensuite, l'animateur de foule fait son entrée. Ce soir, il invitera huit personnes à venir faire le *show*. Très peu pour moi... À ma grande stupéfaction, Maurice et Aline sont choisis !

Et ils acceptent de monter sur scène... !!!

Il y a sûrement erreur sur les personnes. On échange tous des regards ébahis. L'animateur leur explique qu'ils devront affronter plusieurs épreuves : danser, chanter, réciter un poème. Ce qui nous fait littéralement crouler de rire sous nos chaises.

La rate complètement dilatée, je suis estomaquée par mes parents ! J'en pleure. Pour une fois... de rire. Dommage qu'il n'y ait pas de caméra, on aurait pu envoyer un extrait de leur performance à *Du talent à revendre* ! Leurs pitreries me consolent et me font réaliser qu'ils ont peut-être été heureux ensemble (dans une autre vie). Spontanément, ma main s'empare de celle de François (qui ne réagit nullement). Mais qu'est-ce qui me prend ?! C'est la panique. Que faire ? Je l'enlève ou je la laisse ? C'est quoi, mon satané problème ? Il a fait un geste, alors j'en fais un !

Cette soirée me permet de ressentir une certaine paix intérieure. Aline et Maurice me prouvent l'espace d'un – très bref – instant que l'amour existe encore. Voir mes parents sous un autre angle, celui de la convivialité, assoupit la grande méfiance qui se tapit en moi. Comment se fait-il que pour le bonheur de leurs enfants, ils n'aient pas mis tous leurs conflits de côté afin de nous montrer cette face cachée de leur personnalité ? Le meilleur d'eux !

◆ ◆
◆

Nos valises sont tout près de l'entrée. Ça y est, c'est le grand départ. Je savoure les rayons du soleil pour une dernière fois (avant notre printemps). Réunis à la réception de l'hôtel, nous y allons tous d'une petite anecdote sur le spectacle de la veille. Maurice nous dit qu'on fabule ; il est persuadé que nous exagérons. Chacun tente de le convaincre qu'Aline et lui ont été fabuleux. Peine perdue. Ma mère, pour sa part, est bougrement fière de sa performance et elle en parle à qui veut bien l'entendre.

Dans l'autobus qui nous amène à l'aéroport, assise aux côtés de François, c'est maintenant ou jamais. Mon courage m'incite à vérifier ce qu'il ressent pour moi, et ce, si possible, sans me planter. Je prends une immense inspiration et... rien ne sort. Bloquée là, avec tout le reste. Tout ce qui n'a jamais été dit.

Dorénavant, je me connais, je l'éviterai ou je serai continuellement mal à l'aise. Il me sera impossible de faire comme avant. Je me risque... Il le faut... Allez : un, deux, trois, j'y vais.

– François...

Au même instant, il dit :

– Merci pour ce beau voyage.

– C'est grâce à toi si nous sommes ici.

Spontanément, je pose ma tête sur son épaule. Mais qu'est-ce que je fais ? Je perds la tête ou quoi ? Ah non ! C'est vrai, elle est confortablement appuyée sur l'épaule de François. Il passe son bras autour de moi. *Retenez-moi, quelqu'un !* Ça, c'est un vrai signe. Une confirmation. Je ne rêve pas. Je suis loin d'être timbrée. En tout cas, pas en ce moment... Je le regarde et lui souris. Ses lèvres s'emparent alors des miennes. À la suite de ce baiser, ni l'un ni l'autre n'ose prononcer ne serait-ce que la plus infime parole.

Il y a de ces moments, dans la vie, où il vaut mieux se taire.

Mon cerveau est toutefois bombardé de questions. Deux êtres issus de mondes si différents peuvent-ils former un couple ? Premièrement, il faudrait voir si François veut former un couple ou si, pour lui, ce baiser est purement amical. *Cesse immédiatement de jouer à l'autruche. Ce baiser n'avait rien d'amical.* Et s'il m'embrasse simplement parce qu'il se sent heureux, mais que demain il change d'idée ? Sa voix me fait sursauter :

– Il était temps ! soupire-t-il avec un sourire en coin. Je me doutais bien que tu m'aimais.

– Alors, pourquoi ne pas avoir ouvert la porte avant ?

– J'avais trop peur que tu me la claques en pleine face. Tu as été longtemps sur tes gardes, Catherine Sanschagrin. Il me fallait t'apprivoiser. Toutefois, je te sentais de plus en plus confiante. Il me fallait trouver le moment idéal pour t'avouer ce que je ressentais. Processus assez complexe et qui demande un certain doigté !

– Vas-y ! Il est là, ton moment idéal. Ouvre-moi ton cœur.

– Tu ne vas pas t'évanouir ou partir en courant ? Promis ?

Je hoche la tête de façon affirmative. Mais une peur bleue s'empare de moi. Je veux bien entendre ce qu'il a à me dire, mais je me connais, j'aurai de la difficulté à le croire. *Trouillarde !*

– Quand j'étais gosse, je rêvais d'avoir des enfants avec une fille rousse aux yeux verts. Pourquoi ? Je l'ignore ! Une idée dans une tête d'enfant. Quand je t'ai aperçue la première fois, tu étais de dos et tu ouvrais ta porte. Je me suis dit : « C'est elle ! » Je me trouvais d'un ridicule incroyable. C'est lorsque je t'ai parlé la toute première fois que j'en ai eu la confirmation. *Ma* créature fantastique ! Mon problème, c'est que ce n'était pas du tout réciproque. Peu de temps après, tu m'annonçais ton départ. Il ne me restait plus qu'à faire le deuil d'une fille géniale allant vivre à des kilomètres de moi. Toutefois, impossible de t'oublier. Mon instinct me dictait de persévérer. Ce que j'ai fait. Quitte à paraître ridicule. Il me fallait tout tenter afin de ne jamais regretter. Et toi ?

Moi, quoi ? J'ai peur, peur, peur... Je ne peux pas lui dire que je viens tout juste (il y a quelques jours) de réaliser que je l'aimais. J'aurais l'air de quoi ? *D'une écervelée ! D'une fille totalement insensible et incapable de détecter lorsqu'un homme est amoureux d'elle !* En tout cas, je continue de croire qu'il faut aimer l'action – ou être la nouvelle incarnation de mère Teresa – pour s'intéresser à moi. Tentons d'être à la hauteur de la situation, c'est-à-dire courageuse et honnête – deux états que j'ai peu fréquentés :

– Instinctivement, je suis tellement familière avec la souffrance que d'emblée, je ne me suis pas intéressée à toi. Je crois qu'inconsciemment, j'étais persuadée que je ne te méritais pas. J'avais si peur d'être larguée lorsque tu allais découvrir à qui tu avais à faire que j'ai préféré ne rien imaginer. Une fois de plus dans ma vie, je me suis coupée de mes émotions. Toutefois, tu me fascinais et je t'ai toujours apprécié. Je fuis les relations intimes comme la peste, mais... avec toi...

Il me serre contre lui. Je profite de ce moment de sécurité pour passer un pacte avec la petite Catherine balafrée : je lui promets d'être là pour la consoler si jamais il nous faisait du mal. Car, en fait, c'est elle qui a peur et non l'adulte que je suis. Toutefois, je connais assez bien François pour savoir que son but premier, ce n'est pas de nous blesser.

Arrivés à l'aéroport, nous attendons en ligne afin d'enregistrer nos bagages et de procéder à l'embarquement.

Je flotte littéralement.

Peu importe ces trois heures d'attente, pourvu qu'il soit près de moi. Nous avons une multitude de choses à nous raconter. Le seul hic, c'est que ma chère famille nous interrompt constamment. Jusqu'à Lucie qui est venue nous narguer : « Je rêve ou je vous ai vus vous embrasser ? » Je souris en silence, sans mordre à l'hameçon. Ce n'est pas grave : d'ici quelques heures, nous serons seuls.

Le siège remonté, la ceinture bouclée, c'est enfin le départ. Je suis certainement la seule personne excitée de quitter le Sud. Plus que quatre heures et des poussières avant de me retrouver seule avec mon ami. Que dis-je ? Mon amoureux ! Peut-être l'homme de ma vie... mon prince à moi. Le bruit du moteur se fait entendre, les lumières s'éteignent et... pouf !

Plus rien. Les moteurs n'émettent plus aucun son, les lumières se rallument. On n'a pas bougé d'un poil ! Tout le monde recommence à jaser. François tient les petits en haleine en leur racontant une histoire qu'il improvise. Aline, qui regrettait de ne pas être allée au petit coin, en profite avant qu'on ne parte officiellement. Maurice observe le paysage par le hublot, soupire et se plaint de ne pas pouvoir passer le restant de sa vie ici. Désolée, papa, je crois que tout le monde voudrait vivre dans un tel lieu de villégiature. Mais ce n'est pas ça, la vraie vie... même pour les résidants d'ici !

Quinze minutes plus tard, un employé nous informe qu'il y a un bruit anormal dans un des moteurs. Super, très rassurant ! Des techniciens tentent de le réparer, mais ça prendra une bonne heure au bas mot. Un passager demande s'il est possible de retourner dans l'aérogare. On nous informe que les autorités cubaines ne veulent pas nous voir redescendre. Quoi ? Nous allons végéter ici... entassés comme des sardines ! Quelle hospitalité ! Un homme demande s'il est au moins possible de fumer une cigarette. Ça non plus, ça ne se fait pas. Ils ont eu la consigne de conserver toutes les portes verrouillées. Ma foi... y aurait-il un terroriste parmi nous et le moteur détraqué est-il une simple excuse ?

Quarante minutes plus tard.

Encore personne ne nous a informés de ce qui va se produire. Jusqu'ici, mes parents se sont tenus tranquilles. Quelques commentaires par-ci, par-là, mais encore rien de notable. L'usuel, quoi ! Ce sont plutôt les enfants qui ont la bougeotte et qui se querellent allégrement. Question de passer le temps et de distraire Maurice, je fais des mots croisés avec lui. Il n'en est pas friand, mais tant qu'à ne rien faire ! Pour sa part, Aline jase avec Marguerite. François est debout et discute avec Alain et Éric. Un bruit de micro se fait entendre. Je suis persuadée, assurée, qu'aucun enseignant n'arriverait à obtenir un silence aussi instantané dans sa classe. Curieusement, c'est la voix du pilote qu'on entend... Mauvais signe...

– Désolé pour ce délai imprévu. Nous vous remercions de votre patience. Nous tenons à vous informer que malheureusement nos techniciens ont été incapables de trouver ce qui ne va pas. Comme votre sécurité nous tient à cœur, nous avons pris toutes les mesures nécessaires. Nous sommes maintenant dans l'attente d'une réponse de la tour de contrôle : soit ils nous enverront un spécialiste qualifié pour résoudre ce genre de problèmes, soit nous changerons d'avion. Dans le cas de l'option numéro deux, je dois vous informer que nous serons cloués au sol plusieurs heures, peut-être même toute la nuit. Le temps de faire venir le prochain avion et également de l'inspecter.

C'est la consternation chez tous les passagers. Quelle déception et surtout quelle fin de voyage abrupte ! Partir en vacances, c'est stimulant, mais ce qui me tue, c'est les déplacements ! Mon père n'en peut plus. Il ferme le journal. Ma mère a les jambes complètement endolories. Elle doit bouger, mais il n'y a pas vraiment d'espace. Pour ma part, je dois fumer. Mon seuil de tolérance est atteint depuis au moins trente minutes. En fait, je n'ai qu'à observer mes parents pour soupçonner que sous peu, ce ne sera pas un bris de moteur qu'on aura, mais bien un ouragan familial. Plusieurs autres passagers s'impatientent. Pour calmer le jeu, une agente nous informe que nous pourrons sortir d'ici quelques minutes. En attendant, ils nous serviront un dîner. Malencontreusement, il n'y aura pas de souper, car ce n'était pas prévu à l'horaire. Un brouhaha se fait entendre, alors elle renchérit avec :

– Toutefois, si ça peut vous réconforter, les écouteurs, qui sont ordinairement loués un dollar, seront gratuits aujourd'hui.

Elle aurait mieux fait de se taire...

– Que veux-tu qu'on fasse avec des écouteurs ? Tant qu'à moi, vous pouvez vous les fourrer...

Ça y est ! Maurice vient de craquer ! Comme je n'entends pas la fin de sa phrase, je me tourne rapidement vers lui pour apercevoir ma mère. La main plaquée sur la bouche de mon père. Au secours ! Faites-moi disparaître ! *Youhou ! il n'y a pas d'extraterrestres en manque d'enlèvements dans le coin ? Je serais un cas unique pour vos recherches.*

À bord, c'est la cacophonie. Ce qui me rassure. Au moins, ma famille ne volera pas la vedette ! Je suis estomaquée de réaliser qu'il y a des gens qui réagissent encore plus fortement que mes parents. Plus rien ne va. Toutefois, une alliance se crée entre les passagers : ils sont trop frustrés (et ce, avec raison). Tout ce que je souhaite, c'est que la situation se règle au plus vite. Surtout, surtout, avant que mes parents commettent un homicide involontaire ou je ne sais quoi.

Un sandwich froid et totalement infect nous est servi. Ce qui n'aide en rien l'opinion générale. Mon père se commande une bière, une autre... comme bien du monde à bord. Ce n'est pas le temps de prendre de l'alcool ! Aline crie à Maurice dans les oreilles de François (qui me lance un regard de compassion) qu'*elle aussi* prendra une bière. Mon Dieu, épargnez-nous... C'est le pire des scénarios. Elle ne supporte pas l'alcool. Affrontement assuré.

– Commande-la toi-même ! aboie mon père. Les femmes irrespectueuses qui empêchent leur mari de parler ne méritent pas qu'on prenne soin d'elles.

– D'accord, Maurice Sanschagrin ! Dorénavant, tu feras ton lavage seul, tes repas toi-même et tu vivras dans ton bordel. Moi, je démissionne !

– Tant mieux ! De toute manière, je ne te l'ai jamais dit, mais tu es la cuisinière la plus minable que je connaisse. J'irai à la cafétéria, crie-t-il. En plus, j'aurai la paix.

Mais où sont nos deux sympathiques comédiens d'hier ? Qui nous ont fait tant rigoler ? Pouf ! disparus... Volatilisés aussi rapidement qu'ils étaient apparus. François s'empresse de retenir ma mère par les épaules et tente de la calmer avant qu'elle ne commette l'irréparable. Caporale Lucie en a assez et va donner son opinion aux préposés. Pauvres petits !

Je dois avouer que mon seuil de tolérance vient d'atteindre son niveau le plus bas – *accentué par le manque de nicotine*. Je chuchote à l'oreille de François :

– Je n'en peux plus d'attendre. J'ai tellement hâte de me retrouver seule avec toi.

– Moi aussi, ma belle. Consolons-nous. Nous avons la vie devant nous.

Cher François, toujours le mot juste. Enfin, on nous annonce que nous pourrons regagner l'aéroport. Ce n'est pas trop tôt... Ce qui veut dire : boire, manger à notre faim, avoir un minimum d'espace pour se dégourdir et fumer. Tous les passagers se réjouissent. François me prend par la main. Ce qui allège instantanément cette situation dramatique.

L'aéroport grouille plus que jamais. De façon générale, l'atmosphère est beaucoup plus paisible. Malgré moi, j'entends les gens bavarder. Naturellement, chacun y va de sa pire mésaventure avec une compagnie aérienne. Je ne peux me mêler aux discussions, c'est la première à mon actif. Alors, j'écoute. Tout à coup, on nous annonce qu'on peut maintenant procéder à l'embarquement. Tout est rentré dans l'ordre. Youpi !

Minute... J'observe ma montre et me mets à calculer. Il n'y a pas trois heures d'écoulées, alors comment ont-ils fait pour réparer si rapidement leur moteur ??? Personne ne semble se poser de questions. Chacun embarque, simplement soulagé de ne plus attendre, de ne surtout pas coucher dans l'aéroport et de regagner sous peu sa demeure.

Tous sauf moi.

Notre ascension vers le ciel va bon train. Toutefois, j'ai les nerfs en boule. Et si on s'écrasait ? Si à force d'entendre les gens rouspéter, les décideurs avaient conclu : « Tant pis, partons quand même, pour qu'ils ferment leur grande gueule. » Je n'aime pas ça. Ça sent l'écrasement.

Le vol se passe plutôt bien (mis à part que nous avons interdit à nos parents de s'adresser la parole). François me trouve bien silencieuse (intérieurement, c'est la panique). Qu'est-ce que j'ai à être aussi inquiète ? J'y pense ! Ça fait des années que je souhaite secrètement disparaître de la planète. D'être kidnappée par des ovnis ou je ne sais quoi ! Avoir enfin la paix et ne plus avoir à supporter les conflits. Finalement, je réalise que je tiens à la vie. Ma vie. J'ai encore plusieurs choses à accomplir avant de m'effacer. Ce vol aura au moins ça de bon : me faire prendre conscience qu'il est grand temps d'arrêter de vivre dans le déni et de mordre dans la vie ! Encore plus depuis que je connais François. Je ferme les yeux et appuie ma tête sur son épaule.

♦ ♦
♦

Je sens une secousse brutale. J'ouvre un œil catastrophé. Ça y est, on crashe ! Complètement affolée, je tente de comprendre ce qui arrive. François m'indique que nous sommes enfin arrivés à destination. Je scrute rapidement les membres de mon clan. Tout semble en règle. Ouf ! on l'a échappé belle !

27

Juillet 2009.
Cinq mois plus tard.

Songeuse, j'applique mon fard à paupières. François arrivera d'un instant à l'autre. Ce souper, je m'en passerais volontiers. Mais la vie étant ce qu'elle est et la culpabilité nous faisant ressentir ce qu'elle nous fait ressentir, j'y serai. Ce soir, c'est Lucie qui nous reçoit. Depuis que nos parents ont déménagé, c'est à nous, les filles, de prendre le flambeau des réunions familiales, l'espace étant trop restreint dans leur nouvel appartement. Le hic, c'est que Marie et Marguerite ne pourront jamais nous recevoir. Je me vois mal me payer un billet d'avion dans le Grand Nord pour un souper d'anniversaire... ou encore conduire jusqu'au Nouveau-Brunswick, l'espace d'une soirée. C'est encore Lucie et moi qui allons donner.

Encore aujourd'hui, les soupers de famille m'angoissent (avec raison, je crois). Mais différemment. Je ne vous dis pas que je saute maintenant de joie. Mais avec le temps *et surtout l'amour*, j'ai réussi à prendre un certain recul par rapport à mes proches. Leurs conflits, commentaires ou sautes d'humeur m'affectent beaucoup moins. Il y a sûrement un peu de l'influence de François là-dessous... Sa façon d'aborder la vie ainsi que les relations humaines est si apaisante. Il a une diplomatie déconcertante et semble tout prendre à la légère (contrairement à moi). Certes, je demeure Catherine Sanschagrin et il m'arrive encore de m'époumoner pour des peccadilles, mais dans l'ensemble, il y a de l'espoir.

Sirotant un apéro dans la superbe cour de Caporale Lucie, j'observe mes racines. Tout le monde y est. Il ne manque plus que nos parents. *En espérant qu'ils trouvent l'endroit. Ils ne sont jamais venus dans la nouvelle maison de ma sœur.*

Lucie nous a donné rendez-vous plus tôt afin de surprendre Aline. J'ai omis de vous dire que c'est son anniversaire aujourd'hui ! Comme de raison, Marguerite a tenu à être présente. Elle a toutefois laissé sa marmaille chez elle. Alain l'accompagne... Tant qu'à moi, elle aurait pu laisser faire. Pour son mari et elle-même ! J'aurais préféré être seule avec mes *vraies* sœurs et ma famille. L'atmosphère n'était déjà pas facile entre nous ; avec une famille de plus, non merci ! OK, je sais que je n'ai guère d'autre choix et qu'un jour ou l'autre, je devrai avaler ma pilule... J'y travaille ! Je sais aussi que ce n'est pas mon anniversaire et que ça fera tellement plaisir à ma mère...

En fait, je devrais plutôt me réjouir. Avec l'arrivée de Marguerite dans le décor, ça fait une personne supplémentaire pour prendre soin d'Aline, ce qui fait donc plus d'espace pour moi... Depuis qu'elle est dans le portrait, je reçois beaucoup moins d'appels. C'est un rituel entre elles : elles se parlent au minimum une fois par semaine. Ce que je ne fais même pas ! À bien y penser, je commence à l'apprécier de plus en plus, cette intruse. De plus, ma mère ira passer deux semaines chez elle pendant le temps des fêtes. C'est dommage qu'elle ne prenne pas Maurice par la même occasion ! *Je plaisante.*

Je me lève et rejoins François qui jase avec Éric. Le sport, le sport, le sport. Une chance que quelqu'un a inventé le sport ! Ils feraient quoi, ces pauvres mecs, sinon... Sérieusement, je les envie, eux qui arrivent à décrocher rien qu'en pratiquant une activité physique ou en s'installant devant la télé. On dirait qu'ils ont été conçus avec un bouton *off*. Pour moi, c'est peine perdue. Si j'ai le moindre petit tracas, il n'y a pas grand-chose qui puisse me faire sortir de mon émotion. J'ai beau me planter devant la télé, je ne vois même pas l'écran.

Comme nos sportifs sont en grande conversation, je m'éloigne. Je me réjouis de savoir que François et Éric s'entendent si bien. À l'occasion, nous nous réunissons tous les quatre autour d'un bon repas. Ma relation avec Lucie frise l'harmonie. Ne l'ayant jamais vécue dans notre cellule familiale, on pourrait dire qu'on effleure l'inconnu. Au lieu de se montrer mesquine, ma sœur fait de gros efforts pour exprimer ce qui la blesse, même si ça ne fonctionne pas toujours. Pour ma part, je tente également d'extérioriser mes pensées. Ce qui n'est pas une tâche facile, surtout après presque trente ans de mutisme, mais je m'impressionne. Il est clair que je n'y parviens pas toujours... Je dois souvent prendre du recul et en rediscuter calmement une fois l'émotion passée. Je ne serai jamais une personne impulsive. Pourtant, j'aimerais tellement répondre du tac au tac... Impossible ! Il n'y a qu'avec Aline que parfois je réussis cet exploit ! Pourquoi ? Peut-être que je sais qu'elle m'aimera malgré tout...

Marie et sa petite famille vivent toujours dans le Grand Nord, mais se sont acheté un magnifique chalet à Maskinongé. Ils y passent l'été et, au cours de l'année, dès qu'un membre de leur famille a le cafard, ils s'y réunissent. Nous sommes allés les visiter à deux reprises et c'est vraiment chouette. Ma frangine me disait que sa santé va de mieux en mieux et que cette nouvelle vie lui convient parfaitement. Je m'en réjouis ! Si les membres de ma famille se portent mieux, c'est tout ce que je souhaite.

Un bruit de voiture se fait entendre dans l'entrée. Tout le monde se tait et se rassemble près de la clôture. Une portière se ferme, puis une deuxième. La voix d'Aline résonne :

— Peux-tu bien me dire ce qu'on vient faire en ville ? Je déteste ça lorsque tu m'imposes tes destinations.

— As-tu fini de rouspéter ? Ça fait une heure que j'endure tes lamentations. Tais-toi donc, tu vas décevoir les petites ! tente-t-il de chuchoter.

Au même moment, Lucie ouvre la porte de la clôture, d'une façon un peu précipitée, mais probablement avant que leur discussion s'envenime et qu'il n'y ait plus de possible retour en arrière. S'il y a quelque chose de clair dans mon esprit, c'est bien de ne pas vivre ce genre d'altercations dans mon couple. François pose sa main sur mon épaule comme si nous faisions de la télépathie.

Nous sommes tous figés et examinons le visage d'Aline, qui semble se décomposer. Aucun sourire ne se dessine sur ses lèvres. Ses yeux scrutent chaque membre de notre famille (maintenant élargie). Étrangement, sa main vient se blottir dans celle de mon père. Je dis *étrangement*, car jamais de ma sainte vie je n'ai vu un tel geste de tendresse entre eux. Y aurait-il un peu d'amour encore viable ??? Spontanément, les larmes mordent ses joues. Deuxième exploit... J'ai rarement vu ma mère pleurer ! Trop, c'est trop ! J'observe Lucie, Marie et Marguerite. Comme de raison, nous sommes toutes les quatre au bord des larmes. Mon comédien préféré prend rapidement la situation en main :

— Bonne fête, Aline !

Ce qui dégèle un peu tout le monde et permet à Aline de retrouver ses esprits. Ce n'est tout de même pas à un

enterrement qu'on assiste, mais bien à un anniversaire !!!
Chacun y va de son accolade. C'est maintenant à mon tour.

– Bonne fête, ma chère maman !

– Vous n'auriez pas dû ! Je ne le mérite pas. Nous avons
été de si mauvais parents (et la voilà qui pleure de plus belle).

– C'est du passé ! Vous avez sûrement fait de votre mieux
et nous ne serons probablement pas meilleurs que vous (en
réalité, je ne le crois pas et j'espère sincèrement que, de génération en génération, on évolue un peu...). Centre-toi sur le
présent et profite de cette journée qui s'offre à toi. Surtout,
laisse-toi aimer...

Lucie me dévisage comme si je venais de faire une grosse
bêtise. C'est que ma mère pleure de plus belle ! *La paix, Miss
Parfaite !* J'ai le droit de dire ce que je veux sans recevoir ton
approbation. J'ignore donc le regard de ma frangine et lui
souris en m'éloignant. Ce que je comprends, c'est que ma
mère est profondément touchée par cette réunion et qu'une
partie d'elle ne croit pas le mériter. Certes, elle a bien des
défauts, mais elle a toujours été là pour nous (à sa façon). Je
sais qu'elle rêvait d'un monde meilleur pour ses enfants. Autre
que le sien. Tout comme moi, d'ailleurs ! C'est dommage que
certaines relations soient si ardues, car elles hypothèquent
et marquent au fer rouge toute une progéniture. J'en suis la
preuve vivante !

Assise avec la famille de Marie, François se joint à nous.

– Tu es bien tranquille, Catou, ça va ?

– Ça va, dis-je calmement. Tu passes du bon temps avec
Éric ? Mon père ne vous embête pas trop ?

– Pas le moins du monde ! C'est tout un numéro, ce Maurice.

– T'inquiète pas, je le sais !

Malheureusement, il a été plus souvent négatif que positif, mais, que voulez-vous? certaines vies sont ainsi. Curieusement, mon père est tombé littéralement sous le charme de mon petit ami. D'ailleurs, Aline aussi ! Mes parents considèrent que je me porte beaucoup mieux depuis qu'il fait partie de ma vie. *Comme si je n'allais pas bien avant ! Insultant.* OK, j'avoue que j'étais un peu perturbée... La présence d'un amoureux dans mon quotidien calme probablement mes démons intérieurs et me permet de me centrer sur ma propre vie (et non sur celle des autres) ! Mais bon ! Si ça peut leur faire plaisir de s'imaginer qu'il m'a sauvée d'une vie de perdition certaine... pourquoi pas ? C'est peut-être vrai. Qui sait ?

Il y a une chose que j'ai saisie de mon milieu : ils ne changeront jamais (ou si peu). Alors, c'est à moi de changer le cours de mon existence si je veux que ma vie se passe autrement.

◆ ◆
◆

De retour chez moi.

Blottie sous ma couette, je profite du calme que la voix de François me procure. Il me fredonne ses chansons favorites, et ce, *a cappella*. C'est une de ses activités favorites de chanter pour moi au lit (après *l'autre*, bien entendu). Chanter pour m'assoupir, comme il le dit si bien. Sa voix chaude et vibrante me fait tout simplement frémir. Son répertoire me séduit : *À toi* de Joe Dassin, *Ma préférence à moi* de Julien Clerc, *Les amoureux qui se bécotent sur les bancs publics* de George

Brassens, U2, Pink Floyd et j'en passe. Je m'étonne d'éprouver autant d'attachement pour lui. Moi qui croyais rester un petit animal sauvage pour toujours... L'amour me réconforte. Quelque peu. Comme j'aurais souhaité qu'il en soit ainsi pour mes parents !

Malheureusement, l'amour ne soigne pas tout.

Ce souper pour ma mère fut relativement agréable malgré quelques anicroches, mais il n'y a rien de parfait ! Aucun drame majeur à signaler, c'est au moins ça. Par contre, vers vingt et une heures, il était temps de partir. Mon instinct reconnaissait l'odeur de la soupe chaude et je me suis sagement éclipsée. Je m'améliore.

Ma vie de couple va bon train...

... mais ressemble étrangement à une montagne russe (intérieurement). J'apprécie énormément la compagnie de François et je sais que ce sentiment est réciproque. Pour l'instant, nous n'avons pas de conflits majeurs... juste quelques mineurs, comme tout bon couple qui tisse des liens.

Le problème vient plutôt de mes tripes. Incapable de considérer ce qui peut l'attirer chez moi !

— Voyons, Catou, tu es unique à mes yeux, ne cesse-t-il de me répéter.

Ma conscience ou mon inconscient sont totalement incapables d'assimiler ce concept. J'ai constamment la certitude qu'il finira par m'échanger pour quelqu'un de mieux. Un jour ou l'autre. Je tente de lui faire confiance même si ce sentiment est quasi étranger chez les Sanschagrin. Je ne sais pas trop pourquoi c'est comme ça ni d'où ça vient... Une peur atroce. Incontrôlable. Celle de rencontrer son *Jack in the box*. Ou de me faire abandonner. Je tente de mettre mon orgueil de côté et de le lui confier. Mais vous imaginez à quel point ce geste est héroïque ! J'y arrive une fois sur cinq. Lorsque j'y parviens, mes démons se calment. Mais toutes les fois où je ne réussis pas, un mal indescriptible s'empare de moi. François est peiné de ne pouvoir me réconforter. D'après lui, aucun *Jack in the box* ne sommeille en lui.

Malheureusement, ces moments de panique sont trop fréquents. Dans la souffrance, je n'ai qu'une seule envie... tout larguer. Comme Aline. Bousiller mon lien et ainsi me retrouver seule au monde. Comme avant. Certes, Maude est là pour m'écouter. Elle me rassure. Mon amie aussi éprouve toutes sortes de peurs depuis qu'elle vit en couple. Différentes... bien à elle ! Je tente de l'apaiser à mon tour.

Mais plus le temps avance, plus je me décompose. L'intimité me tue. Et je vois très bien que ni Maude ni François... non, personne ne pourra m'enlever ce poids qui étouffe ma joie de vivre. Ne voulant pas détruire ce que j'ai de plus cher au monde, *ma relation avec mon homme*, et n'ayant guère le choix, j'ai mis mon amour-propre de côté, pris mon humilité à deux mains et me suis engagée dans une psychanalyse.

J'avais déjà entendu Roy Dupuis (comédien) parler à la télé de son expérience avec la psychanalyse. Ça me fascinait de voir un homme si majestueux confier tout bonnement à quel point il avait souffert. Mais surtout, surtout, que la délivrance était envisageable. Dorénavant, il arrivait à apprécier la vie. N'avait plus besoin de s'évader et de se détruire par l'alcool, la drogue. D'après lui, tout le monde devrait expérimenter la psychanalyse. Tous milieux confondus. Alors, pourquoi pas moi ?

La première fois que je suis entrée dans le bureau de Mme Boudreau, je me souviendrai toujours de la seule et unique phrase qu'elle a formulée. *Grosso modo*, je lui avais résumé ma vie, mes parents, nos drames, les conflits constants, mes relations amicales et intimes, mes escapades, mon incapacité à communiquer... Bref, ma souffrance intérieure, mon mal de vivre. D'un calme déconcertant, elle a dit :

– Avec ce que vous venez de me raconter, avec l'enfance que vous avez eue, n'importe qui souffrirait et aurait peur de l'intimité.

Depuis ce jour, je me présente régulièrement à son cabinet et je décortique ce que ma petite Catherine a empilé au fin fond de ses tripes. Étrangement, je réalise qu'Aline et Maurice m'ont donné le meilleur d'eux-mêmes. *Même si pour moi ce meilleur était trop peu.* Dorénavant, je saisis la maladie de Marie, les commentaires de Lucie. Nous avons toutes réagi différemment. Personne n'aurait pu en ressortir indemne.

Au compte-gouttes, ma colère s'apaise afin de libérer ma tristesse. J'apprivoise mes peurs et tente de mettre mon orgueil de côté afin de communiquer à mon amoureux mes émotions réelles.

Ma plus grande fortune : avoir un conjoint qui accueille et supporte cet immense chagrin. François est pour moi un lien de résilience assuré ! Il me surnomme sa guerrière. Il sait que je suis bien décidée à me battre. Avec mes démons intérieurs, mon mal de vivre et tout ce qui se met en travers de notre route ! Si j'ai à vivre en couple avec un homme, ce sera avec lui !

Ne serait-il pas merveilleux que la vie soit comme un balancier ? Que l'humain ait un certain lot de souffrance à recevoir dans une vie et que j'aie déjà écopé du mien !

Me voilà qui fabule encore !

331

Dans la même collection

- *L'amour clé en main*, Marie-Claude Auger
- *Amour, chocolats et autres cochonneries…*, Évelyne Gauthier
- *Nul si découvert*, Martin Dubé
- *Une plus un égale trois*, Martin Dubé
- *La vie en grosse*, Mélissa Perron
- *Passionnément givrée*, Audrey Parily
- *Merveilleusement givrée*, Audrey Parily
- *La vie entre parenthèses*, Hervé Desbois
- *Les chroniques de Miss Ritchie*, Judith Ritchie
- *Si tu t'appelles Mélancolie*, Mélanie Leblanc